KB183254

다산2

다산
茶山

2

한승원 장편소설

열림원

다산 1   차례

황사영 백서

중국인 신부 주문모를 싸고돌면서 은밀하게 전도 행각을 벌인 황사영이 붙잡히지 않고 도망을 갔다.

몸이 작달막하면서 호리호리하고 얼굴이 여성처럼 곱고 영리한 황사영, 그를 잡아들이라는 특명이 내려졌다. 황사영이 서울 안에 숨어 있을 것이므로, 당장 3일 안으로 체포하라는 특명.

연동의 신도 변득중의 집에 피신해 있던 황사영은 감시의 눈이 좁혀들자, 여신도 강완숙의 말에 따라, 삭도로 수염을 깎아버리고 여성 복장을 한 채 인근의 홍필주 집으로 옮겨갔다.

황사영은 쪽색 치마와 노랑 저고리를 입고 진한 옥색의 머리처네를 쓰기 전에, 얼굴에 분을 하얗게 바르고 머리에 동백기름을 짙게 발라, 사찰하는 자가 머리처네를 들치려는 순간 냄새가 진하게 풍기게 했다.

정동으로 옮겨가는 동안 세 차례나 포졸과 장교들의 불심검문을 당했다. 포졸들은 머리처네를 들추자마자 풍기는 동백기름 냄새 때문에 그의 숙인 얼굴을 이리저리 살펴려 하지도 않고 그냥 보내주었다.

황사영은 자기도 머지않아 잡혀, 정약종처럼 목이 잘려 죽게 되리라 생각했다. 그렇지만, 그냥 잡혀 죽기는 너무 억울했다. 조선 땅 안에서 일어나고 있는, 천주학 탄압의 일을 급반전시킬 수 있는 어떤 계기를 마련하고 나서 죽어야 한다고 생각하며, 이를 악물었다.

'그것이 하느님이 나에게 내린 명령이다.'

장안의 포졸들이 개미 떼처럼 깔렸고, 연동의 집집들을 샅샅이 뒤지기 시작했다. 홍필주의 집에 숨어 있다가는 하릴없이 붙잡힐 듯싶었다. 포졸들이 집 안을 속속들이 뒤지다가 의심스러우면 여인들의 펑퍼짐한 자락 치마까지 들추어본다는 소문이 돌자, 불안해진 홍필주는 다른 곳으로 옮겨갔으면 좋겠다고 말했다.

강완숙이 정동의 중인인 신도 송재기의 집으로 데리고 갔지만, 거기에서도 오래 숨어 있을 수 없었다.

김한빈이 아내와 딸에게 상복 두 벌을 만들라고 했고, 한 벌을 황사영에게 입히고, 다른 한 벌을 그가 입었다. 망우리 묘지로 삼우제를 지내러 가는 상주 행세를 하고 새벽에 길을 나섰다. 김한빈은 말아 든 초석을 들고 갔고, 황사영은 제사 지낼 음식 바구니를 손에 들고 갔다.

창의문을 빠져나간 그들은 망우리와 평구역을 지나 여주를 거쳐 제천에 이르렀다.

밤이 될 때까지 산모퉁이 숲에서 은신해 있다가 배론 마을 김귀동의 집으로 갔다. 김귀동은 그의 집에서 멀지 않은 산기슭에 땅굴을 파주며, 황사영을 은신하도록 도와주었다.

김한빈은 황사영의 손을 잡고, "여호와 하느님의 뜻에 따라, 순교한 성현들의 한풀이를 해주시오" 하고 당부하고 읍내로 들어갔다. 장차 황사영이 작성한 호소문을 숨겨 지니고 연경에 갈 사람을 은밀하게 섭외하기 위해서였다.

열혈 신도인 황심이 찾아와서 나무꾼 행세를 한 채, 하루 세끼 밥을 날라다 주면서 황사영을 도와주었다.

황사영은 김한빈의 집에서 가져온 하얀 명주베에다가 세필로, 연경의 주교에게 보내는, 호소하고 탄원하는 글(帛書)을 쓰기 시작했다.

'저 황사영과 황 토마스(황심) 등은 눈물을 흘리며 주교님께 호소합니다'로 시작되는 호소문이었다.

서울로 간 김한빈이 강완숙의 도움으로 동지사를 따라 연경에 갈 신도를 찾았고, 그를 찾아가서, 아무 날 아무 시에 만나자는 약조를 하고 배론으로 돌아오다가, 길을 막고 있는 포졸들에게 잡혔다.

　김한빈은 서울로 끌려가다가 나루터에서 도망을 쳐, 배론 토굴로 스며들어가, 황사영에게 백서를 전달할 수 있다는 희망과 주문모 신부가 순교했다는 사실을 말해주었다.

　한데 황심이 도피 자금을 마련하기 위해 재력 있는 신도들을 만나려고 제천에 나갔다가 체포되었다. 김한빈을 놓친 일을 분히 여기고 있던 차에 황심을 붙잡은 제천 군수는 그의 수상한 행적으로 보아, 황사영이 제천 안에 있다고 확신했다. 황심에게 곤장을 치면서 문초를 했다.

　고문을 견디지 못한 황심이 혼절을 거듭하다가, 배론 마을의 토굴을 실토했다. 포졸들은 달려가서 황사영을 토포하고, 그가 완성해놓은 백서를 압수했다.

황사영과 정약용을 엮어라

   목만중, 홍희운, 이기경, 박장설 등은 서용보의 집에 모였고, 그들은 '황사영 백서' 사건을 이용해서, 그때까지 완전히 처결하지 못하고 있는 남인 잔당들을 모두 쓸어 없애야 한다고 논의했다.

   영웅심이 남다른, 사헌부 집의인 홍희운이 "제가 신귀조하고 의논을 해서 처결하겠습니다" 하고 말했다. 서용보가

   "그렇지 않아도 홍 집의를 동부승지로 올리려고 했는데, 그 일이 잘 처리되면, 그때 가서 그렇게 하도록 하겠네" 하고 말했다.

   이튿날 홍희운과 헌납 신귀조가 연명으로 의견서를 올렸다.

"황사영의 흉악한 음모와 비밀스러운 계책은 한두 사람의 힘만으로서는 이루어질 수 없는 일입니다. 거기에 연루된 자들은 정배되어 있는 죄인 정약용, 정약전, 이치훈, 이학규, 신여권 들입니다. 그들을 모두 다시 끌어다가 엄중히 국문해서 실정을 명명백백하게 알아내도록 하소서."

목표는 정약용을 죽이는 것이었다.

정순대비가 서용보의 청에 따라 그 의견서를 받아들였고, 거기에 적힌 죄인들을 다시 모두 서울로 압송하라고 명령했다.

정약용이 차꼬를 찬 채 옥리들에게 이끌려 한 옥방 앞을 지나가는데, 그 안에 들어 있는 둘째 형 정약전이 그를 향해

"미용아!" 하고 불렀다.

정약용은 뒤통수와 가슴에 전율이 일었다. 발을 멈추고 옥방 안을 들여다보니, 어두컴컴한 구석에서 둘째 형 정약전이 차꼬를 차고 칼을 쓴 채 앉아, 눈물 글썽거리는 눈으로 그를 바라보았다.

"형님!"

"너도 기어이……!"

철창 앞에 주저앉으려는데, 옥리가 그를 옆방으로 이끌고 가서 문 안으로 처넣었다. 그는 옥방 한가운데 주저앉으면서 옆방을 향해

"형님, 몸은 많이 상하시지 않았습니까?" 하고 큰 소리로 물었다. 그의 말이 옆방까지 들리지 않는지, 옆방의 정약전에게서는

아무런 소리도 들려오지 않았다.

뒤따라 들어온 옥리가 그에게 차꼬를 채우는데 옥문 밖의 옥사장이 무뚝뚝하게 말했다.

"조용히 하시오. 다시 통방을 시도하면 입에다가 재갈을 물려놓을 것이오."

정약용은 눈을 힘주어 감은 채 속으로 오열했다.

'아, 우리 형제는 앞으로 어떻게 될까. 앞서 효수당한 셋째 형 정약종처럼 죽어가게 되지 않을까. 황사영, 그 역적 때문에 죄 없는 우리 형제가 생벼락을 맞는다.'

죽음의 공포가 심장을 옥죄었다. 눈앞이 캄캄해지고 심장이 쿵쾅거렸다. 그 순간, 혀를 아프게 깨물었다. 이러다가는 효수를 당하기도 전에 심장이 멈추어 죽게 생겼다. 죽음을 미리 겁내고 있는 스스로가 한심스러웠다. 심호흡을 하면서 절망하지 말자고 스스로에게 말했다.

'희망을 잃지 마라. 살아날 수 있다. 아무리 흉악무도한 노론들일지라도, 황사영이 저지른 죄가 아무리 크다 할지라도, 나와 둘째 형을 심문하지도 않고 죽이지는 않을 것이다. 나와 둘째 형이 황사영에게 해준 것이 무엇인가. 황사영은 이복 큰형 정약현의 사위일 뿐이다. 나와 둘째 형이 황사영에게 무슨 짓을 하라고 사주한 것도 아니고, 황사영에게 도피 자금을 대준 것도 아니다. 심문하는 재판장 앞에서, 차근차근 조리 있게 아무런 관련이 없음을 진술하면 된다. 미리 공포에 떨어서는 안 된다. 지금 이렇게 서울로 오게 한 것은 하늘의 명령이다. 오히려 이번에 소환되어 심문받고 나서는, 경상도 장기 유배보다 더 좋은 일이 생기려고 그러는지도 모른다.'

눈을 감으며 스스로에게 최면을 걸었다.

'지금은 사업을 생각할 때이다. 유학 선비는 사업을 통해 마음의 평정을 얻고 정심에 이르러야 한다.'

시를 외었다.

'동문 밖 연못은 삼 담그기 알맞네. (거기에서) 어여쁜 저 아가씨와 노래하고 싶어라. 동문 밖 연못은 모시 담그기 좋네. 어여쁜 저 아가씨와 말을 하고 싶어라. 동문 밖 연못은 왕골 담그기 좋네. 어여쁜 저 아가씨와 얘기하고 싶어라.'

정약용은 장기현에 머무르는 동안, 조선 속담을 아는 대로 정리했으므로 이제는 중국 속담을 정리하기로 했다.『서경』『사기』『춘추』따위에는 중국 속담들이 널려 있다. 그래 그것을 추려내어 정리하자.

'평범한 사내이므로 죄가 없지만, 값비싼 구슬을 많이 지니고 있는 것은 죄가 된다.'『춘추』에 있다.

'아홉 길 산을 만들 때, 한 삼태기의 흙이라도 모자라면 안 된다.'『서경』에 있다.

'힘껏 노력하여 관직에 나갔을지라도, 일을 잘할 수 없으면 그만

두어야 한다.'『논어』에 있다.

'멍청한 자는 대롱을 통하여 하늘을 보고, 표주박으로 바닷물을 헤아리려 한다.'『한서』에 있다.

'일천 사람이 손가락질을 하면, 병듦이 없는 몸일지라도 죽게 된다.'『한서』에 있다.

'제사를 돕는 자는 제사 음식을 먹게 될 것이지만, 싸움을 돕는 자는 몸을 다치게 된다.'『국어』에 있다.

'아름다운 여자가 집에 들어오면, 못난 여자의 원수가 된다.'『사기』에 있다.

'관리는 물을 거울로 삼지 말고, 백성을 거울로 삼아야 한다.'『서경』에 있다.

'부드러운 것은 먹고 딱딱한 것은 뱉어라.'『서경』에 있다.

'잘 만든 자〔尺〕에도 짧은 것이 있고, 치에도 긴 것이 있다.'『사기』에 있다.

'천금을 가진 부잣집 자식은 저잣거리에 목매달려 죽지 않는다.'『사기』에 있다.

'여우는 의심이 많아서, 먹이를 묻어놓고는 제대로 묻어놓았는지 다시 파보고 또 파보기를 거듭하기 때문에 들통이 나게 된다.'『국어』에 있다.

옥사쟁이가 창살 사이로 국밥을 넣어주면서, 목소리를 푹 낮추어 속삭였다.

"누구라고 말은 않고, 정약용 영감에게 이 국밥을 넣어달라고 합니다요. 어서 퍼뜩 잡수고 내놓으시오"

정약용은 얼떨결에 뚝배기와 숟가락을 받아들었다.

책 쓰기의 사업에 대한 생각으로 말미암아 마음이 가라앉아 있었다. 날은 저물어가고 옥문 밖의 불 솥에는 소태 기름 불이 타고 있었다.

정약용은 둘째 형님 정약전이 생각나서 옆방 쪽을 바라보자 옥사장이 말했다.

"옆방 정약전 영감한테도 국밥이 들어갔으니까 퍼뜩 드시고 내놓으시오."

대관절 누가 위험을 무릅쓰고 사식을 넣어주는 것일까. 가슴이 쓰라리고 눈시울이 뜨거워졌다. 심호흡을 하고 나서 숟가락을 들었다. 옥문 밖으로 살아 나가려면 배불리 먹어야 한다. 몸이 강건해야 마음이 꿋꿋하고, 마음이 꿋꿋해야 떨지 않고 문초를 잘 받을 수 있다.

그는 국밥을 보자, 눈물이 핑 돌았다. 한 숟가락 떠먹었다. 밥 먹은 지가 오래되었음에도 불구하고, 시장기가 들지 않았고 입도 쓰디썼다.

어린 시절, 열이 설설 끓고 숨을 제대로 쉴 수 없을 만큼 목과 콧속과 혀와 입천장이 붓고, 밥이 소태처럼 써서 씹으면 구역질이 나는 독감에 걸려 누워 있을 때, 어머니가 밥에다가 따뜻한 물을 말아 쿡쿡 찍어주면서 말했었다.

"구역질해서 다시 토해낼지라도 일단 우물우물해가지고 꿀꺽꿀꺽 삼켜놔라. 좌우간에 먹는 놈이 살아나지, 안 먹는 놈은 다 죽는다. 밥이 보약이다. 처음에는 읽기 싫은 책이라도 읽다가 보면 맛이 들어 잘 읽히는 법이다. 자기의 부실한 몸을 위해 먹어야 할 밥을 기어이 먹고, 자기 읽어야 할 책을 기어이 읽는 것만큼 크나큰 효도는 없다. 먹어라. 구역질을 해서 토해낼 때 토해낼지라도, 마음 단단히 먹고 일단 꿀꺽꿀꺽 삼켜놔라."

어머니의 그 말대로 물에 만 밥을 넘겼더니 구역질이 나오지 않았고, 병도 점차 나아졌었다. 이후 성장한 뒤, 그는 어떠한 경우에든지 밥맛이 없을 때면, 어머니의 말씀을 떠올리면서, 부모에게 효도를 한다는 생각으로, 밥에 물을 붓고 쿡쿡 찍어 풀어지게 한 다음, 국수 먹듯이 한 그릇을 기어이 후루룩후루룩 다 먹어버리곤 했다.

이날 국밥도 그렇게 먹었다.

정약용의 벗 윤영희는 정약용 형제의 국문을 마지막으로 국청이 폐쇄되었다는 말을 듣고, 대사간 박장설의 집을 찾아갔다. 정약용 형제가 앞으로 죽게 되는지 살게 되는지를 알아 그들의 집에 연락해주려는 것이었다.

윤영희는 박장설이 유배형에 처했을 때, 정약용이 박장설의 집에 은밀하게 곡식 한 가마니를 들여준 적이 있음을 알고 있었다.

박장설의 집은 정동에 있는 고가였다. 안채와 사랑채와 문간채가 ㅁ자로 된 집인데, 마당 한가운데에 사랑채와 안채를 갈라놓는 낮은 흙담이 있었다. 흙담 머리에 안채와 사랑채로 통하는 쪽문이 있었다.

밤하늘의 총총한 별들이 마당으로 들어선 윤영희를 내려다보고 있었다.

"윤 교리가 어쩐 일이시오?"

흰 도포에 유관을 쓴 박장설은 윤영희를 사랑방으로 안내했다. 윤영희는 박장설과 마주 앉자마자 목소리를 낮추고 말했다.

"정약용의 집에서 사람을 보내왔소이다. 살게 될 것인지 죽게 될 것인지, 얼마나 속이 탔으면 아무런 힘도 없는 제게 사람을 보냈겠소? 대관절 그들 형제를 어떻게 처결하기로 했소이까?"

박장설이 윗몸을 좌우로 저으며 생각을 가다듬는데, 대문 밖에서 말굽 소리가 들리고,

"게 아무도 없느냐!" 하는 외침이 들려왔다.

잠시 후 하인이 달려와

"나리, 연동 홍 영감이 찾아오셨습니다" 하고 아뢰었다.

윤영희는 재빨리 몸을 일으켰고, 박장설은 옆방으로 나가는 미닫이문을 열고, 윤영희를 그 안으로 들어가게 한 다음 하인에게

"뫼셔라" 하고 명했다.

　사헌부 집의 홍희운이 거친 걸음으로 들어와 좌정을 하자마자, 성난 음성으로 항의하듯이 박장설에게 말했다.

　"박 영감, 대관절 왜 그렇게 태평하게 앉아 계십니까? 한양에서 동래로, 동래에서 제주도로, 제주에서 압록강으로, 압록강에서 두만강으로 유배 가신 일을 잊으셨습니까?"

　홍희운은 오래전 서교에서 향사례를 할 때부터 정약용, 이가환 일파와 적이었다. 개인적으로 정약용을 그렇게 미워해야 할 까닭은 없었다. 그는 원래 기회를 기민하게 포착하고 눈치 빠르게 줄서기를 잘하는 사람이었다. 노론의 영수인 김종수에게 줄을 서 있던 그는 김종수가 죽자, 심환지, 서용보 밑에 줄을 섰다. 그들 둘이 정순대비에게 줄을 대고 있음을 알아차리고, 그들을 따르고 있었다. 따라도 그냥 따르는 것이 아니고, 확실하게 어떤 공적을 드러내려 하고 있었다.

　"나보고 어쩌란 말입니까?"

　"천 사람을 죽여도 정약용을 죽이지 못하면, 아무도 죽이지 않은 것만 못한데, 박공은 왜 오늘 그들을 죽여야 한다고 우기지 않았소?"

　"그 사람이 스스로 죽을 일을 저지른 것이 아닌데, 내가 어떻게 그 사람을 죽이겠소이까?"

　"증거야 만들면 되는 것 아니오? 황사영이란 놈의 입에서 정약용의 이름이 나오도록 해가지고!"

"이미 끝난 일이니까 그만 덮어버립시다. 정약용은 이제 살아있어도 산 목숨이 아닙니다."

"아니오. 나는 그놈을 가만 놔둘 수 없소이다."

홍희운은 끓어오르는 화를 주체하지 못하고 벌떡 일어서서 문을 박차고 나가버렸다. 오래지 않아 대문 밖에서 말 달려가는 소리가 들렸다. 홍희운은 서용보를 찾아갈 터이었다.

박장설은 윤영희가 미닫이문을 열고 나오자

"어쩌면 저런 사람이 있을까! 죽여서는 안 될 사람을 죽이려고 두 번이나 잡아들여 파김치를 만들어놓고…… 죽여야 할 아무런 증거가 없는데, 나보고 더 어쩌란 말인가" 하고 투덜거렸다.

재판관은 황사영의 사건에 정약용을 연루시키려고 무진 애를 썼다.

새벽녘에 국문이 시작되었다. 노론 계열의 재판장이 정약용에게 흰 비단에 깨알같이 쓴 황사영의 편지〔帛書〕를 내보이면서 물었다.

"죄인 정약용은 들어라. 역적 황사영은 연경 주교에게 이 편지를 보내려고 흉측한 음모를 꾸몄다. 편지 내용은, 첫째 청나라가 조선을 속국으로 삼아 조선의 임금으로 하여금 천주학쟁이들을 박해하지 말도록 명령하라는 것이고, 둘째 서양에서 선교사를 파견

한 나라들이 군함을 보냄으로써 국왕을 위협하여 천주학을 자유롭게 신봉하도록 해달라는 것이다. 황사영이 혼자서 어떻게 이러한 짓을 감히 생각할 수 있었겠는가. 죄인 정약용이 조카사위인 황사영에게 이 역적질을 하도록 사주하지 않았는가. 바른대로 말하라."

정약용은 어이없고 기가 막혔다.

"결단코 나는 모르는 일이오. 천 리 밖에 있는 경상도 바닷가 장기에서 지은 죄를 참회하고 있는 몸인데, 날개를 달고 있지 않는 한, 어떻게 충청도에 은신한 역적에게 그런 일을 사주할 수 있겠소이까?"

재판관이 정약용에게 주리를 틀라고 명령했다. 정약용은 두 다리가 끊어지는 듯싶었다. 하늘이 노래졌다가 새까매졌다. 자기도 모르는 사이에 비명을 질렀다.

고문을 중단시키고 난 재판관이 정약용에게 덮어씌우듯이 말했다.

"편지 문투나, 그 문투의 구구절절의 흐름으로 보건대, 이 젊은 황사영의 필치라고 볼 수 없다. 이런 글을 쓸 수 있는 것은 죄인 정약용뿐이다."

정약용은 말했다.

"황사영은 열다섯 살 되던 해에 벌써 사마시에 합격한 영특한 문재였고, 여느 때 처삼촌인 나의 문장을 깔보던 아주 오만한 놈이오."

심문을 마친 재판관이 배석한 심환지, 서용보, 이유수, 박장설 등의 재판관들과 더불어, 죄인 정약용의 심문 결과에 대한 보고서를 어떻게 작성할 것인지를 논의했다.

심환지가 혐의점이 없으므로 풀어주자고 말했고 이유수, 박장설이 그 말에 선뜻 동의를 했다. 서용보는 마뜩잖아하면서도 침묵한 채 고개만 끄덕거려주었다.

박장설이 윤영희를 건너다보며 입을 열었다.

"정약용 그 사람은 내가 살려주려 해서 살아난 것이 아니고, 그 사람이 죄가 없어서 살아난 것이오. 독심을 품은 사헌부 집의 한 사람(홍희운)이 그렇게 죽이려고 발버둥을 쳤음에도 불구하고, 기어이 목숨을 부지하여 빠져나가는 정약용은 참 대단한 천운을 타고난 사람이오. 지금 매우 가엾은 처지가 되어 있기는 하지만, 나는 그 사람이 부럽소이다. 칼산지옥 같은 사지 속을 헤치고 다니면서까지 구명을 하려 드는 윤 교리 같은 벗을 두었으니……."

박장설의 집에서 뛰쳐나간 홍희운은 우의정 서용보의 집으로 달려갔다. 홍희운이 서용보에게 말했다.

"대감, 정약용을 그냥 풀어주어서는 안 됩니다. 지금 강진에 우리 노론 사람이 현감으로 나가 있습니다. 제가 그곳 수령에게 은밀하게 정약용 잡을 덫을 놓아두도록 하고, 그 지방 사람들에게 정약용이 손님마마보다 더 지독한 천주학쟁이임을 소문내도록 하겠습니다. 정약용과 대면을 하기만 하면 죽게 된다는 소문 말입니다. 그래가지고, 여기저기에서 따돌림을 받고 극도로 외롭고 불편해진 그가 노론 정부를 비방하지 않을 수 없게 하고, 천주학쟁이들과 함께 신앙 활동을 하게 한 다음, 사람을 풀어 세세히 살펴 보고하도록 하겠습니다."

서용보는 "그 사람을 화태禍胎(사건의 불씨)로 만들어놓겠다!" 하고 빙긋 웃으면서 고개를 끄덕거렸다.

이튿날, 다시 붙잡아 들인 천주학 죄인들의 판결문을 작성하는 과정에서 우의정 서용보가

"전라도 강진 장흥 지방에 천주학이 바야흐로 많이 퍼지고 있다고 들었습니다. 정약용은 그것을 잠재울 수 있는 능력과 자질이 있는 자이므로, 그를 그리로 정배함이 옳습니다" 하고 말했고, 그것이 받아들여졌다.

정순대비는 다음과 같이 판결했다.

"다시 붙잡아다 형을 가하고 심문하였으나 별다른 범죄를 더 찾을 수 없었으므로, 이치훈은 제주도에, 정약전은 흑산도에, 정약용은 강진에 유배시키도록 하라."

형은 흑산도로 아우는 강진으로

새끼 메추리 같은 갈꽃들이 바람에 어리광 섞인 날갯짓을 했다. 물너울에는 아침노을이 주황색 공단처럼 깔려 있었다. 그 공단 위에서 갈꽃들이 춤을 추었다.

전라도 쪽으로 유배를 가는 정약전, 정약용 두 형제가 동작 나루터에 이르렀다.

서쪽 하늘에 칼끝처럼 예리한 흰 달이 떠 있었다. 강의 남쪽 물너울에는 젖빛 안개가 기어가고 있고, 바야흐로 남쪽 산마루에서 얼굴을 내민 핏덩이처럼 빨간 해가 핏물 색깔의 햇살을 뿌리고 있는데, 사람들의 발짝 소리에 놀란 갈대숲 속의 기러기 두 마리가 푸르릉 날아올랐다. 그들의 날갯짓으로 인해 갈대숲이 출렁거렸다. 강심의 푸른 물살 위에는 물오리 두 마리가 불안한 듯 고개를 양옆으로 내저으며 하구 쪽으로 헤엄을 치고 있었다.

정약용은 핏덩이 같은 해를 보면서 몸서리를 쳤다. 그의 머리는 온통 피로 범벅이 되어버렸다. 하늘도, 강물도, 산도, 들도, 모두 핏물로 도색이 되고 있었다. 피바다, 피의 파도, 피의 천지, 피바람…… 허공을 쳐다보다가 눈을 감으면서 걸었다.

전날 저녁 무렵에, 황사영은 서대문 밖에서 능지처참으로 죽어 갔다. 황사영은 형리들이 자기 사지를 묶기 쉽게 하려고, 저항하지 않고 눈을 감은 채 사지를 대大 자로 벌려주었다.

말 네 마리가 그의 다리와 팔목을 잡아당기자 몸통이 허공에 수평으로 떠올랐다. 네 형리가 채찍으로 말의 등을 내리쳤고, 그의 몸이 네 갈래로 찢어지면서 피가 사방으로 튕겨 번져갔다.

조정은 황사영의 어머니와 아내 정명련(정약용의 조카)은 노비로 만들어 각각 거제도와 제주도로 보내고, 두 살배기 아들은 추자도로 귀양 보내고, 숙부는 함경도 경흥으로 귀양 보내고, 집의 하인들 또한 모두 사방으로 귀양을 보내고, 다음과 같이 명령했다.

"황사영이 살던 집은 헐어버리고, 집터에 웅덩이를 파고, 사철 내내 물이 고여 있게 하라."

정약전과 정약용은 가야 하는 유형의 길이 전라도 쪽 한 길이므로, 함께 고문으로 파김치가 된 몸에 유배살이 괴나리봇짐을 짊어지고, 절름절름 길을 나섰다. 금부도사 둘 나졸 넷이 두 형제를 이끌고 있었다.

그들을 따라온 아내와 자식들과 작은아버지와 아들들은 동작 나루터에서 헤어졌다.

"조카들아, 내 조카들아, 독심을 먹고 기어이 살아서 다시 보자."

얼마 전부터 해수 기침을 앓고 있는 작은아버지가 가쁜 숨을 내쉬며 말했고, 둘째 작은아버지가

"아이고, 우리 조카들, 만 리 타관에서 무얼 먹고 살거나. 추위에 한사코 몸 잘 보존해라. 악을 쓰고 살아 배겨라. 우리…… 거짓말 같이 다시 만나보자" 하고 눈물을 훔치면서 말했다. 손님마마에 걸린 그들을 살려내려고 매화꽃가루를 만들어 먹인 둘째 작은아버지.

나룻배에 오른 정약전과 정약용이 두 작은아버지에게 허리와 머리를 숙여 절하고 손을 흔들었다. 아내와 자식들에게도 손을 내쳤다.

아내와 자식들과 하인들은 모래밭에 엎드려 하직 인사를 했다. 이불 보따리 옷 보따리를 짊어지고 따라가는 하인들도 자기 아내들에게 손을 저었다.

나주 밤나무 골에서의 이별

사방이 산으로 둘러싸이고, 들판이 황막하게 드넓은 나주 고을의 밤나무 골 주막.

고문당하고 난 몸으로 전라도까지의 천 리 길을 함께 걸어온 정약용, 정약전 두 형제가 마침내 이별하는 아침이 밝아오고 있었다.

형인 정약전은 150리 길을 더 걸어간 다음 배를 타고 500리의 험한 바닷길을 달려 소흑산도로 들어가야 하고, 아우 정약용은 180리 길을 더 걸어 강진으로 가서 유배살이를 해야 했다.

『대동여지도』에는 흑산도가 둘이었다. 하나는 대흑산도이고 다른 하나는 소흑산도였다(대흑산도는 지금의 흑산도이고, 소흑산도는 지금의 우이도이다). 두 섬이 흑산도이므로, 정약전은 그 어느 섬에서 살아도 좋았다. 금부도사는 가까운 소흑산도의 우이보堡에 머무르게 해줄 터이었다. 우이보에는 수군 부대가 주둔해 있는데, 나주 관아의 관원 둘이 출장 나가 살고 있다고 했다.

부엌에서는 주모가 길 떠날 가엾은 나그네들을 위해 국밥을 끓이고 있었다.

정약전, 정약용 두 형제는 봉놋방에서 나란히 자고, 하인 둘은 다락에서 자고, 모퉁이의 방 두 칸에서 금부도사 둘과 나졸 넷이 잤다. 모퉁이 방에서는 새벽녘까지 코 고는 소리가 들려왔다.

두 형제는 손을 꼭 잡은 채 잠들지 못하고 있었다.

"흑산도는 이름부터가 너무 무섭습니다. 앞으로 저는 형님이 계신 그곳을 현산이라고 불러야겠습니다. '현묘할 현玄' 자 둘을 나란히 쓴 '검을 현玆' 자, 현산 말입니다. 흑산은 무서운 느낌이 들지만, 현산은 그윽하고 현묘한 곳이란 느낌이 듭니다."

정약용의 말에 담겨 있는 현학을 정약전이 알아챘다. '검을 黑(흑)'은 가시적인 검은 색깔이고, '검을 玆(현)'은 비가시적인 검은 색깔로서 그윽하고 신비한 분위기를 드러낸다. '흑산'이 일차원적인 현실 세상을 말한다면, '현산'은 고차원적이고 그윽한 현인들의 세상을 말한다.

"형님께서는 흑산으로 가고 계시는 것이 아니고, 저 드높은 곳에 자리한 신성하고 그윽한 세상인 현산으로 살러 가시는 것입니다. 하늘나라에서 유배된 선남仙男처럼."

정약전은 가슴이 뜨거워져서 아우의 손을 힘주어 움켜쥐었다. 정약용이 말을 이었다.

"그리고 지금까지 둘째 형님께서 써오신 '연경재'란 별호 대신에 이제부터는 '손암巽菴'을 쓰시면 어떻겠습니까? '손'은 『주역』에서 들어간다는 것이지만, 그 이면에 '들어가면 곧 나온다'는 뜻이 담겨 있지 않습니까?"

정약전은 "그렇다, 그렇다! 우리 미용이!" 하면서 움켜쥔 손에 힘을 주었다. 그는 또 아우 정약용과 자기가 두 몸이면서 사실은 한 몸인 듯싶다는 생각을 했다. 한쪽 가죽은 얇아서 높은 소리를 내고, 다른 한쪽 가죽은 두꺼워서 낮은 소리를 내는 장구처럼, 그들 두 형제는 실바람 같은 충격을 받아도 늘 한 몸처럼 동시에 두리둥두리둥 하고 공명 공감하곤 했다.

국밥 한 그릇씩을 먹고 길을 떠났다. 형 정약전은 무안을 거쳐 다경포로 가서, 소흑산도로 가는 배를 타야 하고, 아우 정약용은 영암을 거쳐 강진으로 가야 했다.

금부도사와 나졸들은 들메끈을 단단히 하고, 벙거지를 약간 비뚜름하게 쓰고, 자기의 칼과 창을 꼬나들었다. 정약용과 정약전은 발싸개로 두 발을 감은 다음 짚신을 신었다. '양반은 먼 길을 갈지라도 반드시 버선을 신어야 한다'는 생각들을 버린 지 오래였다. 먼 길 가는 데는 버선보다 발싸개가 훨씬 발을 편하게 하고, 빨아 쓰기도 좋다는 것을 지난번 유배 경험을 통해 잘 깨달았고, 아내들은 열 벌씩의 발싸개를 준비해주었다.

산모퉁이를 돌아서자 길이 갈렸다. 한 길은 소흑산도 쪽으로 열려 있고, 다른 한 길은 강진 쪽으로 열려 있었다.

세 갈래 길을 앞에 놓고, 강진으로 갈 호리호리한 금부도사가 소흑산도까지 갔다 올 오동통한 금부도사에게

"450리 뱃길에 고생문이 활짝 열렸네!" 하고 위로 반 빈정거림 반으로 말했다.

오동통한 금부도사가 찡그린 얼굴로 호리호리한 금부도사를 마주 건너다보며

"강진 장흥의 기생들은 낙지 문어보다 무섭다네. 허리 부러지지 않게 조심하게나" 하고 음험한 말을 건넸다.

호리호리한 금부도사가

"내 걱정일랑은 말고, 집에 있는 여우 같은 마누라하고 개구리 같은 새끼들 생각해서라도 고기밥 안 되도록 몸 간수 잘하시게" 하면서 영암 쪽 길로 들어섰고, 오동통한 금부도사는

"세월이 좀먹나보자 하고, 매나리 타령이나 부르면서 천천히 다

녀오드라고" 하면서 소흑산도 쪽 길로 들어섰다.

　서로의 손을 놓지 않고 금부도사를 뒤따르던 두 형제가 세 갈래 길 한가운데서 마주 섰다. 그들 뒤에는 나졸 넷과 이불 짐을 지고 따라온 하인 둘이 걸음을 멈추었다.

　"형님, 험한 뱃길 몸조심하십시오. ……기어이 우리 살아서 만납시다."

　정약용이 울음 섞인 소리로 말했고, 정약전이

　"아우야, 내 사랑하는 아우 미용아. 언제 다시 만나볼 거나!" 하고 목울음 섞인 소리로 말했다.

　"대왕대비의 수렴청정 끝나고 나면, 새 임금님이 대사면을 해주실 것입니다. 형님, 조금만 참고 기다리십시다" 하고 정약용이 말했고, 정약전이 정약용을 끌어안으면서 말했다.

　"오냐, 건강해라. 호랑이한테 물려 가도 정신을 차리면 산다고 했느니라."

　"절망하지 말고, 짊어지고 가는 책들을 읽고, 읽고 또 읽으면서 세월을 죽입시다. 기어이 살아서 만납시다. 혹시 속 답답하고 울화 치민다고 술 많이 들지 마십시오."

　정약전은 울음이 북받쳐 말을 뱉지 못했다.

　서로를 부둥켜안은 채 떨어질 줄을 모르는 두 형제를 바라보고 있던 소흑산도로 갈 금부도사가

"그 길 한가운데서 망부석으로 굳어져버리지 않을 바에는 그만 놓고 돌아서시오. 갈 길이 바쁩니다요" 하고 말했다.

강진으로 갈 금부도사가

"영감 모셔다 주고 되돌아갈 우리 처지도 생각을 좀 해주십시오" 하고 재촉했다.

정약용이 형을 놓고, 주머니에서 재빨리 엽전 다섯 닢을 꺼내 흑산도로 갈 금부도사의 손에 잡혀주면서 말했다.

"금오랑, 우리 형님 불편하지 않게 잘 좀 모시고 가게나."

정약전은 정약전대로 괴춤에서 주머니를 꺼내 엽전 다섯 닢을 강진으로 갈 금부도사의 손에 잡혀주고 나서 몸을 돌렸다.

고개를 떨어뜨린 채 눈물을 줄줄 흘리면서 걸었다. 그들은 눈물로 인하여 앞 길바닥이 잘 보이지 않아 비틀거렸다.

정약용은 강진 쪽으로 네댓 걸음 가다가 멈추어 서서, 멀어져가는 정약전의 뒷모습을 바라보았다.

'아아, 이 이별이 영영 이별인 듯싶다. 나는 지금 저 형님의 모습을 마지막으로 보고 있다.'

정약용은 목청 높여 울부짖었다.

"둘째 형님! 우리 기어이 살아서 만납니다!"

정약전이 뒤돌아보면서 손을 흔들었다. 그는 살아서는 다시 아우를 만나지 못할 것 같다는 예감에 사로잡혀 울부짖었다.

"아우야, 내 아우 미용아! 몸 간수 잘해라."

그들은 다시 몸을 돌려 스무남은 걸음 가다가 발을 멈추고 서로를 돌아보면서

"형님!"

"오냐, 미용아!" 하고 불렀다. 그 소리가 산골짜기에서 메아리쳤다.

얼마쯤 뒤 정약용은 들판 한가운데에 이르렀고, 정약전은 소나무 숲이 우거진 산모퉁이의 굽이에 이르렀다. 서로의 모습은 황새만 해졌다. 이제 정약전이 몇 걸음만 더 나아가면 서로의 모습이 보이지 않을 것이다.

이때 두 형제는 걸음을 멈추고, 서로를 향해 피맺힌 목소리로 외쳐 불렀다.

"형니임!"

"아우야아!"

"형니임!"

"미용아아!"

그 피맺힌 목소리 하나는 들판을 건너가다가 하늘로 사위어가고, 그 다른 목소리 하나는 산모퉁이를 돌아가다가 땅으로 스며들었다. 그 목소리들은 거듭 울렸고, 거듭 아득하게 사라져갔다. 두 형제의 가슴 아픈 영영 이별을 내려다보고 있는 하늘과 땅은 너무 짙푸르고 드높고 드넓고 아득했다.

강진으로 따라온 홍희운의 계략

정약용 일행이 강진의 관아에 도착했다.

관아는 성벽으로 둘러싸여 있고, 문 앞에는 건장한 문지기 둘이 창을 곧추세우고 서 있었다.

금부도사가 문지기에게 정약용을 턱으로 가리켜주고, 안으로 들어갔다. 그 뒤를 정약용과 나졸들이 따라 들어갔다.

정약용이 관아에 도착했다는 신고를 하는 동안, 나졸들은 그의 등 뒤에 서 있었고, 금부도사는 얼굴이 거무튀튀한 형방에게 귀엣말을 했다. 형방이 금부도사를 안으로 데리고 들어갔다.

한참 뒤에 나온 금부도사는 정약용을 향해 퉁명스럽게

"영감, 우리는 가오이다. 이젠 제발 이렇게 다시 만나는 인연이 닿지 않았으면 좋겠소이다" 하고 나서 두 나졸을 이끌고 총총 돌아갔다.

정약용은 우두커니 선 채 기다렸다. 아전 한 사람이 어느 집으로인가 안내해줄 것이다. 장기에서처럼 오래전에 포교를 지낸 바 있는 늙은 누구인가의 집으로 안내해줄 터이다. 전라도 강진의 인심은 차고 맵고 짤까, 후하고 너그러울까. 좌우간 얼른 데려다주었으면 좋겠다. 고문으로 상처를 입은 데다 노독에 찌든 몸을 눕히고 쉬고 싶었다. 하인 바우도 지쳐 있다. 바우가 하룻밤을 쉬었다가 가도록 해주어야 한다. 나는 괴나리봇짐 하나만 지고 왔지만, 저놈은 이불 짐에다가 겨울나기 옷들과 책들을 넣어 지고 오지 않았는가.

형방이 정약용의 유배지 도착 신고서를 가지고 들어갔다가 나와서 키 작달막한 이방에게 귀엣말을 했다. 그들의 귀엣말이 찬바람이 되어 날아왔다.

정약용은 긴장했다. 이상한 예감이 들었다. 금부도사가 현감을 만나고 나와서 쌀쌀맞게 돌아간 것부터가 수상스러웠다.

금부도사는 서울에서 가져온 편지를 현감에게 전하고 갔고, 현감은 그 편지의 사연에 따라 그에게 특별한 조치를 내리고 있는 것이 분명했다. 정약용은 허공으로 눈길을 던진 채 모른 체했다.

이방이 정약용에게 다가와서

"가지 않고 왜 거기 서 계시는 것이오?" 하고 말했다.

정약용이 놀라

"무슨 말인가?" 하고 이방의 얼굴을 건너다보았다.

얼굴이 넙데데하고 짙은 흑갈색 수염에 눈이 부리부리한 이방은 코를 찡긋하고 나서 말했다.

"우리 현에서는 유배 온 양반들을 어느 집에 가두어놓지 않고, 자유롭게 마음에 드는 집을 잡아 지내도록 풀어드립니다이."

정약용은 당황하지 않을 수 없었다. 타관에 온 나그네 죄인을 이렇게 홀대하는 법이 어디 있단 말인가. 하늘에서 갑자기 뚝 떨어진 듯 낯선 땅에 온 자가, 대관절 어디 사는 누구의 집으로 들어가 머무르게 해달라고 청한다는 것인가.

지난번의 유배지 장기현에서는 이러지 않았었다. 나도 곡산 부사 노릇을 하면서, 그곳에 귀양 온 죄인들을 방치하지 않고, 먹을 것과 잘 자리를 마련해주었었다.

정약용이 이방을 향해

"지금 이곳에 처음 온 사람이니까, 빈방이 하나쯤 있는 누구네 집으로인가 안내를 좀 해주는 것이 도리이지……" 하고 말하자, 이방이 그의 눈길을 피하면서 도리질을 했다.

"우리 현 사람들 인심이 아주 좋습니다. 어서 저물기 전에 가보시오. 아무 집에나 가서 문 두드리고 좀 재워주고 먹여달라고 해보시오."

"그것이 지금 현감의 명령인가, 아니면 이 현에 오래전부터 내려오는 관습인가?"

정약용이 따지자 형방이 참견을 했다.

"아까 그 금부도사가 사또한테, 죄인 정약용한테는 그렇게 하라는 임금님 명령을 전하고 갔구만이라우."

나를 기어이 죽이고 말겠다는 적들의 무서운 수작이 금부도사를 따라 강진에까지 온 것이다. 멍해져 있는 정약용을 향해 키 호리호리한 예방이

"좌우지간에 날 저물어지기 전에 얼릉 돌아댕김스롬 재워달라고 사정을 해보시오" 하고 나서 덧붙였다.

"사실은, 성 밖 마을에 손님마마가 들었구만이라우. 일단 인근에 손님(마마)이 들었다 하면, 이 골 사람들은 왼 데 사람을 절대로 들이지 않으려 하요. 만일 관아에서 누구를 그 집에 들여주었다가 마마에 걸리기라도 하는 날에는 큰일이 나지라우."

관아를 등지고 나가는 정약용의 뒤통수를 향해 형방이 경고하듯이 말했다.

"성안에서 혹시 머무를 집을 못 구해서 성 밖으로 나가더라도, 멀리 가지는 말고 동문 근처 마을 안팎에서 머물러야 된다고 했습니다이."

정약용은 맥 빠진 걸음걸이로 관아 문을 나왔다. 하인 바우는 문

밖에 이불 짐을 부려놓고, 그 짐에 기대앉아 잠에 골아떨어져 있었다. 잠들어 있는 바우의 천진한 얼굴을 보자 가슴이 미어지는 듯 쓰라렸다. 나는 죄인이어서 이러지만, 너는 무슨 죄가 있어 시방 이 고생을 하고 있는 것이냐.

바우를 깨워 짐을 지게 한 다음 앞장서서 갔다. 강진에 사는 벗 윤서유가 생각났다. 윤서유와 정약용의 사이는, 양쪽의 아버지가 서로 절친한 벗인 세교世交의 처지였다.

윤서유의 아버지 윤광택은 강진의 항촌에서 사는데, 정약용의 아버지 정재원이 화순 현감으로 근무할 때 찾아와 하룻밤을 머물면서, 극진한 대접을 받고 시를 짓고 풍악을 즐겼다. 윤광택은 자수성가하여 근동 사람들의 가난을 구제하고 후학 양성에 전력을 다했는데, 구걸하는 사람들이 줄을 잇곤 하지만, 귀찮아하지 않고 후하게 먹이고 노자를 주어 돌려보내곤 했다.

그의 아들인 윤서유는 공부 많이 하고 글 잘 짓는 사람을 찾아 사귀었는데, 이가환을 존경하며 따랐고, 정약용과 정약전과도 깊이 사귀었었다. 서울에 오면 그들의 집을 전전하며 묵곤 했었다. 정약용이 그를 찾아간다면, 반가이 맞아 머무르게 해줄 것이 분명했다.

그러나 지금 윤서유의 집을 찾아가서는 안 되는 것이었다. 지난해 늦가을, 정약용이 국청에서 고문을 받고 장기로 유배를 가고 있을 무렵, 윤서유는 정약용과 깊이 사귀는 사람이라는 이유만으로 천주학쟁이라는 누명을 쓰고, 강진의 병마절도사영(병영)으로 끌려가 주리를 틀리며 문초를 당하고, 증거가 없어 풀려났다.

적들이 유배형을 받은 죄인인 정약용의 일거수일투족을 감시하고 있는 처지이므로, 윤서유를 멀리해야 하고, 윤서유 또한 정약용을 모른 척 외면해야 하는 것이었다.

또 하나의 손님마마

    정약용은 대문이 두껍고 높은 기와집은 젖혀두고, 허름한 초가의 사립문 앞으로 가서 문을 흔들면서

    "거기 아무도 없느냐!" 하고 불러보았다.

    텁석부리 노인이 문을 열고 내다보더니 화닥닥 문을 닫고 나서 돌쩌귀를 잠갔다.

    정약용은 들에 갔다가 들어오는 바지게 짊어진, 맨상투 바람의 중년 남정네 앞을 막아서면서

    "나는 서울에서 귀양을 온 사람인데, 내 그대에게 통사정을 좀 해

야겠네. 그대 집에서 하룻밤 신세를 질 수 없겠는가?" 하고 말했다.

그 중년 남자는 정약용의 위아래를 훑어보고 옆으로 피해 도망을 쳤다. 정약용은 그를 뒤따라가며

"그대 집에서 안 되겠으면, 혹시 빈방이나 헛간이 있고, 밥을 지어줄 수 있는 집을 좀 안내해주려무나. 나 그대에게 서운하게 하지는 않을 터이니……" 하고 말했다.

중년 남자는 뒤도 돌아보지 않고 허둥지둥 내달렸다. 정약용은 그 남자가 남의 눈이 무서워 그러는 모양이라 생각하고 뒤를 따라갔다. 그 남자의 집에까지 따라가서 통사정을 하면 들어줄지 모른다고 생각했다.

중년 남자가 긴 골목의 막다른 곳에 있는 허름한 집의 사립문 앞에 이르렀다. 뒤따라간 정약용은 사립문을 열려는 그 남자를 향해

"나는 절대로 나쁜 사람이 아니네. 나를 좀 받아들여주게나" 하고 말했다.

그 남자는 재빨리 사립문 고리를 밀어젖혔다. 애초에 부실한 사립문은 수숫대로 엮어 막은 울타리와 함께 쓰러져버렸다. 그 남자는 쓰러진 울타리를 밟고 마당 안으로 들어가더니, 바지게를 벗어 내던지고 방으로 들어가 덜그럭 문고리를 잠가버렸다.

해가 서산 너머로 떨어졌고, 그쪽의 하늘에서 핏빛 노을이 타올랐다. 새까만 숯가루 같은 절망이 그의 눈앞을 가렸다. 그가 오기 전에 고을에는 이미 관아의 엄혹한 명령이 떨어져 있었다. 낯선 자

들을 집에 들이지 말라는 엄명. 다섯 집을 한 통으로 묶어, 수상한 자가 들어가 숨으면 서로 살펴서 관아에 발고하게 하는 오가작통 명령.

'아, 관에서 말한 그 수상한 사람이 바로 나, 정약용이다. 손님마마보다 더 무서운 천주학의 귀신에 감염된 바 있는 사람. 나를 두려워하며 도망치는 저 선량한 사람들을 나무랄 수 있으랴.'

서편 하늘에 불그레한 노을이 남아 있는데, 그 하늘에 황금색 별 하나가 나타나 반짝거리면서 그를 내려다보고 있었고, 지상 여기저기에서는 땅거미가 하늘로 솟구치기 시작했다.

조급해졌다. 이렇게 돌아다니다가는 끝내 주인을 정하지 못한 채, 길거리나 누군가의 처마 밑에서, 하인 바우와 더불어 찬 서리를 맞으며 저녁밥을 굶은 채 잠을 자야 할 것 같았다.

'하아!'

참담한 한숨이 가슴속에서 흘러나왔다. 노독으로 인한 피곤과 더불어 절망으로 인한 맥 풀림이 몸을 천근만근으로 만들고 있었다.

열이 설설 끓고 목과 혀와 입천장이 부어 있을 때, 밥에 물을 말아주며 기어이 먹이던 어머니의 말씀이 떠올랐다. '억지로 먹는 것이 효도이다.'

'그렇다, 두드려라. 두드리면 열릴 것이다.' 하늘에서 그 말이 들려왔다.

그는 이를 악물고 심호흡을 했다. 어떠한 고난을 만나 쉽게 절망하고 주저앉는 것은 부모에게 불효를 저지르는 것이고 하느님의 명령을 거역하는 것이다.

이제는 좀 부자인 듯싶은 집의 대문들을 두들기면서 사정을 해보기로 했다. 문을 두드리면, 반드시 문을 열어 맞아주는 누구인가가 있을 것이라고, 그는 희망을 가졌다.

이것이 천명이다. 나로 하여금 이렇게 거리를 절망하면서 방황하게 하는 천명. 하늘은 늘 나와 함께 자리하곤 했다. 지금 하늘은 나를 지켜보고 있다. 이 고난의 삶을 어떻게 이겨내는지 시험하고 있는 것이다.

지치고 또 지쳐, 머리와 목과 어깨와 가슴에서부터 허리와 허벅다리를 거쳐, 무릎과 종아리와 발등으로 와르르 허물어져 내리려하는 몸을 이 악물고 이끌며 걸었다.

다시 한 집으로 가서 대문을 두들기며 말했다.

‘게 아무도 없느냐!’ 하고 큰 소리로 호령하듯이 말하려다가 말을 바꾸었다.

“주인장! 주인장! 잠깐 문을 좀 열어주시오!”

반응이 없어, 다시 문을 두드리며 소리쳐 말했다. 얼마쯤 뒤에 안에서 발짝 소리가 들리더니 아낙의 퉁명스런 목소리가

“이 집에 시방 손님(마마) 들었소! 다른 데로 가보시오!” 하고 말했다.

순간 정약용은 '하아, 이 강진 사람들은 손님을 거부하고 있다' 하고 생각했다. 저 아낙이 자기 집에 손님마마가 들었다고 한 것은 나를 퇴치시키려고 한 거짓말이다. 아낙은 내가 바로 손님마마 같은 천주학 귀신을 몸에 지니고 다니는 사람이라는 것을 알고 있는 것이다. 나를 가까이하면 천주학 귀신에 감염되어 죽게 될 터이므로 나를 피하는 것이다.

"……쇤네가 다니면서 한번 통사정해볼까요?"

뒤따르던 바우가 안타까워하며 말했다.

"아니다. 잠시만 더 가보자."

정약용은 긴 골목길을 따라 걸었다. 다시 누구네 집의 대문을 두들길 용기가 나지 않았다. 속절없이 걷기만 했다. 무거운 짐을 진 바우는 인고하고 또 인고하면서, 애타는 마음과 지쳐 늘어지려 하는 몸을 이끌고 그의 뒤를 따랐다.

그때 성문 쪽에서 검은 땅거미에 감싸인 누구인가가 그를 향해 걸어오고 있었다. 마지막으로 저 사람에게 한번 사정을 해보자. 이제 마지막이다. 만일 저 사람이 거절한다면, 남의 집 문밖의 처마 밑에서 바우가 짊어지고 있는 이불 짐을 풀고, 바우와 나란히 밤을 지새워야 한다.

먼 데 사람의 얼굴을 분별할 수 없을 만큼 땅거미가 짙어졌다. 가슴이 심하게 우둔거렸다. 조급증으로 인해 숨이 가빠졌다.

'아, 제발, 저 사람은 나를 거절하지 않아야 하는데…….'

성문 쪽에서 걸어오는 그 누구인가와 정약용의 사이는 대여섯 걸음으로 좁혀졌다. 속으로 애원했다.

'하느님, 이 사람이 저를 받아들이게 해주시옵소서. 아버지, 어머니, 저 사람의 마음을 돌려주십시오.'

두 사람 사이가 두 걸음쯤으로 좁혀졌을 때, 상대가 젊은 여자라는 것을 알아차렸다. 상대는 연두색 머리처네를 쓰고 있었고, 그녀에게서 여성만의 아릿한 체취가 날아왔다. 상대가 여자라고 해서 그냥 지나쳐 가게 놔두어서는 안 된다고 그는 생각했다.

그가 "어흠" 하고 헛기침을 하고 나서, 바야흐로 다급하고 참담해져 있는 자기의 사정을 말하려는데, 오히려 상대가 먼저 발을 멈추고

"시방 주무실 곳을 찾고 계시옵니까요?" 하고, 옥을 굴리는 듯한 고운 목소리로 물으면서 머리와 허리를 깊이 숙였다. 상대의 신분을 알 수 없으므로 그는

"그렇소이다" 하고 말했다.

여자는 공손하게 말했다.

"소녀는 천한 신분이오니 말씀을 편하게 하십시오이. 제 어머니는 주막집 주모이신디, 서울 양반님께 달려가서, 우리 주막 모퉁이 뒷방에서 유하셔도 좋은지 여쭈어보고, 만일 비좁고 누추한 곳일지라도 묵고 싶다 하시면, 모셔오라고 해서 이렇게 왔구만이라우."

정약용의 가슴은 뜨겁게 달아올랐고, 경기 같은 감회가 일어나

고 있었다. 울음이 터져 나오려는 것을 이 악물어 억눌렀다.

'이벽이 이야기하던 예수의 어머니 성모마리아, 아니, 위안받을 곳 없어 방황하는 예수를 자기 집으로 모시고 간, 거리의 여인인 마리아가 바로 이런 여자였을 터이다. 이 여자는 하늘이 나를 구하기 위해 보낸 천사인지도 모른다.'

정약용은

"따르겠느니라" 하고 떨리는 목소리로 대답했고, 여자는 머리를 숙이면서 발을 돌려 앞장서 갔다.

동문 앞에 이른 여자가 발을 멈추고, 그를 향해 말했다.

"동문 밖 우리 어머니 주막에서 머무르실지라도 염려하실 것은 없어라우. 우리 어머니 주막에는 아전이나 포군들이 자주 찾아오니께라우."

여자는 성문 밖으로 나가는 것을 두려워하고 있는 그의 마음을 꿰뚫어 읽고 있었다.

정약용은 여자가 자상하게 마음 써주는 것에 감복했다.

여자는 동문을 지키는 포군 앞으로 다가가서

"서울 양반이 어디로 가시더냐고 혹 누가 물으면, 내가 주막으로 모셔 갔다고 하시요이" 하고 나서 총총 앞장서 갔다. 땅거미 어린 찬바람을 헤치며 걸어가는 그녀의 치맛자락과 머리처네가 팔랑거렸다. 그녀에게서 젊은 여성 특유의 향긋한 새물내와 동백기름 냄새와 체취가 날아왔다.

주막집의 곰보 주모

까물거리는 검붉은 주등이 걸려 있고, 사립문 양옆으로 싸릿대 울타리가 둘려 있는, 지붕 나지막한 주막의 넓은 마당 가운데는 평상이 놓여 있었다. 마당 가운데 세운 작대기에 걸어놓은, 어슴푸레한 초롱불빛이 드리워진 평상에는 행려 장수 두 사람이 짐을 벗어놓고 국밥을 먹고 있었다.

앞장선 여인은 사립 안으로 들어서며

"어머니, 서울 양반님네 모시고 왔소이" 하고 나서, 머리처네를 쓴 채로 정약용에게 머리를 깊이 숙여주고 안으로 들어갔다.

부엌에서 늙수그레한 주모가 초롱을 들고 나와 정약용을 맞았다.

"와따어메! 먼 길에 얼매나 고상이 많으셨을께라우잉!"

목소리가 걸걸한 주모는 서둘러 주막 모퉁이의 자그마한 별채로 정약용을 안내했다.

"누추하기는 하제마는……."

머리를 길게 땋아 늘인 중노미가 질화로를 들고, 그를 앞장서서 어둑어둑한 방 안에 들여다 놓고 나왔다. 주모가 초롱을 든 채로 안으로 들어가서, 유황 꼬챙이 한 개를 화로 속의 알불에 찔러 넣어 푸른 불꽃을 일으켰다. 그것을 바람벽에 파인 홈 속의 소태 기름접시의 심지에 붙였다. 대추씨만 한 불이 야울야울 춤을 추었다.

불빛으로 방이 환해졌을 때 정약용은 깜짝 놀랐다. 서창 앞에 놓여 있는 자그마한 흑갈색 책상과 그 위에 쌓여 있는 한 권의 책이 눈에 띄었다. 서쪽 바람벽과 북쪽 바람벽이 만나는 구석에 기대서 있는 거문고도 눈에 들어왔다.

'아, 거문고……그리고 책상과 책……귀한 손님을 맞기 위하여 일부러 이렇게 꾸며놓았을까. 아니, 아까 그 머리처네 쓴 젊은 여인이 쓰던 방인데, 나한테 내주기 위해 치워놓은 것일까.'

천장은 검게 그은 서까래들이 노출되어 있고, 바람벽은 붓글씨 연습을 하고 또 한 거뭇거뭇한 한지로 도배되어 있고, 방바닥은 들기름 먹인 촘촘한 죽석이 깔려 있었다.

주모는 이불 짐을 지고 서 있는 하인 바우에게

"이 사람아, 거그 그렇게 밤새도록 우두망찰하고 서 있을래? ……얼른 안으로 들여놓고…… 우물에서 물 떠다가 씻어라" 하고 말했다.

하인이 툇마루에 짐을 부려놓자, 중노미가 그 짐을 방 안 윗목 구석으로 들어다 놓았다. 하인이 따라 들어가서 짐을 풀고, 이불과 옷과 책과 지필묵을 따로 분리해놓았다.

주모는 정약용에게 읍을 하고 나서, 두 손끝을 방 안쪽으로 펴 올리면서

"누추하지만 안으로 드십시오이" 하고 말했다.

정약용은 말없이 방 안으로 들어갔다. 책상 위의 책 표지부터 보았다.

'하아, 『주역』이다. 누가 이 『주역』을 읽는 것일까. 아까 그 머리 처네 쓴 여인이 읽을까.'

눈앞이 어지럽고 가슴이 우둔거렸다. 이런 집에 주인을 정하고 머무르게 되다니, 꿈만 같았다.

『주역』의 표지를 보았다. 표지 위에 엽전 여섯 닢이 놓여 있었다.

'이 엽전은 또 무엇인가. 누군가가 이것으로 점을 치는 모양이다. 그 젊은 여인이 점을 치는 것일까. 묵어가는 손님에게 점을 치라는 것일까.'

주모는 모퉁이의 아궁이에 불을 때고 있는 중노미에게

"소쇄하시게 따순 물 올리고, 장작불 한 아궁이 저 안쪽 구들에

닿게 넣어놓고, 얼른 밥상 가지러 오너라이" 하고 재촉을 하고 나서 몸을 돌리려다가, 댓돌 앞에 엉거주춤 서 있는 하인 바우를 향해

"너는 저 평상에서 한 술 뜨고, 우리 돌이하고 같이 봉놋방 한쪽에서 자고잉" 하고 말했다. 주모의 걸걸한 목소리와 무뚝뚝한 말씨에 푸짐하고 다사로운 정이 넘쳐났다.

정약용은 뜨거운 감개를 주체하지 못한 채 괴나리봇짐과 두루마기를 방 안에 벗어놓고, 툇마루로 나와 발싸개를 벗겨냈다.

중노미가 들어다 놓은 물통에 발을 담가 씻는데, 눈시울이 시큰거리고 목구멍으로 울음이 넘어왔다. 늙수그레한 주모의 배려가 고맙기 그지없었다. 아, 여기에도 이런 인정이 있었구나. 주모가 성모라면 아까 그 머리처네 쓴 여인은 마리아이다. 둘째 형님은 지금도 배를 타고 가고 계실까, 흑산도에 도착하셨을까. 나처럼 대문을 두드리며 주인을 정하려 해도, 사람들이 역신을 피하듯이 문을 길어 짐그고 도망가기만 하여, 누구네 처마 끝에서 서릿바람에 올골골 떨며 별들을 쳐다보고 계시지나 않을까. 나처럼 다정다감한 주인을 만나셨으면 좋을 터인데…….

중노미가 밥상을 들어다 놓았다.

밥상 앞에 앉으면서 뭉클해지는 가슴을 주체할 수 없었다. 그 밥상은, 여느 주막집 손님들에게 내다주는 개다리소반에 차린 간단하고 초라한 밥상이 아니었다. 하얀 장종지기를 중심으로, 따끈한 미역국, 쌀알이 많이 섞인 잡곡밥, 구운 김, 숭어구이 한 토막, 배

추김치, 총각김치, 파래김치, 감태김치, 콩나물무침, 명란젓, 새우젓, 돔배젓(전어창자 젓) 들이 그득하게 배열되어 있는 정성스러운 밥상이었다.

'죄인으로서 유배지에 와 이런 밥상을 받다니! 아아, 흑산도에 가신 형님은 어찌하고 계실까.'

눈물 어린 밥을 국물과 더불어 삼키고 있는데, 문이 살포시 열리고, 주모가 호로병과 청자 술잔 한 개를 들고 들어왔다. 넙데데한 얼굴인 주모의 눈은 거슴츠레했다. 반백의 쪽 진 머리와 입 가장자리와 눈자위에 서린 가는 주름살, 콧등과 양 볼에 곰보 자국이 밉지 않게 깔려 있었다.

그의 앞에 무릎을 꿇고 앉으면서, 잔을 내밀고, 호로병을 기울였다.

"먼 길 오시느라 고생이 참말로 많으셨겠구만이라우. 한 잔 드시고 푹 주무십시오. 군불 따뜻하게 지피라고 했응께…… 우리 집에 들었응께 혹시 먼 일은 없을 것잉만이라우. 강진 관아 벙거지 쓴 것들은 다 이년보고 엄니, 엄니해라우. 이년의 술 안 얻어 마신 놈이 없어라우."

그가 술 한 잔을 들이켜고 나자, 주모는 한 잔을 더 따라 올리고 말을 이었다.

"이년은 서울 양반님 오신 줄을 전혀 몰랐구만이라우…… 전에는 아전들이 안 그랬는디, 이참에는 참말로 요상하구만이라우…… 우리 딸이 어디서 듣고 와서, 우리 주막으로 모시자고 안 했으면은 어쩔 뻔했소? 우리 강진 인심이 요새 뒤숭숭하구만이라우. ……
아니, 이방 형방 그 못된 것들, 이렇게 점잖으신 양반님네가 오셨
으면, 편히 유하실 만한 데를 잡아주어야 도리인 법인디……. 아
니 이때까지 다른 양반들한테는 잘하는디…… 참 알다가도 모를
일잉만이라우. ……아이고, 귀한 양반한테 말 함부로 많이 하고
앉아 있다고, 우리 딸한테 나무람 듣게 생겼소이. 우리 딸은 나하
고 생판 달라라우. 내 속에는 수다하고 호들갑만 들었는디, 우리
딸 속에는 먹물이 잔뜩 들었서라우. 흐흐흐흐…… 이 소주는, 참
말로 귀한 손님한테만 몰래 드리는 것인게, 어서 드실 만큼 드시고
안쪽 구석에 놔뒀다가 약으로 조깐씩 드십시오이."

주모는 그에게 읍을 하고 나서 몸을 일으키려다가

"아참, 그라고라우, 혹시 서울 양반님네 여그 계시기가 정 불편
하시다든지, 또 다른 누군가가 더 편한 집으로 모시고 갈란다고 한
다든시…… 그렇지 않으시는 한에는, 이년 눈치 보지 마시고 언제
까지든지 여그 계십시오이. 이쪽 모퉁이로는 다른 손님들이 빛감
을 못하도록 헌 평상을 모로 세워 단단히 막아버릴랑께라우. 그라
고 혹시 바깥엘 나가실 일이 있으면, 저쪽 뒷문을 쓰시면 되는 것
잉께라우" 하고 나서, 치맛바람으로 인해 기름접시 불을 꺼뜨리지
않도록, 자락을 감아잡아 여미고 조심스럽게 뒷걸음질을 쳐 나갔
다. 그렇지만 기름접시 불은 잔망스럽게 몸을 휘저어댔다.

거문고

　밥상을 치우고 난 중노미가 자리끼와 소피 볼 요강을 윗목 구석에 가져다 놓았다. 정약용은 이불을 펴고 멍석처럼 쓰러져 누웠다. 노독과 술기운이 몸을 천길 아래로 가라앉히고 있었다.

　구석에 서 있는 거문고를 바라보았다. 그는 신묘한 음악의 세계 속으로 빠져들어갔다.

　'거문고'는 여느 악기와 다른 악기이다. 신령스러운 소리를 낸다 하여 거문고라고 이름 지었다. 천지 우주의 총체적인 구조를 가지고 있는 여섯 개의 현으로 신의 영검한 소리를 내는 남성적인 악기이다.

한쪽 가장자리에 있는 가느다란 문현文絃과 다른 한쪽 가장자리에 있는 굵고 투박한 무현武絃이, 안에 있는 네 줄을 감싸고 있다. 문현을 포함한 세 개의 현은 각기 굵기가 다름에도 불구하고 같은 소리(음계)를 내는데, 그것은 하늘·땅·사람, 혹은 임금·신하·백성을 상징한다. 연주는 가운데 있는 굵은 현과 가는 현 두 개를 술대로 쳐서 하는데, 가끔씩 하늘·땅·사람의 소리를 동시에 곁들여 치곤 한다.

양과 음의 구조, 하늘·땅·사람의 구조, 문인·무인·임금·신하·백성 등의 정치적인 구조, 어짊과 예와 의와 지혜의 정신세계 구조가 특이하다.

그는 '크응 크흐응' 하는 거문고의 신묘한 음률과 가슴 저릿저릿하게 하는 농현弄絃에 취한 채 혼곤한 잠 속으로 빠져들어갔다.

우황 든 소가 앓는 듯한 소리에 번뜩 잠이 깨었다. 그 앓는 듯한 소리는 구들장과 바람벽을 흔들어대고 있었다. 자세히 들으니 봉놋방에서 한 남자가 코를 골고 있었다. 밖에서는 바람이 건듯 달려가곤 했다.

요강에 오줌을 누고 누웠지만 잠이 다시 오지 않았다. 고향 집에서 걱정하고 있을 아내와 자식들과 흑산도에서 한뎃잠을 자고 있을지도 모르는 둘째 형의 모습들이 머리를 어지럽혔다. 그 어지러운 모습들 속에서 한 여인의 모습이 떠올랐다. 스러져가는 저녁노을과 땅거미를 배경으로 다가온 연두색 머리처네 쓴 젊은 여인의 모습이었다. 그녀에게서 날아오던 아릿한 체취가 코끝에서 살아났다. 주모의 말이 귀에 들리는 듯싶었다.

"……우리 딸은 나하고 생판 달라라우. 내 속에는 수다하고 호들갑만 들었는디, 딸 속에는 먹물만 잔뜩 들었어라우."

책상 위에 놓여 있는 『주역』과 그 표지 위에 놓여 있는 동전 여섯 닢과, 구석에 서 있는 거문고가 수상쩍었다. 책과 거문고는 똑같이 낡아 있었다. 『주역』과 거문고의 주인은 누구일까. 왜 저것들을 저 자리에 놓아둔 채로 나를 여기에 묵게 했을까.

이튿날 하인 바우를 보내고, 아침나절 내내 방 안에 누워서 멍석잠을 잤다.

점심때 중노미가 밥상을 들고 와서 깨워 일어나 밥을 먹고 나서 다시 잤다. 한없이 깊고 혼곤한 잠 속으로 빠져들어갔다. 중간중간에 측간엘 다녀와서 다시 자고, 서창에 불그죽죽한 노을이 어렸을 때 일어났는데, 몸이 천근이나 되는 듯싶고 눈앞이 어질어질했다. 그러한 눈에 거문고와 책상 위에 놓여 있는 『주역』이 들어왔다. 거문고의 아련한 음률과 『주역』의 64괘 속에 담겨 있는 우주의 율동이 어우러져 방 안의 허공에 떠도는 듯싶었다. 그 거문고를 퉁기는 여인의 손과 『주역』 책장을 넘기면서 점을 치는 여인의 얼굴이 보이는 듯싶었다.

저녁 밥상을 들어다 놓고 난 중노미가 이상스러운 짓을 했다.

그가 밥을 먹는 동안 중노미는 윗목 구석에서 무릎을 꿇고 앉은 채, 천장을 쳐다보기도 하고, 서창의 대오리 문살을 보기도 하고, 구석에 서 있는 거문고와 책상에 놓인 책들을 바라보기도 하고, 밥 먹는 그의 얼굴과 숟가락질하는 것과 씹어 먹는 모습을 흘긋거리기도 했다.

면구스러워

"왜 그러고 있느냐? 심부름할 일이 바쁘지 않느냐?" 하고 묻자, 중노미는 빙긋 웃으며 고개를 젓고

"다 해놓고 왔어라우. 바쁜 일 있더라도 어메가 부르면 핑 달려가면 돼라우" 하고 말했다.

그는 중노미를 상관하지 않고 고개를 떨어뜨린 채 밥을 먹었다. 입맛이 떫을지라도 억지로라도 많이 먹고 건강하게 오래 살아야 한다. 그래야 헤어진 사람들과도 다시 만날 수 있다. 숭어 한 토막, 젓갈들, 콩나물무침, 구운 김 들이 다 맛깔스러웠다. 경상도 장기에서의 음식에 비하면 진수성찬이다. 흑산도에 가신 형님은 어떻게 잡수고 계실까. 가슴이 아려 심호흡을 하는데, 중노미가 말했다.

"서울 양반, 이 거문고하고 이 책하고…… 안 궁금하십니껴?"

숟가락을 든 채 중노미를 건너다보았다. 중노미가 순한 눈을 깜

058

박깜박하며, 금방 자기가 던진 물음에 대한 그의 대답을 기다리고 있었다.

"글쎄…… 웬 거문고이고 웬 책이냐?"

그가 궁금해하자, 중노미가 말했다.

"지가 여그 막 왔을 때부터 저것들은 꼭 저 자리에 놓여 있었구 만이라우. 어메가 치우들 못하게 혀라우. 누님도 여그 들어오면 책을 열어놓고, 짤랑짤랑 엽전을 흔들어 점을 치기만 하고, 저것은 한 번도 튕기지를 안 혀라우."

정약용은 숟가락을 놓고 숭늉을 머금어 입을 헹구어 삼켰다.

그때 밖에서 주모의 중노미 부르는 소리가 들려왔다. 중노미는 밖을 향해

"야아! 시방 가요오!" 하고 나서 재빨리 상을 들어 출입문 앞으로 옮겨놓고 말했다.

"우리 누님 말입니다요…… 우리 누님을 한 번 보고 나서 안 반한 사람이 없구만이라우. 그런디 지가 보기로도 참 묘한 데가 있어라우."

밖에서 다시 "싸게 나와서 손님 받아라" 하는 주모의 목소리가 들려왔지만, 중노미는 아랑곳지 않고, 기어이 자기가 하고 싶은 말을 목소릴 푹 낮추어 속삭여주었다.

"무지무지한 부잣집 어른 작은 방으로 들어갔는디라우…… 그 랬다가 소박을 맞아 친정으로 온 것도 아니고, 그렇다고 친정에서

059

아주 사는 것도 아니고, ……언제든지 그 부잣집 작은 방으로 들어가고 자프면 들어가고, 친정으로 오고 자프면 오고, 참말로 묘해라우. 사람들이 누님을 보고 뭐락 하는지 아시오? '돌지집'이락 해라우. '돌지집'이란 말이 뭔 말이랍니꺼?"

"돌지집이라 했느냐?"

"야아, 돌지집이라우."

빨리 나오라는 주모의 짜증스러운 목소리가 다시 들렸을 때, 중노미는 "야아, 가요오!" 하며 밥상을 들고 달려갔다.

미행하는 초립동

　사람들이 두려워서 두문불출하고 있는데, 이방이 찾아와서 무릎을 꿇고 앉아 말했다. 얼굴이 넙데데하고 흑갈색 수염이 짙고 눈이 부리부리한 이방.

　"승지 영감한테 한 가지 어려운 청이 있어 왔사옵니다이."

　정약용은 천리 타향으로 유배되어온 자에게 잘 곳도 정해주지 않고, 거리를 헤매게 한 아전들의 처사를 생각하면, 당장 호통을 쳐서 쫓아 보내고 싶었지만 참고 흔쾌하게 물었다.

　"이 죄인에게 청해야 할 일이란 것이 무엇인가, 말해보게."

"저에게 눈 뜨고도 앞을 못 보는 당달봉사 같은 아들 하나 있는데, 승지 영감께서 눈을 좀 띄워주십사 하고……."

이방이 두 손을 파리처럼 천천히 비볐다.

정약용은 머리끝이 곤두섰다. 이방이 아들의 교육을 핑계로 천주학쟁이인 나를 감시하게 하려는 것이다. 그렇다고 이 여우처럼 간교한 이방의 청을 거절할 수는 없다.

"몇 살인데 무엇까지 읽었는가?"

이방은 불량한 눈으로 방 안 여기저기를 재빨리 살피고 나서 말했다.

"열네 살이나 묵었는디, 겨우 『맹자』를 읽다가 말다가 하고는 더 읽으려 하지를 않고 낚시질이나 다니고……."

"데리고 와보게나."

이튿날 이방이 열네 살인 아들 손시우를 데려다주고 간 지 오래지 않아, 호방이 자기 아들을 맡기고 가고, 잠시 뒤에 병방이 아들을 맡기고 가고, 또 곧 형방이 아들을 맡기고 갔다.

그들은 똑같이 아들을 툇마루에 꿇어앉혀놓고 먼저 안으로 들어와서, 엎드려 이마를 방바닥에 처박은 채

"……소인의 문맹한 아들의 눈을 좀 띄워주십시오" 하고 통사정을 한 다음, 밖에 있는 아들을 데리고 들어와 다른 아이들과 합세하게 했다.

이방의 열네 살 된 아들은 『논어』와 지필묵을 들고 왔고, 각기

열세 살이라는 호방과 병방의 아들들은『맹자』를, 형방의 열한 살인 아들은『소학』을 들고 왔다.

그는 네 아이에게

"두 눈 깜박거리지 말고, 내 눈을 뚫어지도록 바라봐라" 하고 명했다.

아이들이 서로의 눈치를 살피고 나서 정약용의 두 눈을 바라보았다. 정약용은 한 아이씩 한 아이씩 눈동자를 들여다보았다. 네 아이의 눈이 모두 하나같이 총기가 없고 흐렸다.

아이들 모두에게 이름을 물었다. 그들이 차례로 대답했다.

"성은 손씨이고라우, 이름은 시우입니다요."

이놈은 이방의 아들이고,

"성은 허씨이고, 이름은 병옥잉만이라우."

이놈은 호방의 아들이고,

"성은 지씨이고, 이름은 춘식이구만이라우."

이놈은 병방의 아들이고,

"성은 추씨이고, 이름은 병만이라우."

이놈은 형방의 아들이었다.

시험 삼아, 그들이 들고 온 책의 맨 처음의 짧은 구절 하나씩만을 가르쳐주고, 그것을 모두 외우고 종이에 쓰라고 한 줄씩을 써준 다음, 밖으로 나가면서 말했다.

"선생이 잠시 밖에 나갔다가 돌아올 때까지 숙제를 다 해두어야 한다. 내 돌아와서는, 각자 숙제해놓은 결과에 따라서 회초리를 벌로 내리기도 하고, 칭찬을 상으로 내리기도 할 것이니라."

아이들은 날마다 내준 숙제를 어렵지 않게 해냈고, 아무도 회초리 맞은 아이가 없었다. 날마다 짧은 한 구절씩만 가르치고 읽고 쓰게 한 까닭이었다.

한데 닷새째 되는 날, 이방의 아들 손시우가 불만스러운 얼굴로

"선생님, 이렇게 하루 한 구절씩만 쬐깐씩 읽어갖고 언제 이 책을 다 뗍니까요?" 하고 물었다. 이놈의 불만이 아비인 이방의 불만이기도 하리라고 생각한 정약용은 손시우를 앞에 앉혀놓고 물었다.

"『맹자』를 읽었다고 했느니라. 몇 달 동안에 읽었더냐?"

"여섯 달 동안에 뗐습니다."

정약용은

"아히, 그래? 그럼" 하고 나서 손시우 앞에 『맹자』의 중간 한 쪽을 펼쳐 들이밀면서

"이 대목을 읽고 새겨보아라" 하고 말했다.

손시우는 떠듬떠듬 읽긴 했지만 틀리게 읽었고, 제대로 새기지도 못했다.

"그렇게 읽은 것은 읽지 않은 것만 못하다. 내일부터는 너도 『맹자』를 가지고 오너라."

숙제를 내주고, 『주역』 위에 놓여 있는 엽전 여섯 개를 주워들었다.

『주역』 점은 예로부터 산가지〔筮竹〕를 써서 친다. 한데 언제부터인가, 엽전 여섯 개를 가지고 점치는 것이 유행하고 있었다. 『주역』은 애초에 길흉을 점치는 책이 아니다. 하지만 사람들은 아주 오래전부터 스스로, 『주역』 점으로써 한나절이나 하루나 한 달이나 한 해 동안의 운수와 길흉을 알아보곤 한다.

『주역』이 운수와 길흉을 알아보는 책이라면 비결秘訣일 수 있다.

엽전은 모두 닳고 닳아 있었다. '寶(보)'라는 글자가 희미하게 드러나 있었다. 그 부분이 나타나면 양陽으로 잡자 하고, 그것들을 두 손에 넣고 흔들었다. 그의 나이 수만큼 흔들었다가 멈추고, 맨 위에 놓인 것부터 하나씩을 뽑아 늘어놓았다.

천산둔天山遯 괘가 만들어졌다. "하아, 신통하다. '둔'은 피해 가서 숨는다는 뜻의 괘이다" 하고 중얼거렸다. "그래, 내 처지에 아주 딱 맞다. 천산둔, 깊은 곳에 숨어 조용하게 있으라는 천명이다."

발밤발밤 탐진강 하구의 갈대밭까지 나갔다. 물에 앉아 있던 갈매기들이 그를 보고 날아올라, 그의 머리 위를 선회했다. 하아, 이놈들, 하며 그들을 바라보았다. 그놈들이 백구사를 떠오르게 했다. '날지 마라 너 잡을 나 아니다. 임금이 나를 버리시니 내 너를 좇아예 왔노라…….'

선회하던 갈매기가 하구 쪽으로 날아갔다.

탐진강에는, 제주가 탐라 왕국이었을 때, 그 나라 왕자가 배를 타고 들어왔었다는 전설이 어려 있다. 지도에 보면, 그 강은 장흥 가지산으로부터 발원한다. 가지산에는 보림사가 있다. 보림사는 해양 왕국을 건설하려던 장보고의 후예들이 드나들던 절이다.

'조선도 큰 대륙으로만 지향할 것이 아니라 바다를 경영해야 한다.' 내가 이 말을 하면 노론 사람들은 천주학에 물들었던 사람이라 정신 나간 소리를 한다고 흉허물할 터이다.

'그래, 지금은 숨어 있어야 한다. 깊이 숨어 조용히 있으라는 천명이다!'

그의 키를 훨씬 넘을 듯싶은 갈대숲이 강변을 덮고 있었다. 갈대 우듬지에 달려 있는, 앙증스러운 종달새 새끼 같은 암갈색의 갈꽃들이 바람에 하늘거렸다. 개개비들이 갈대숲에 자그마한 먹서리 같은 둥지를 지어놓고, 그 옆에서 우짖고들 있었다. 저 안에 알락달락한 알이 들어 있으리라.

서북에서 바람이 달려왔고, 갈대숲이 쇳소리를 내면서 흔들렸다. 귓결을 스치는 바람이 음악 소리처럼 들렸다. 그 소리와 물결이 되쏘는 금가루 같은 빛살이 어우러졌다. 음악 소리가 가슴을 울렸다. 방 안 구석에 서 있던 거문고가 떠올랐다. 가슴 저리는 농현이 들리는 듯싶었다. 좋은 음악은 무늬 고운 비단 같은 것이다. 결 고운 물너울 같은 것, 착한 여인의 마음자락 같은 것, 천의무봉의

들꽃 같은 것이다. 그것들 속에 천명이 스미고 배어 있다.

갈대밭 너머의 하구에 고기잡이배가 떠 있었다. 어부가 그물을 당기고 있었다. 가까이 가보자 하고 몇 걸음 옮기다가, 무고로 인해 강변으로 유배된 시인 굴원의 「어부사漁父詞」를 생각했다.

"당신은 어찌하여 여기까지 오시게 되었소?"

어부가 물었고, 굴원이 대답했다.

"온 세상이 모두 악에 물들어 흐려졌는데, 나 혼자 맑아 있고, 많은 사람들이 옳지 못한 일에 취해 있는데, 나 홀로 깨어 있으니衆人皆醉我獨醒, 적들로부터 미움을 사서 이리로 왔소이다."

다시 어부가 말했다.

"세상 사람들이 악에 물들어 흐려져 있으면 어찌하여 흐린 사람들과 동조하지 않고, 뭇 사람들이 명리에 취해 있으면 어찌하여 그 찌꺼기를 먹고, 순미醇味를 걸러내고 난 박주라도 구걸해 마시고 함께 취하지 않았습니까?"

굴원이 말했다.

"새로 머리를 감은 자는 갓을 깨끗하게 털어버리고 나서 쓰고, 새로 목욕을 한 자는 반드시 옷을 훌훌 떨쳐버리고 입는다고 했습니다. 차라리 내 몸을 고기의 배에 장사지낼지언정 어떻게 내 깨끗한 몸에 세상의 더러움을 뒤집어씌우겠소이까?"

굴원의 말을 듣고 난 어부가 배 바닥을 탕탕 두들겨 장단을 맞

추며

"창랑의 물이 맑으면 나의 갓끈을 씻고, 창랑의 물이 더러우면 내 발을 씻으리라滄浪之水淸兮 可以濯吳纓 滄浪之水濁兮 可以濯吳足" 하고 노래하며 노를 저어 가버렸다.

'이 어부사는 굴원이 쓴 것이 아닐지도 모른다. 후세 사람 누구인가가, 심한 결벽증으로 말미암아 물에 빠져 죽어버린 시인 굴원을 빈정거린 것일 터이다. 그래! 바보같이 스스로 몸을 물에 던지기는 왜 던진단 말이냐!'

가로누워 있는 송아지만 한 바위에 엉덩이를 붙이고 앉으려다가 문득 뒤를 돌아보았다. 아까부터 누구인가가 그의 뒤를 따르고 있었다. 흰 바지저고리 바람의 초립동이었다. 나를 미행하고 있다. 누가 내 뒤에 사람을 놓았을까. 아랑곳하지 않고 하구의 물너울을 바라보았다. 청둥오리들이 물에 떠 있었다. 물너울에 쏟아진 햇살이 유리 가루들처럼 반짝거렸다.

그렇다, 천명에 따라 나는 지금 숨어 있는 것이다. ……소인배들의 세력이 날로 커져가고 있는 세상이니, 벼슬하여 큰 공을 이룰수 없다. 큰 사람은 소인배들을 멀리하되 미워하지 말고, 자기 몸과 마음을 엄격하게 가다듬어야 한다. 세속적인 삶에 미련을 가지면 떨치고 나가 숨지 못한다. 첩이나 어루만지며 난초 향을 즐기는일쯤은 좋지만, 큰일을 도모하고 거기에 참여해서는 안 된다. 높은 지위를 버리고 물러가 유유자적하는 태도가 아름답다. 더러워진 물을 내려다보며 내 갓끈을 씻을 수 없다고 투덜거릴 일이 아니다. 그 물로 발을 씻으면서 이 유배의 삶을 끝마쳐야 한다. 천주학에 등 돌리지 않았다면, 또 정조 임금에게 나의 잘못을 척결하는 상소를 올리지 않았다면, 나는 지금 셋째 형님 약종처럼 저승에 가 있을 터이다. 유배되는 것도 숨어 사는 것과 같다. 숨어 사는 자는 소동파와 굴원이 그랬듯 '시'를 써야 한다. 사람들이 모두 취해 있을지라도 나 홀로 깨어 있어야 한다. 시는 깨어 있는 자의 말이다. 깨어 있되 두보처럼 사람들 속에서 깨어 있어야 한다.

등 뒤쪽에서 바야흐로 변성기에 이른 소년의 목소리가

"승지 영감, 소인 인사 올리겠사옵니다" 하고 말했다. 돌아보니 아까 미행하고 있는지도 모른다고 생각했던 초립동이었다.

호리호리하지만 몸이 강단져 보이고, 얼굴이 갸름한 초립동은 풀밭에 무릎을 꿇고 앉은 채 두 손을 짚고 그를 쳐다보며

"소인은, 성이 황씨이고 이름은 '성할 상裳'이온데 큰샘 마을에 살고 있사옵니다. 아버님께서 찾아뵙고 인사 올리라고 하여, 이렇게 무례를 범하고 있사옵니다" 하고 말했다.

정약용은 첫눈에 그 소년의 부드러우면서도 반듯한 행실이 마음에 들었다.

"이 사람아, 어서 일어나거라. 흰옷에 풀물 들면 잿물에 빨아도 지지 않는 법이다."

그가 초립동을 일으키려 했지만, 초립동은 한사코 일어나지 않고 말했다.

"승지 영감의 마음을 감히 얻을 수 있다면, 이까짓 옷에 풀물이 쪼깐 묻는 것쯤이 대수이겠습니까요?"

'하아, 이놈 말하는 것 좀 보게나!'

그는 황상의 두 눈을 들여다보았다. 황상의 두 눈은 호수처럼 맑고 깊었다.

"마음을 얻는다! 그래, 세상에서 사람의 마음을 얻는 것처럼 어려운 것이 있으랴! 아니, 그런데 이 죄인의 별로 깨끗하지 못한 마음을 얻어 무엇에 쓰려는 것이냐!?"

그는 황상을 시험하고 있었다.

"승지 영감의 속에 들어 있는 글을 도둑질해 가고 싶구만이라우."

글을 도둑질해 가고 싶다는 말에, 그는 허공을 향해 "어허허허……" 하고 웃었다. 황상이 말을 이었다.

"소인은 글을 배운 만큼의 보답을 아무것도 해드릴 수 없을 터이므로 염치없이 도둑질해 갈 수밖에 없어서……."

"이 고을에도 글 잘하는 훈장들이 많을 터인데, 하필 귀양살이하는 죄인한테서 글 도둑질을 해 가려 하느냐?"

"소인의 아비 말씀이, 이 고을 훈장이 우리 동네 뒷동산이라면, 서울에서 오신 승지 영감은 곤륜산이라고 했구만이라우."

"이 사람아, 뒷동산은 쉬 올라갈 수 있지만, 곤륜산은 올라갔다가 길을 잃고 죽을 수도 있는 법이다."

"동산에서는 꿩이나 메추리를 만날 수 있을 뿐이지만, 곤륜산에
서는 호랑이를 만날 수 있다고 했구만이라우."

정약용은 다시 하늘을 향해 "어허허허……" 하고 웃었다.

소년 황상의 병통病痛

황상에게, 다음 날부터 동문 밖의 주막집으로 나오라고 일렀다.

황상은 『논어』를 들고 왔다. 이 아이는 다른 아이들과 달리 시종 일관 무릎을 꿇고 책을 읽었다. 이놈에게는 적게 가르쳐주기도 하고 많이 가르쳐주기도 해보았다. 이놈은 신통하게도 가르쳐주는 대로 모두 다 소화해냈다.

정약용은 '이놈만 같으면 글을 가르칠 만하다'고 생각하고, 7일 째 되는 날 황상에게 말했다.

"너 시문 짓는 법과 우리나라 역사를 한번 공부해보아라."

황상이 열없고 겸연쩍고 스스러운 낯빛으로 한동안 망설이다가, 송구해하며 말했다.

"선생님, 저에게 세 가지의 병통이 있구만이라우. 첫째는 너무 머리가 안 돌아가는 것이고, 둘째는 앞뒤가 꽉 막혀 있는 것이고, 셋째는 분별력이 모자라 답답한 것입니다요."

정약용은 황상의 결 곱고 순한 마음과 삼가는 태도가 고맙고 기특하고 미뻐서, 와락 끌어안아주고 싶었다. 잠시 뜸을 들였다가 말했다.

"대개 모든 배우는 사람들에게는 큰 병통이 세 가지가 있는데, 너에게는 그것이 없구나. 대개의 경우 첫째로, 외우는 데 민첩한 사람은 '소홀'하기 마련인 병통이 있다. 둘째로, 글 짓는 것이 날랜 사람은 글들이 '들떠 가볍게 드날리는 것'이 병통이다. 셋째로, 깨달음이 재빠르면 '정밀(精)하지 않고, 찬찬하지 않고, 막되고 덧거친 것'이 폐단이다. 그렇지만 대체로 보아 자기가 남들보다 약간 둔하다는 것을 알아차리고, 그렇게 둔함에도 불구하고, 하려 하는 일에 계속 천착하는 사람은 막힌 부분에 구멍을 넓게 뚫게 되고, 막힌 곳이 뚫리게 되면 그 흐름이 성대해지는 것이다. 또 스스로를 답답하다고 생각하는 사람은 그 답답함을 이겨내기 위하여 꾸준하게 연마하고 또 연마하기 때문에, 그것이 반짝반짝하게 빛나게 된다. 천착은 어떻게 해야 하는 것인가. 좌우간에 부지런히 해야 한다. 한 번 뚫은 것은 또 어찌해야 하는가. 좌우간에 또 부지런히 하는 수밖에 없다. 연마하는 것은 어떻게 해야 하는가. 그것도 마찬가지로 부지런히 해야 한다. 그러면 또 어떤 자세로 부지런히 해야 하는 것이냐. 마음을 확고하게 다잡아서 부지런함이 절대로 풀어지지 않게 해야 한다."

정약용은 이때껏 자기가 하여온 부지런한 공부의 태도와 성실성을 황상에게 전수해주고 있었다.

그의 말을 듣고 난 황상은 이마를 방바닥에 붙이며 황송해하였다.

한밤에 찾아온 선비

한밤중, 가물거리는 기름접시 불 아래서 『주역』을 읽고 있는데, 중노미의 목소리가 들려왔다.

"서울 양반, 손님이 찾아오셨구만이라우."

문을 열고 나가보니, 흰 도포 차림의 손님이 그의 앞에 머리를 깊이 숙여 절하고 나서 속삭이듯이 말했다.

"저는 윤시유라고 하는데, 저의 종형님께서 영감을 찾아뵈라고 해서 왔습니다요. '윤서유'가 제 종형이시구만이라우."

반갑고 고마움으로 가슴이 뜨거워졌다.

정약용은 말없이 윤시유의 손을 잡고 안으로 들어갔다. 뒤따라온 하인이 지고 온 봇짐을 방 안에 들여주었다. 윤시유가 그 짐을 풀었다. 짐 속에서 호로병 하나가 나오고, 검붉은 육포와 생선 말린 것들이 나왔다.

"종형님께서는 시방 당신이 처한 형편이 형편이고, 사정이 사정인지라, 그동안 찾아뵙지 못한 것을 늘 애통해하고 안타까워하고 계싱만이라우. 이 육포는 승지 영감에게 드리려고, 일부러 살지게 먹인 개를 잡아 버드나무 태운 불에 쬐어가면서 양지에다, 손수 파리를 쫓아가면서 말린 것입니다요. 생선 자반은 마량포에서 잡힌 싱싱한 고기를 너무 짜지 않게 간해서 마찬가지로 말린 것들이랍니다요."

정약용은 끓어오르는 감개를 감당할 수 없었다. 눈시울이 뜨거워지고 목이 메었다.

"우선 잡수실 수 있도록 끓여 온 고깃국과 구워 온 고기와 생선에다가 소주 한 잔을 하십시오."

하인이 주막의 부엌에서 따끈하게 데워 온 뚝배기를 안으로 들여주었고, 윤시유가 싸 온 구운 고기들을 펼쳐놓고, 호로병 마개를 뽑으면서

"이 소주는 영감 드리려고 내린 것이랍니다요" 하고 말했다.

정약용은 감격 어린 목소리로 말했다.

"아아, 이 은혜를 어떻게 무엇으로 갚아야 할까!"

고기 한 점을 먹고 술을 한 잔 들이켰다. 금방 취기가 올랐다.

"종형님에게 창모라는 아들 하나가 있는데, 제법 야무지고 똑똑
함만이라우. 앞으로 세상이 좀 잠잠해지면, 영감께 보내서 글을 읽
게 하겠다고 하셨습니다요."

정약용은 윤시유에게 술잔을 넘기면서 말했다.

"오늘 밤에는 윤시유 그대가 내 벗 윤서유가 되어, 나와 대작을
해주고 시를 읊어, 유배 온 죄인을 위로해주게나."

소주는 독했고, 그들은 곧 얼근해졌다.

윤시유는 구석에 서 있는 거문고를 흘긋 건너다보고 나서, 무릎
을 꿇고 머리를 조아리며

"소인은 율려律呂가 무엇인지 모르고, 시가 무엇인지 모르기는
하지만, 성심을 다해 읊으라면 읊고, 받아쓰라면 받아쓰겠습니다
요" 하고 말했다.

"그대, 내 사랑하는 벗 윤서유가 되어 대작을 하라고 했으니, 무
릎을 풀고 편한 마음으로 시를 읊게나."

윤시유가 말했다.

"그런데 영감 어찌하면 좋것습니까라우? 소인은 시를 말로서는
읊지를 못하고 다만 몸으로만 읊습니다요."

그가 몸으로 읊는 시를 보고 싶다고 하자, 윤시유는 곧 한쪽 바
람벽에 찰싹 붙어 서서 두 팔을 십자로 벌리며

"자아, 보십시오. 저는 과거 시험을 볼 때마다 매번 낙방을 하는

가난한 시골 선비의 다 떨어진 도포 빨래인데, 동남풍이든지 서남풍이든지 서북풍이든지를 가리지 않고, 신들린 무당같이 이렇게 즐겁게 너울거립니다요" 하고 어눌한 소리로 말하며 천천히 여유롭게 너울너울 춤을 추었다.

구석에 서 있는 거문고가 말없이 윤시유의 춤을 즐기고, 기름접시 불이 자지러질 듯이 허리를 꼬면서 깔깔거렸다.

정약용이 일어나서 윤시유를 마주 보며 두 활개를 벌리고

"자, 보시요오, 나는 강진으로 유배 온 정약용이란 사람의 바지저고리 빨래요!" 하며 너울너울 춤을 추었다. 그 바람에 기름접시 불이 깜박 꺼졌다. 깜깜한 어둠 속에서 둘은 얼싸안고 춤을 추었다.

"윤군, 우리 지금 도깨비가 되어 있네. 도깨비들 들끓는 세상이니, 우리도 도깨비춤을 추고 있는 것이네, 아하하하하……"

"이히허허……" 윤시유도 따라 웃었다.

하인이 들어와 유황 개비로 불을 일으켜 기름접시의 심지에 붙여주었지만, 그 대추씨만 한 불은 자지러지게 웃어대다가 또 꺼졌다.

스스로 끊어버린 남근

신관 사또 이한묵의 부임 행차는 장엄하고 화려했다. 중앙정부의 실세들을 등에 업고 있는 그를, 아전과 포교와 관노 수십 명이 악사들과 더불어 영접을 했다. 아전들은 서울에 미리 가서 이한묵이 거창한 행사를 좋아한다는 것을 알아낸 다음, 행장을 거들먹하게 차려 이끌고 연회를 준비했다.

그날 밤의 환영 연회에는 인근의 유생들과 부호들이 빠짐없이 참석했다. 연회를 좋아하는 장흥 부사, 해남 현감, 무안 현감들이 모두 말을 타고 달려왔다. 장흥의 소리꾼과 강진의 모든 악사와 기생들을 다 불렀다. 인근 절의 바라춤 추는 승려들과 나비춤 추는 비구니들도 불러들여 차례로 춤을 추게 했다.

경망스럽게 흥얼거리는 풍악 소리가 정약용이 묵고 있는, 동문 밖의 주막에까지 들려왔다.

부임 행차부터가 거창하고 환영 연회의 풍악 소리가 높으녈 그 고을 백성들의 원성이 높을 수밖에 없다. 정약용은 '기름진 고기는 백성들의 기름이고 촛불의 눈물은 백성들의 피눈물'이라는 『춘향전』의 한 대목을 생각하며 쓴 입맛을 다셨다.

아닌 게 아니라, 그해 초가을 갈밭 마을에서 해괴한 사건 하나가 일어났다.

밖에 나갔다가 들어온 중노미가 그 소식을 정약용에게 전했다.

"영감, 아이고메에! 참말이제, 눈 뜨고는 못 볼, 가슴 아픈 일 하나가 벌어졌구만이라우!"

주모가 달려와서 무슨 일이냐고, 어서 말하라고 재촉하자, 중노미가 말했다.

한 젊은 아낙이 갈밭 마을 어귀의 땅바닥에 퍼질러 앉아서 손에 피 줄줄 흐르는 살점 하나를 움켜쥐고 울부짖고 있었다. 그 아낙이 손에 쥐고 있는 것은 남자의 양물(생식기)이었다.

그녀가 그러고 있는 까닭은 이러했다.

지난해 시아버지가 돌아가시고, 금년에 낳은 아기는 배냇물도

080

아직 마르지 않았는데, 시아버지와 남편과 아기가 모두 군인 명부에 올라 있으므로, 아전들이 포졸들을 이끌고 나타나 세 사람 몫의 군포(세금)를 받아가려고 했다. 군포가 없어 못 내겠다고 하자, 그들은 외양간의 소를 대신 끌고 가버렸다.

울화가 치민 남편이 "바로 이것 때문이다" 하면서, 식칼을 들고 방으로 들어가 자기의 양물을 잘라버렸다.

아낙은 그 피투성이 양물을 움켜쥐고 관아로 달려가 통곡하고 애원을 하면서 소를 내놓으라고 했지만, 문지기는 안으로 들여보내지도 않았다.

아낙은 하릴없이 자기네 마을로 돌아가 땅을 치며 하늘을 향해 통곡을 하고 있었다.

정약용은 중노미를 앞세우고 갈밭 마을로 달려갔다.

아낙은 땅바닥에서 벌레처럼 뒹굴면서

"이런 세상 살아서 무얼 해! 나는, 나는 못 살아!" 하고 울부짖고 있었고, 그녀의 남정네는 방 안에서 병든 황소처럼

"아이고! 아이고오!" 하며 앓고 있었다.

정약용은, 핏덩이를 움켜쥐고 울부짖는 아낙을 둘러싸고 서서 안타까워하고만 있는 마을 사람들 가운데 똑똑해 보이는 한 젊은 남정네에게

"그대는 얼른 앞동산으로 달려가서 '엉겅퀴' 몇 뿌리만 캐오게

나. 여기서는 무어라고 하는가, 잎이나 줄기에 은가시 많이 나 있는 풀, 고을에 따라서 '항갈쿠'라고도 하는 풀, 그 항갈쿠의 뿌리를 캐오게나!" 하고 재촉했다.

중년 남자는 괭이를 들고 동산으로 달려갔다.

정약용은 그 중년 남자가 캐 온 엉겅퀴 뿌리를 물에 씻은 다음 도마에 놓고 찧어 아드득 짠 물을 사타구니의 상처에 바르고, 나머지를 차지게 찧어 붙여 응급처치를 해주었다. 남은 것 두 뿌리를 탕기에 넣고 고아 환자에게 마시게 해주었다.

서쪽 산 위로, 아낙이 손에 움켜쥐고 있는 핏덩이처럼 새빨간 노을이 타오르고 있었다. 그 노을을 가슴으로 들이켜면서 정약용은 탄식했다.

'아, 이 참혹한 일이 전라도 강진 땅에서 일어났다고 말한다면, 이 세상 어느 누가 곧이들어줄까.'

그날 밤 정약용은 붓을 들어 썼다. 「애절양哀折陽」이란 시였다.

갈밭 마을 젊은 아낙의 우는 소리 끝없구나蘆田少婦哭聲長

관아 문 앞에서 울며 하늘에 하소연하기를哭向懸門號穹蒼

군대 간 지아비가 못 돌아오는 수는 있어도夫征不復尙可有

자고로 남자 양물 자른 건 들어본 일 없네自古未聞男絶陽

시아비 상복 이미 입었고, 아기 금방 낳았는데舅喪已縞兒未澡

삼대가 군적에 실려 세금을 내야 하다니三代名簽在軍保

달려가 호소하려 해도 호랑이 문지기 가로막고薄言往愬虎守闇

이장은 호통치며 외양간 소 몰아갔네里正咆哮牛去皁

남편 칼 갈아 방에 들자 자리에는 피가 가득磨刀入房血滿席

스스로 한탄하기를 '새끼 낳은 것이 죄다'自恨生兒遭窘厄

잠실 음행했다고 불알 찢어내는 형벌을 받는단 말인가蠶室淫刑豈有辜

중국 민나라 자식들의 거세도 슬픈 일인데閩囝去勢良亦慽

자식 낳고 사는 이치 하늘이 준 바이고生生之理天所予

하늘땅의 아우름으로 아들딸 낳는 법이니乾道成男坤道女

불알 깐 말과 돼지 그도 서럽다 할 것인데騸馬豶豕猶云悲

대 이어갈 백성들이야 말 더해 무엇하랴況乃生民恩繼序

부호들은 죽을 때까지 풍악을 즐기며豪家終歲奏管弦

쌀 한 톨 베 한 치 바치는 일 없는데粒米寸帛無所捐

똑같은 백성인데 어찌하여 불공평한가均吾赤子何厚薄

객창에서 거듭거듭 시구 편을 외워보네客窓重誦鳲鳩篇

임금을 비방한 죄

　새벽에 일어나 책을 읽으려고 불을 밝히는데 문밖에서
　"죄인 정약용은 나와서 오라를 받아라" 하는 소리가 들려왔다.
　정약용은 뒤통수를 철퇴로 맞은 듯 멍해졌다. 한양의 적들이 나
를 기어이 끌어다가 죽일 모양이다. 한동안 허공을 쳐다보고 있던
그는, 죽고 사는 것이 하늘에 있거늘 겁낼 것이 무엇이냐, 하고 흰
바지저고리에 망건만을 쓴 채 밖으로 나갔다. 새벽빛이 심연처럼
마당에 밀려들어 있었다.
　문밖에 서 있던 장교와 포졸 둘이 그의 두 팔을 뒤로 젖히고 오

라를 채웠다. 놀란 주모와 중노미와 주모의 딸이 달려 나왔다.

"아니, 자네들이 뭔 일이여?"

주모가 장교에게 알은체를 하는 것으로 보아, 그들은 서울에서 온 금부도사가 아니고 강진 관아 소속의 포도들이었다.

서울까지 끌려가지는 않을 듯싶지만, 어디로인가 끌려가서 무슨 곤욕을 당하든지 당할 모양이었다.

강진 현감 이한묵.

사헌부 장령으로서 천주교도들을 탄핵하고 정약용, 정약전 형제가 국문을 당할 때, 판관들 밑에서 조서를 작성한 바 있는 노론의 앞잡이인 이한묵이 법에도 없는 형을 가한다면 어찌할까. 이한묵은 대관절 나에게 어떤 죄를 씌워 이렇게 끌어가는 것일까.

"어찌 된 것이냐!" 하고 그가 장교에게 물었지만, 그들은 아무 대답도 하지 않고 그를 성안으로 이끌고 가서, 옥방 안으로 밀어넣었다.

'하아, 이 무슨 낭패란 말인가.'

옥사장이 졸고 있다가 눈을 비비며

"먼 죄인이랑가?" 하고 포졸에게 물었다. 얼굴 오종종하고 눈 부석부석한 포졸이

"그것을 알면 내가 사또를 하제 어째서 이 쫄따구 노릇을 하고 살겄는가?" 하고 볼멘소리를 하고 사라졌다.

옥사장은 서투른 솜씨로 그에게 차꼬를 채웠다. 옥방 바닥에는

짚이 두껍게 깔려 있었다.

옥방 안쪽 구석에는 흰 바지저고리에 알상투 바람인 중년 남자 하나가 차꼬를 차고 고개를 옆으로 젖힌 채 자고 있었다. 짚에서 퀴퀴한 냄새가 올라왔다.

'나에게 무슨 죄를 씌운 것일까.' 속에서 울화가 끓어올랐지만 이를 악물었다.

'그래, 이 고통을 참을성 있게 비틀어 꼬자' 하고 생각했다.

곡산에서 만난 거문고 만드는 장인이 말했었다.

'고통을 잘 비틀어 꼬면 소리가 되고, 그 소리를 잘 내면 빛이 되고, 그 빛은 새가 되어 날아갑니다요.'

'그게 무슨 말이냐?' 하고 그가 묻자 거문고 장인이 말했다.

'이 거문고 줄은 모두 여섯인데, 이것들은 다 명주실로 비틀어 꼬아 만듭니다요.'

'이 큰 줄(대현)은 명주실 몇 오라기가 들어가느냐?'

'거문고 줄에 쓸 명주실을 만들려면 누에고치 스물다섯 개에서 한 줄(25종사)을 뽑는데, 큰 줄을 꼴 때는 그 25종사 80개를 비틀어 꼬아서 한 개의 굵은 줄을 만들고, 다시 그 굵은 줄 세 개를 비틀어 꼬아 이 큰 줄 하나를 만듭니다요. 그러니까 누에고치 6천 개를 죽여서 이 줄 하나를 만듭니다.'

'그럼 여기서 제일 가느다란 줄(유현)은 몇 오라기가 들어가

느냐?'

'누에고치 천 개를 죽여서 유현 하나를 만듭니다요.'

'그러니까 거문고 소리는 죽어간 누에고치 2만여 마리의 원혼들이 합창을 하는 소리로구나!'

정약용은 눈을 감은 채 속으로 소리쳤다.

'그래, 내 아픈 삶을 비틀어 꼬아 만든 소리로 빛을 만들고, 그 빛이 새가 되어 날아가게 하자. 나는 지금 잠시 어떤 무고로 인해 묶여 들어왔을 터이므로 곧 풀려날 것이다. 걱정만 하고 있지 말고, 풀려나가면 부지런히 해내야 할 사업이나 궁리하자.'

해가 중천에 떴을 때 형리들이 정약용을 끌어냈고, 관아 마당 한가운데 끓어앉혔다. 사또 이한묵이 대상에 올라앉아 있고, 육방관속들이 마당에 늘어서 있었다. 마당 한가운데 곤장 형틀이 갖추어져 있었다.

형리들이 정약용을 형틀에 엎어놓고 사지를 묶었다. 그는 경악했다. 아아, 내가 강진에 와서 물고를 당하게 되는구나.

곤장을 든 형리가 정약용 옆으로 걸어왔다.

이한묵이 정약용을 내려다보았다.

정약용은 엎드린 채 대상의 이한묵을 노려보았다. 아, 나는 드디어 저 하잘것없는 이한묵이란 자의 명령에 따라 곤장을 맞고 개처럼 죽어가야 할 모양이다. 여기서 나를 구해줄 사람은 아무도 없다. '아, 하느님' 하고 속으로 불렀다. '그래, 나는 이 자리에 혼자 있는 것이 아니고 하느님과 함께 있다.'

"죄인 정약용은 듣거라."

이한묵이 턱을 목 속에 묻으면서 굵은 목소리로 근엄하게 말했다.

"나라에서 금하는 천주학을 신앙하다가, 임금의 은혜를 입어 죽음을 면하고 강진 땅으로 유배되어 내려왔으면 참회하면서 근신해야 하거늘, 어찌하여 배은망덕하게도 하늘 같은 임금과 대신들과 세상을 비방하고 비난하였는가?"

저 이한묵의 뒤에 누가 있을까. 동부승지로 승차된 홍희운과 노론의 우두머리인 서용보 정승이 있을 터이다. 그는 형틀에 엎드린 채 이한묵의 눈을 쳐다보면서 천천히 말했다.

"나는 동문 밖의 작은 주막에서 근신하며, 사또의 휘하에 있는 아전의 자식들 다섯에게 글을 성심으로 가르쳤을 뿐이오. 만일 내가 언제 어디서인가 임금을 비방했다면 그 증거가 있을 터이니, 그것을 대보시오."

이한묵이 형방을 향해 말했다.

"여봐라, 그 비방하는 말을 들었다는 증인을 데려오너라."

한 장교가 의관을 정제한 소년 하나를 데리고 나왔다. 그 소년의 얼굴은 어디선가 많이 본 듯싶었다.

장교는 정약용으로부터 여남은 걸음 떨어진 자리에 소년을 세웠다.

이한묵이 소년에게 물었다.

"너의 이름은 무엇이냐?"

"손시우이옵니다."

정약용은 하늘이 무너지는 듯싶었다. 손시우는 그에게 다니면서 글공부를 하고 있는 이방의 아들이었다.

"죄인이 언제 너에게 임금을 비방하는 말을 하였느냐?"

손시우는 잠시 머뭇거리다가 글을 읽듯이 줄줄 말했다.

"좌우가 모두 죽여야 한다 해도 듣지 말며, 모든 대부들이 모두 죽여야 한다 해도 듣지 말고, 나라 사람들이 모두 죽여야 한다고 한 후에야 살펴서 죽여 마땅하다면 죽여야 할 것이니, 그렇게 하면 사람들이 말하기를 나라 사람들이 죽였다고 할 것이다. ……그런데 우리 선생님은, '시방 우리 나라님은 그렇지 않다'고 했습니다."

정약용은 가슴이 답답해졌다. 손시우가 말한 것은 모두 사실인 것이었다.

"죄인 정약용이 또 무어라고 했느냐?"

손시우가 말을 이었다.

"새의 깃 하나를 들지 못하는 것은 힘을 쓰지 아니함이요, 수레에 실려 있는 섶을 보지 못하는 것은 눈을 제대로 사용하지 아니함이며, 백성들이 잘 살지 못하는 것을 제대로 살펴보지 못하는 것은 진실로 은혜를 베풀지 아니함이니, 그러므로 임금이 임금 노릇을 제대로 하지 못하는 것은 하지 아니할 뿐이지, 할 수 없어서가 아니다, 하셨습니다."

　손시우는 정약용이 가르친 대목들을 그대로 외어 말하고 있었다. 그런데 그것이 무슨 죄란 말인가. 그게 죄라 한다면, 『맹자』부터 먼저 끌어다가 물고를 내야 하는 것 아닌가.

"죄인 정약용이 또 무어라고 했느냐?"

　손시우가 글을 읽듯이 말했다.

"임금이 정치를 제대로 행하지 아니하여, 풍년에 남은 곡식을 거두어들일 줄을 모르고, 흉년에 창고 곡식을 백성들에게 내놓지 않으면, 그것은 곧 사람 죽이기를 좋아하는 것이다. 임금이 정전법을 행하지 아니하여, 백성이 부모를 섬길 수 없게 되고, 아래로 처자를 먹여 살릴 수 없게 되었다면, 그것은 임금이 사람 죽이기를 좋아하는 것이나 마찬가지이다. 사람을 죽이는데 칼로써 죽이는 것과, 정치를 잘못하여 죽이는 것은 어떻게 다른가? 정치를 잘못하여 사람이 죽으면, 내가 죽인 것이 아니고 흉년이 죽인 것이다, 하는데, 그것은 칼로써 사람을 찔러 죽이고 나서, 내가 죽인 것이 아니고 칼이 죽인 것이다, 하고 말한 것과 무엇이 다른가? ……이렇게 말씀하셨습니다."

　정약용은 식은땀을 흘리면서 '하아, 이놈!' 하고 속으로 부르짖었다. 손시우는 그가 해석해준 대목들을 그대로 지껄거리고 있는 것이었다.

　이한묵은 이를 지그시 물고 고개를 끄덕거렸다. 그의 눈에서는

살기가 번뜩였다. 그는 으흠 하고 목을 가다듬고 나서 형방에게

"또 다른 증거가 있는가?" 하고 물었다.

형방이 종이 한 장을 가져다가 이한묵 앞에 펼쳐놓았다.

종이를 펼쳐 든 이한묵의 얼굴이 차갑게 굳어졌다. 떨리는 소리로 정약용을 향해 소리쳤다.

"'남자의 양물을 끊어낸 것'을 읊은 시, 「애절양」이라. 이것, 죄인 정약용이 쓴 것이 분명하렸다?"

정약용은 그렇다고 말했다.

"죄인은, 갈밭 마을에 정말로 이러한 사실이 있었는데 그것을 시로 쓴 것인가, 아니면 전혀 없는 일을 허위로 꾸며 읊어, 사또와 관아의 아전들을 비방한 것인가? 이실직고하라."

정약용은 말했다.

"지금도 그들 부부는 갈밭 마을에서 살고 있을 터이니, 불러다가 확인해보시오."

이한묵은 육방관속들을 둘러보면서

"어찌 된 일이냐? 이게 사실이냐?" 하고 다그쳤다.

육방관속들은 고개를 숙이고만 있었다. 이한묵이 형방을 향해

"갈밭 마을에 산다는 그들 부부를 당장 끌고 와서 옷을 벗겨보아라" 하고 말했다.

그때 이방이 앞으로 나서면서 말했다.

"사또 나리, 제가 그 일에 대해서 소상하게 알고 있으니 말씀드

릴랍니다요. 죄인 정약용이 쓴 그 「애절양」이란 시의 내용하고 똑같은 일이 정말로 벌어지기는 벌어졌사온디, 그것은 신관 사또가 오시고 난 다음의 일이 아니고, 훨씬 전의 구관 사또 재임 시에 있었던 일이라 이미 잠잠해진 지 오래이옵니다. 그러므로 새삼스럽게 이제 와서 긁어 부스럼 낼 것이 없는 줄로 아뢰옵니다.”

그러자 퍽 다행스럽다고 생각한 이한묵이

“그래? 그렇다면 그만 놔두어라” 하고 나서 계교 하나를 생각해냈다. 정약용의 일을 그가 처결하지 않고 다른 곳으로 떠넘길 계교였다.

“여봐라, 저 간교한 죄인 정약용을 여기서 이렇게 가벼이 징치할 수 없다. 「애절양」이라는 시는 전관 사또 재임 때의 일이라니 물시해버리고, 다른 부분만 공초에 넣어, 당장에 병마절도사영으로 압송하고, 그곳에서 더 확실하게 수사를 하여 처결하도록 이첩하라.”

장흥의 수인산성 남쪽에 위치한 병마절도사영은 무장들만 우글거리는 병영(전라도 지방의 군사 주둔지이자 훈련장)이었다. 전라 감사가 병마절도사를 겸하고 있었다.

죄인 정약용을 넘겨받은 병마절도사영의 군졸들은 그를 옥방에다 처넣었다.

정약용은 무식한 무장들의 손에 넘겨져 하잘것없는 벌레처럼 고독하게 낯선 타관에서 죽어가게 된다고 생각하니 기가 막혔다. 무장들은 수사다운 수사도 하지 않고 무지막지하게 곤장을 치기만 하면서 이실직고하라고 문초를 한 다음, 풀어주고 싶으면 풀어주고, 서울로 압송하고 싶으면 압송할 것임에 틀림없다.

고개를 허공으로 쳐드는데 옥방 바람벽 틈으로 하늘이 보였다.

'아, 틈이다. 세상에는 틈이라는 것이 있다. 나에게는 하늘이라는 틈새가 있다.'

주막집 별채의 방구석에 서 있는 낡은 거문고가 떠올랐다. 그 거문고의 음률이 온몸에 퍼졌다. 누에고치들의 죽음이 만든 그 음률이 그의 몸속에서 새 율동, 새 빛, 새 생명으로 환생하고 있었다.

옥사장이 국밥 한 그릇을 들여주었다. 누가 이 국밥을 넣어주는 것일까. 그는 가슴이 뭉클했다. 그래 세상에는 틈이 있다. 틈새 저편에 하늘이 있다.

국밥을 받아 달게 먹었다. 곤궁함에 처해 있을 때, 내 몸과 마음을 위하여 달게 먹어주는 것이 천명을 받드는 것이고, 내 몸을 내준 부모님께 효도하는 것이다.

정약용은 풀려나간 다음 해야 할 사업을 구상했다. 목민관들을 위한 지침서를 써야 한다고 생각했다. 『목민심서』 그것의 얼거리들이 하나하나 머리에 떠올랐고, 가슴속에 환희감이 샘물처럼 솟구쳤다.

사업에 대한 궁리가 시간을 잡아먹어주었다. 하루가 금방 갔다.

이튿날 정약용은 오라에 묶인 채 청사 앞마당으로 끌려나갔다. 군졸들은 그를 대상 아래에 꿇어앉혔다. 그의 옆에는 형틀이 놓여 있었다. 하늘은 맑았고, 하얀 햇살이 머리 위에 쏟아지고 있었다.

아, 이제 무식한 무인들의 문초가 시작될 것이다. 이들이 『맹자』를 제대로 읽기나 했을까. 그가 『맹자』를 증거로 댈지라도 그것을 고려하려 하지도 않고, 무조건 이실직고하라고 하면서 곤장을 치거나 주리를 틀지도 모른다. 그렇게 된다면 나는 벌레처럼 죽거나 파김치처럼 뭉개질 것이다. 하늘을 쳐다보면서 심호흡을 했다. 죽고 사는 일은 하늘에 달려 있다. 태연스런 얼굴로 대상 위를 쳐다보았다.

대상에 무복 차림의 병마절도사가 좌정하고 있고, 무장들 여섯이 양옆에 도열에 있었다. 병마절도사는 정약용을 향해 근엄한 목소리로

"죄인 정약용은 임금을 비방한 죄를 이실직고하렷다" 하고 말했다.

정약용은 천천히 말했다.

"제가 임금을 비방했다고 하는 것은 무고입니다. 그 증거는 『맹자』를 가져다 들추어보면 알 수 있을 것입니다."

그때 장수 윤성초가 기다렸다는 듯이 『맹자』를 병마절도사 앞에 가지고 가서 펼쳐 보이면서 말했다.

"죄인 정약용이 했다는 말들은 모두 『맹자』의 요 대목, 이 부분,

이 내용과 아주 똑같습니다요."

병마절도사는 강진에서 보내온 서계와 『맹자』를 비교해보고 어처구니없어하며 말했다.

"그래! 그렇구나! '······백성들이 잘 살지 못하는 것을 제대로 살펴보지 못하는 것은 진실로 은혜를 베풀지 아니함인 것이니, 그러므로 임금이 임금 노릇을 제대로 하지 못하는 것은 하지 아니할 뿐이지, 할 수 없어서가 아니다.' 이것은 『맹자』에 있는 말이다. 또 '······임금이 정전법을 행하지 아니하여, 백성이 부모를 섬길 수 없게 되고, 아래로 처자를 먹여 살릴 수 없게 되었다면, 그것은 임금이 사람 죽이기를 좋아하는 것이나 마찬가지이다.' 이것도 『맹자』에 있는 것이다!"

병사는 강진 현감의 무식을 비웃기라도 하듯이

"이한묵 그 사람, 이 공초대로라면 정약용에게 잘 가르쳤다고 오히려 상을 주어야 하는 것인데, 쯧쯧······"

이렇게 말하고는 판결했다.

"죄인 정약용의 죄는 무고이다. 정약용을 방면한다."

영문을 나서서 얼마쯤 걸어가는데, 뒤에서 말 한 필이 달려왔다. 구레나룻 무성한 무장이 말에서 내리더니, 정약용에게 머리 숙여 절을 하고

"소장은 윤성초 장군의 휘하에 있는 장수인디, 은밀하게 뫼셔다

드리라는 하명이 있어 왔습니다요" 하더니 그를 뒤에 태우고 달렸다.

강진 동문 앞에 내려주고 돌아가려 하는 무장에게 정약용이

"윤성초 장군은 어떤 사람이고, 또 장수 이름은 무엇인가?" 하고 묻자, 무장은

"송구합니다. 소장은 그저 심부름을 하고 있을 뿐입니다요" 하며 그에게 가볍게 읍을 하고 나서 돌아갔다.

주모의 가슴, 흙의 가슴

병마절도사영에서 돌아온 이후 그는 두문불출했다. 이방의 아들 손시우, 그놈이 어쩌면 그렇게도 영악할 수 있을까. 정약용은 검은 머리 돋은, 사람이라는 짐승에게 절망했다.

글공부하러 온 아이들을, 몸이 아프다는 핑계를 대고 그냥 돌려보냈다. 머리도 빗지 않고 앉았다가 누웠다가 했다. 하늘과 땅 사이에 오직 그가 혼자 있을 뿐이었다. 새까만 절대고독이 그의 가슴을 파먹어 들어갔다. 내 마음을 알아줄 사람도 없고, 내가 마음을 줄 사람도 없다.

『주역』 속의 성인의 고매한 뜻을 찾아 헤매었다.

방바닥에 누운 채 천장의 거멓게 그을린 서까래들을 쳐다보면서 생각했다.

윤성초는 대관절 누구일까. 왜 그가 나를 구해주었을까. 누가 그로 하여금 나를 돕게 했을까. 방의 아랫목 구석에 서 있는 거문고와 안쪽 바람벽에 붙어 앉아 있는 책상과 그 위에 놓여 있는 『주역』을 번갈아 바라보았다.

'아, 저것들에게 손때를 묻힌 사람⋯⋯.'

가슴과 눈시울이 뜨거워졌다.

적들의 저주를 받고 유배살이 하는 사람으로서, 오탁악세를 헤쳐나가는 뜻있는 선비로서 몸을 더욱 삼가야겠다고 생각했다. 그가 거처하는 방을 '사의재四宜齊'라고 이름 지어 부르기로 했다. 세상의 모든 것은, 그것의 이름이 그 운명을 좌우한다. 사의재라는 이름이, 이 방에 거처하는 나의 운명을 바꾸어줄 것이다.

'첫째로, 생각을 맑게 하는데도 불구하고 제대로 맑아지지 않으면 더욱 맑게 하고, 둘째로, 용모를 단정히 하는데도 불구하고 제대로 단정해지지 않으면 더욱 단정히 하고, 셋째로, 말을 반드시 필요한 것만 말하되, 말을 뱉은 다음 그것이 꼭 필요치 않은 것이었다 싶어지면 더욱 잔말을 줄이고, 넷째로, 행동을 무겁게 하되

제대로 무거워지지 않으면 더욱 무겁게 하려 애써야 한다.'

두문불출한 지 닷새째 되는 날, 저녁밥을 물리고 좌정하고 있는데, 밖에서 인기척이 있었다. 주모의 목소리가 들렸다.

"서울 양반, 지가 잠깐 여쭈어볼 말씀이 있는디, 쪼깨 들어가도 될랑가 모르겠구만이라우?"

문을 열고 주모를 맞이했다. 불안한 생각이 들었다. 유배된 죄인인 나를 재우고 먹이는 일이 불편하므로, 다른 곳으로 숙소를 옮기라는 요구를 하려는 것이 아닐까.

정약용이 주모를 아랫목에 앉히려 하자, 주모는 한사코 출입문 옆 윗목에 무릎을 꿇고 앉았다. 기름접시 불빛으로 인해 음영 짙은 주모의 갸름한 얼굴은, 수많은 세월로 인해 곰삭아들기는 했지만, 눈매 귀 코 입술 턱 등이 연두색 머리처네 쓰고 다니는 젊은 여인의 미모를 떠오르게 했다.

"나는 잘 먹고 따뜻하게 편히 자곤 하지만, 혹시 나로 인해서 불편한 무슨 일이 있는 것인가?"

주모는 고개를 설레설레 저으면서

"아니라우! 지는 서울 양반을 모심스롬부터 한없이 흐뭇하고 즐겁구만이라우. 서울 양반께서 아이들을 가르치고부터는 이방 호방 형방들이 어찌나 잘하는지…… 음식이 입에 맞시 않더라도 양해해주십시요잉" 하고 말했다.

정약용은 손바닥을 마주 붙인 채 진정으로 말했다.

"나는 주모의 마음 써주는 것이 그저 고맙고 또 고마울 뿐이네."

주모가 마른 입술에 침을 바르고, 오래전부터 별러온 말을 뱉어냈다.

"서울 양반께서는 모든 것에 통달한 양반인게 이때까지 궁금했던 이 말씀을 한 번 어쭈어볼랑만이라우. 부모의 은혜는 다 같지만, 그 가운데서 어머니는 더 노고가 많지라우. 그런디 어째서 어머니를 가볍게 여겨서 아버지의 성을 따르게 한답니까?"

정약용은 가슴 속에서 불 하나가 환히 켜졌다. 주모의 얼굴을 다시 뜯어보았다. 기름접시 불빛을 받은 주모의 두 눈이 초롱초롱 빛났다. 그렇다. 저 눈빛 속에 저 말 없는 거문고의 넋이 담겨 있다. 나무로 된 악기는 나무의 결과 무늬가 뿜어내는 그윽한 혼령을 세상에 퍼뜨린다. 저 늙은 주모도 세월 속에서 곰삭은 육신과 영혼의 결과 무늬로서 그윽한 말을 흘려놓는다.

정약용은 이벽이 한 말을 떠올렸다. '만물을 창조한 것은 여호와 하느님이시다.' 하느님은 신이다. 신은 부성父性을 가진 존재이다.

그가 말했다.

"땅의 은혜가 비록 깊기는 하지만, 하늘이 만물을 창조해낸 것에 대한 은혜를 더 소중히 여긴 것 같습니다. 우리나라 속담에 '하늘을 보아야 별을 따지'라는 말이 있지 않습니까? 아버지는 하늘이고 어머니는 땅입니다."

그 말을 뱉어놓고 '아차' 하면서 혀끝을 아프게 물었다. 세상을 향해, 천주학을 버렸다고 당당하게 말했으면서도, 자기는 지금 천주학의 원리에 따라 말하고 있는 것이었다.

주모는 고개를 가로저으며 말했다.

"이 못난 생각에는, 그 말씀이 이치에 맞지 않다고 생각하구만이라우. 아버지는 대를 이을 자식의 씨앗이고, 어머니는 그 씨앗을 길러내는 밭과 같아라우. 밤톨은 밤이 되고, 벼의 씨앗은 벼가 되고, 콩의 씨앗은 콩이 되듯이, 그 몸을 온전히 이뤄내는 것은 모두 밭을 만들고 있는 토양의 기운이긴 하지만, 끝내는 같은 동아리로 나뉘는 것은 모두 종자에서 연유하는 것 아닌께라우. 옛 성인들이 교육하고 예의를 제정하게 된 근본은 아마도, 종자, 이것에 연유하게 된 것 같구만이라우."

정약용은 부끄러워 고개를 숙였다. 수없이 많은 책을 읽고 현학적인 사유를 하여온 그가 뿌리 없이 허공에 붕 떠 있는 가화 같은 말을 하고 있다면, 밥과 술을 팔면서 평생을 살아온 주모는 흙 속에 깊이 뿌리를 내리고 있는 싱싱한 큰 원리로 말을 하고 있었다.

그가 입으로 뱉어낸 소리로 말하고 있다면, 주모는 거칠어진 맨살로 말하고 있고, 그가 형이상적인 말로 형이상을 이야기하고 있다면, 주모는 형이하를 통해 형이상을 말하고 있었다.

그는 진정 어린 목소리로 말했다.

"그러하네. 주모의 말이 진실로 옳으이."

주모의 딸

　주모의 말로 말미암아 사람들에게서 다시 희망을 가지기로 작
정한 정약용은 아이들을 불렀다. 네 아이만 오고 손시우는 오지 않
았다.

　황상에게 손시우를 기어이 데리고 오라고 명했다.

　불려온 손시우는 무릎을 꿇고 훌쩍훌쩍 울기만 했다.

　정약용은 말없이 손시우의 머리를 쓰다듬기도 하고, 등을 두들
겨주기도 했다.

　'너에게 무슨 죄가 있으랴. 탐욕에 절여진 어른들이 세상을 탁하

고 우둘투둘하게, 모나고 꺼끌꺼끌하고 울퉁불퉁하게 만들고 있는 것이다.'

다시 전처럼 글을 가르쳤다. 아침에 아이들에게 가르친 글을 외라는 숙제와 글씨 쓰는 숙제를 내주고 집을 나섰다. 보은산엘 오르기 위해서였다.

전날 해 질 무렵에 주모의 딸이 정약용을 찾아왔다. 그녀는 쓰고 온 머리처네를 벗으려 하지 않았다. 방에 들어오려 하지 않고, 툇마루에서 무릎을 꿇은 채 머리를 깊이 숙여 알현할 뿐이었다.

그녀에게서 치자꽃 향 같은 체취가 날아왔다. 정약용은 그녀에 대하여 궁금한 것이 많았다. 거문고와 『주역』에 대한 것도 그러하고, 전라 병마절도사영에서 쉬 풀려나도록 뒤에서 도와준 것이 혹시 그녀가 아닌가 하는 것도 궁금했다. 기나긴 이야기를 하려면, 응당 방 안으로 들어오라고 하여 마주 앉아 이야기해야 하는 것인데, 선뜻 그렇게 청할 용기가 나지 않았다.

그녀 쪽에서 그가 혼자 거처하는 방으로 들어오고 싶어 하지 않는데, 그의 쪽에서 먼저 방 안으로 들어오라고 말할 수도 없었다.

그의 속뜻을 이미 알아차린 듯 그녀는 어색한 미소를 지으면서 말했다.

"이 천한 것 몸에는 이런저런 잡귀신들이 붙어 있어놔서, 지가 서울 양반의 방에 얼씬거리면 서울 양반을 해치는 귀신들을 들여놓을 수도 있을 것인께⋯⋯."

그 말 속에 자조가 담겨 있었다.

그가 짐짓 말했다.

"나는 축귀의 법을 알고 있으니 그것을 걱정할 것은 없다."

그녀는 눈을 거슴츠레하게 뜨고 대꾸했다.

"상대가 축귀의 법을 알고 있는 지체 높으신 양반임에도 불구하고, 이 몸에 붙어 있는 귀신이 어르신의 마음을 홀리라고 저를 유혹하고 있는 것을 보면, 어르신의 축귀법은 저의 귀신들에게 별 효험이 없음이 분명한 듯싶구만이라우."

그와의 사이에 일정한 거리를 두려 하고 있는 그녀에게서 날아오는, 치자꽃 향과 그녀의 콧소리 짙은 말로 인해 그는 가슴이 뜨거워졌고, 눈앞이 어질어질했다.

'이 여자에게는 지극히 선량하면서도 한편으로는 간교한 여우의 넋이 들어 있다.'

그녀가 말을 이었다.

"저기, 보은산에 아직 못 올라가보셨겠지라우? 사계절마다 풍광이 아주 좋아라우. 봄에는 진달래가 불처럼 타오르고, 여름에는 신록, 가을에는 단풍이, 겨울에는 눈이 소담스럽게 쌓이고⋯⋯ 그 보은산 두 봉우리가 소귀처럼 생겼다고 해서 우이봉이라고도 하고, 둘이 나란히 서 있다고 해서 형제봉이라고도 부르는구만이라우. 거기에서 보면 우이도가 보여라우. 우이도를 소흑산도라 하므로 아마 서울 양반의 형님은 그곳에 가 계실 것이구만이라우. 그리고 조그마한 암자가 있는데, 늙은 암주의 도력이 아주 깊고 높답니다요."

그 말을 듣는 순간 그는 형님이 보고 싶어 미칠 것 같았다.

보은산은 수종사를 품고 있는 운길산처럼 높지는 않았지만, 나주에 소속되어 있는 모든 섬들을 한눈에 내려다볼 수 있을 만큼 넉넉히 높았다.

암자는 골짜기의 아름드리 소나무들 옆에 있었다. 자그마한 법당이 있고 그 옆에 길쭉한 직사각형의 요사채가 있었다. 요사채 앞에는 수조가 있고, 언덕 쪽에서 뻗어온 대롱이 수조로 졸졸 물을 뱉어내고 있었다.

그는 산을 오르느라 땀을 흘렸으므로 목이 말랐다. 표주박으로 물을 떠서 마시는데, 마침 늙은 암주가 법당에서 염불을 마치고 나오고 있었다. 키 호리호리하고 수염이 덥수룩한 암주는 첫눈에 그를 알아보고 반가워하며 합장을 했다.

"승지 영감께서 이렇게 오실 줄 알고 있었습니다" 하고 말하면서 요사채로 안내하고 차를 우려 대접했다. 작설차 향이 그윽했다. 차로 인해 정신이 맑아지는 듯싶었다.

암주가 말했다.

"주모하고 그분의 따님이 저의 큰 시주이신데, 며칠 전에 오셔

105

서 승지 영감 이야기를 했습니다. 승지 영감께서 강진에 와 계시는 것은 영감으로서는 참혹한 불행이지만, 여기에 사는 사람들로서야 홍복이라고⋯⋯."

그는 생각했다.

'이 암자에 방 한 칸을 얻어 살 수 없을까. 수시로 형님 사는 곳을 볼 수 있고, 불안한 마음도 다잡기 쉽고, 책 쓰기도 좋고, 세상으로부터 나를 감추기도 좋고⋯⋯.'

잠시 말을 끊고 맞은편 바람벽을 바라보고 있던 암주가 말을 이었다.

"그 이야기를 들으면서 빈도는, 만일 영감께서 허락하신다면 영감을 이리로 모셔오고 싶다는 생각을 했사온데 주제넘은 생각이겠지요? 주막에서는 잡수실 것이 넉넉하겠지만, 절집은 채식뿐인 데다 사람도 귀하고⋯⋯."

성약용은 그렇다, 하고 속으로 반겼다. 먼저 청하지 않아서이지 사실은 내가 소원하고 있던 바이다. 그러나 그는 말했다.

"그 문제는 차차 한번 생각해보겠습니다. 이때껏 정성스럽게 나를 잘 먹여주고 보살펴준 주모의 허락도 받아야 하고⋯⋯."

암주는 정약용을 큰 우이봉으로 안내했다.

"물안개가 없는 날에는 여기서 어슴푸레하게 우이도가 보입니다."

평소 오르지 않던 가파른 산을 오르니 다리가 아프고 숨이 가빴

106

다. 그렇지만 우이도를 바라보려는 욕심으로 허위허위 올라갔다.

한발 앞서 꼭대기에 올라선 암주가 묽은 수묵으로 색칠한 것 같은 떼섬들 가운데 한 섬을 지목하며

"저것이 우이도입니다" 하고 말했다.

그는 암주의 손가락을 따라 눈길을 보냈다. 아, 저기에 형님이 계신다니, 서로 떨어져 갇혀 있는 곳은 다르지만, 그 '우이'라는 이름이 같다니, 이 무슨 우연인가. 비통함이 가슴을 아프게 옥죄고, 눈에 물이 어려 시야가 흐려졌다.

나주에서 "형님, 형니임!" "아우야, 아우야아!" 하고 서로를 향해 외치면서 헤어지던 일, 멀리 산모퉁이 저쪽으로 사라져간 형님의 모습이 눈에 삼삼했다. 메아리 되어 하늘로 산으로 들로 사위어갔던 두 형제의 서로를 부르는 소리가 그의 귓결과 가슴 속에서 되살아났다.

그는 풀밭에 주저앉았다. 양반으로서, 선비로서의 체통을 생각지 않고 울었다.

"형님, 나주의 한 섬 우이도와 강진의 보은산 우이봉에다 우리 형제를 갈라놓다니, 이 무슨 기구한 운명입니까. 어헉어헉……."

그러면서 꿈같은 생각을 했다. 나에게 만일 날개가 있다면 후르르 날아가서 그리운 형님을 만날 수 있을 것이다.

107

하인이 가져온 참담한 소식

두물머리 물너울이 내려다보이는 언덕 위에서, 네 살 난 막내아들 농장이와 더불어 두 팔을 날개처럼 치면서 하늘로 날아오르는 놀이를 하다가 추락하며 잠에서 깨어났다.

다음 날 밤에는, 농장이의 손을 잡고 아득한 들판 길을 한없이 걸었는데, 어느 한순간에 그 아이를 잃어버리고 슬피 울다가 잠에서 깨어났다.

해 저물녘에 하인 바우가 왔다. 맵찬 눈보라를 뚫고 먼 길을 오느라고 얼굴 살갗은 얼부풀어 있었고, 몸은 지쳐 보였다.

바우가 툇마루 아래에서 엎드려 절을 했다. 짐을 풀어 약초와 고기포를 꺼내놓았다. 정약용은

"됐다. 그만 놔두고, 어서 요기나 좀 하고 봉놋방에 가서 쉬어라"

하고 말하는데, 바우는 잠시 고개를 떨어뜨리고 머뭇거렸다.

"왜 집에 무슨 일이 있느냐?"

바우가 떠듬거리며 말했다.

"막내 도련님이 별세하셨습니다요."

정약용은 뒤통수에서 우르릉하는 천둥소리가 들리면서 가슴이 꽉 막히고, 세상이 갑자기 어두워졌다.

"그게 무슨 소리야!"

"초가을에 역병이 돌았습니다요."

바우를 봉놋방으로 보내고 나서 주막을 나섰다. 속에서 차오른 화를 삭일 수 없었다. 강변으로 나갔다. 차가운 바람이 갈대밭을 휘질러 달려가고 있었다. '하아,' 하고 화禍 어린 뜨거운 숨을 뿜고 찬바람을 들이켰다.

'이제 네 살인 내 아들 농장, 눈 초롱초롱 맑은 그 자식이 죽다니!'

아내가 농장을 낳자, 그는 장차 벼슬을 버리고 돌아가, 그 아이와 함께 전원에서 살아갈 생각을 하며, 아이 이름을 농장이라 지어 주었었다. 아, 참혹하고 슬프다. 불쌍하고 가련하다.

'이놈아, 네가 강건하게 살아 장차 나를 봉양하고, 내가 네 손에 의지해 있다가 먼저 죽어야 순서에 맞거늘, 네가 먼저 떠나가다니,

109

하늘도 참 무심하구나! 멀리 떠나 있는 내 마음이 이렇듯 아프고 쓰라릴 때, 너를 흙구덩이에 묻은 네 어머니는 어떠하겠느냐. 자고로 어머니는 죽은 아들을 땅에 묻는 것이 아니고 가슴에 묻는다고 했는데…….'

연두색 머리처네

정순대비의 기력이 약해졌으므로 금방 수렴청정을 그만두고 물러날 것이고, 또 곧 생신이 돌아오므로 대사면이 있을 거라는 소문이 있었다. 정약용은 그 사면을 기대했다.

'아, 사면이 된다. 사면이 되면 소흑산도(우이보)에 계시는 둘째 형님과 더불어 고향으로 돌아가게 될 것이다.'

그런데 아들의 편지에서 말하기를, 정순대비가 정약용과 그의 둘째 형 정약전을 풀어주라고 말했는데, 영의징 서용보가 가로막아 그 명령이 거두어졌다고 했다.

서용보에 대한 원망과 울화와 복수심을 주체할 수 없었다. 눈앞에 새까맣게 쏟아지는 아득한 절망이, 주막집을 떠나 차라리 어디론가 깊이 들어가버리라고 부추겼다.

'어디로 들어갈까. 보은산 속 암자에 방을 한 칸 얻어 들어가자. 깊이 들어가면 반드시 나오게 된다. 그래, 들어가자, 깊은 산속으로 들어가자.'

몸을 아무렇게나 내던지듯이 벌렁 드러눕는데, 중노미의 목소리가 들려왔다.

"영감, 손님이 찾아오셨구만이라우."

문을 열치니, 옥색 도포에 테 넓은 갓을 쓴 키 헌칠한 벗 김이재가 우뚝 서 있었다. 고금도에 귀양 가 있던 김이재가 대사면으로 풀려나 서울로 가는 길에, 그를 찾아온 것이었다.

"아니, 이게 누구신가!"

김이재는 심이교의 아우였다. 김이교 김이재 형제하고는 서교에서의 향사례에 함께 참여했었다. 형인 김이교하고는 죽림시사 활동을 함께하고, 술에 취한 채 그를 집으로 불러 국화 그림자도 더불어 희롱한 바 있고, 한림시도 함께 치르고 합격도 동시에 한 처지였다.

"정 영감!"

"이게 어쩐 일이요!"

그들은 달려들어 서로를 붙안고, 등과 어깨를 한쪽 손바닥으로 두들겨 정을 나누다가 방 안으로 들어가 마주 앉았다.

중노미가 상을 들여주고 갔는데, 술병이 놓여 있지 않았다. 정약용이

"애야, 어찌 된 일이냐, 술이 빠졌구나!" 하고 말하려 하는데, 주모의 딸이 머리처네를 쓴 채 호로병과 청자 술잔을 들고 왔다. 그녀는 툇마루에서 무릎을 꿇은 채 들고 온 것을 안으로 들여주고, 말없이 두 손을 마룻바닥에 짚고 곱게 절을 하고 나서 물러갔다. 그녀의 체취가 방 안으로 날아들었다.

김이재가 그를 흘겨보며 말했다.

"아니! 정 영감은 이곳에서 유배살이를 하고 있는 것이 아니라, 우렁이 각시 같은 미희하고 도화색깔의 도피 행각을 하고 있구려!"

정약용은 서글프게 웃으며 그 말을 받아들였다.

"하늘 주인이 자기 신하를 땅의 세상으로 귀양을 보내게 되면, 반드시 함께 살 미희를 보내주는 법 아닙니까? 어허허허……."

정약용의 가슴에서 일어난 훈훈한 바람이 김이재에게로 번져갔다. 한 여인이 은밀하게 써주는 마음의 훈기는 얼어붙어 있는 세상의 얼음을 모두 녹인다. 정약용은 강진에 당도한 날 저녁부터 그 수수께끼 같은 훈기 속에서 살고 있었다.

"유배살이 하는 정 영감의 혈색이 어쩌면 이렇게도 좋을까 했더니, 하하하하……."

김이재가 목소리 높여 웃었다.

그들은 향사례 하던 시절의 무지개 꿈과 정조 임금 통치 시절의 좋았던 이야기들을 안주 삼아 술잔을 부지런히 비웠다.

이튿날 김이재는, 이삿짐을 지고 앞장서서 가는 하인들의 뒤를 따라가며 말고삐를 끌었다. 돌아갈 기약이 없는 유배지의 정약용은 고향으로 돌아가는 김이재가 한없이 부러웠고 가슴이 쓰라렸다.

나주 쪽으로 넘어가는 재 아래에서 소매를 나누고 돌아선 정약용은 하염없이 걸었고, 속절없이 아무런 능력도 희망도 없는 바보처럼 울고, 또 울었다. 한도 끝도 없이 울어버리고 싶어 탐진강변으로 나갔다. 하구의 갈대숲과 질펀한 강의 물너울을 앞에 둔 채, 고향 두물머리의 물너울과 소내 마을에 두고 온 가족들을 생각하며 다시 울었다.

이윽고 이렇게 울어 어찌하겠다는 것이냐 하는 한심한 생각이 들어, 혀를 깨물고 돌아서는데, 갈대숲 저쪽에서 팔랑거리고 있던 여인의 쪽색 치맛자락과 연두색 머리처네 자락이 재빨리 자취를 감추었다.

목탁 구멍 속의 어둠처럼

목탁 구멍 속의 어둠처럼 살기로 작정했다. 부피 큰 어둠의 세상을 조그마한 한 알맹이의 어둠으로 줄여 산다는 것은 요술 같은 행운일 수도 있다.

늙은 암주에게서 고성암 모퉁이에 있는 요사채의 작은 방 두 칸을 얻었다. 한 칸은 그가 쓰고, 한 칸은 소내의 아들들이 와서 함께 머물고 싶어 하면 쓰게 하고 싶어서였다.

주모를 뒷마당으로 불러 그 뜻을 말했는데, 주모는 한동안 정약용의 얼굴을 멍히 건너다보고만 있다가 말없이 고개를 떨어뜨리고 몸을 돌렸다.

'주모가 배신을 당한 듯 서운해하고 있다.'

죄스러운 마음으로 저녁밥을 먹고 우두커니 앉아『주역』을 뒤적거리다가 자리에 들었다.

한밤중에 주모의 딸이 술상을 들고 왔다. 그녀는 여느 때와 달리 가녀린 목소리로

"서울 양반님께, 드릴 말씀이 있구만이라우" 하고 나서 그의 대답을 기다렸다.

이런저런 잡귀신을 업고 안고 다닌다는 이 여자를 방 안으로 들여도 될까. 자기가 정약용의 방 안으로 들어오면, 그 잡귀신들이 떠 다녀 편히 살 수 없게 될 것이므로 자기 쪽에서 피해준다던 그녀. 이제 그가 떠나간다고 하니 걱정하지 않고 들어오겠다는 것인가.

정약용은 문을 열어주지 않은 채

"어쩐 일이냐?……나는, 아직 네가 안고 업고 다닌다는 잡귀한테 대적할 준비가 되어 있지 않는데……" 하고 나서 금방 후회를 했다. 나는 시방 장부로서의 강함과 넉넉함을 잃고, 허약해진 채 쭈뼛쭈뼛 세상의 눈치를 살피고만 있다. 그러나 어찌하랴, 나는 유배 온 죄인이다.

그녀가 모기만 한 소리로

"얼마 전에 서울 양반님은 축귀법을 잘 아신다고 하셨구만이라

우" 하고 말했다.

순간 그의 속에서 한 목소리가 들려왔다.

'내가 사실은, 그녀의 잡귀에 씌어 그 잡귀가 베푸는 환혹에 취하여 살고 싶어 하였는데, 그녀 쪽에서 그 잡귀를 나의 방에 풀어놓으려 하지 않았으므로, 그녀의 처사를 야속해하고 두려워하며 떠나가려 한다는 것을 그녀는 알까 모를까.'

정약용은 핑계 하나를 생각해냈다. 들어와서 거문고를 타달라고 할 참이었다.

"그래, 들어오너라."

그녀는 술상을 들고 방 안으로 들어와 그의 맞은편에 꿇어앉았다. 꿇어앉는 순간 그녀의 치맛자락 속에 담겨 있던 바람이, 팽팽하게 부풀어 있는 꽈리 속에 담겨 있던 풋향기 어린 바람처럼 빠져나와 그에게로 날아왔다. 그 체취로 인해 그의 가슴은 서늘해졌고, 우둔거렸다.

그녀가 두 손을 방바닥에 짚은 채

"절집 목탁 소리를 들음스롱 사시기로 하셨다고 들었구만이라우. 강진성 동문 밖 세상이 온통 텅 비게 생겼구만이라우" 하고 말했다. 그녀의 말에 애절함이 담겨 있었다.

정약용은 할 말을 잃은 채 술상 위에 놓인 호로병과 청자 잔과 숭어구이 안주만 내려다보고 있었다. 잡귀신을 업고 인고 산다는 이 여인의 눈, 비낀 기름접시 불빛으로 인해 음영 짙은 얼굴 속의 음험한 정염이 숨어 있는 호수 같은 눈을 건너다볼 수 없었다. 그는 술 한잔 들이켜지 않았음에도 불구하고, 그녀의 향기로운 체취로 인해 이미 취해 있었다.

그녀가 구석에 서 있는 거문고를 턱으로 가리키며

"사실은 거문고 때문에 왔구만이라우" 하고 말했다.

정약용도 그 거문고를 바라보았다. 한번 안고 퉁겨보고 싶었지만 내내 참아오던 참이었다. 그런데 이제 이 여자가 저 거문고를, 내가 떠나려 하므로 가지고 가겠다는 것인가.

"막 뵌 첫날부터 저의 마음 한잔을 올리고 싶었는디…… 벌써 네 번이나 해가 바뀌었구만이라우."

독한 화주였다.

그 화주에 그녀의 마음을 담아 권하고 있었다. 그 화주가 혀와 입천장과 목구멍과 배 속을 알싸하게 자극하면서 뜨겁게 달구고 있었다.

정약용은 마시고 난 빈 잔을 말없이 그녀에게 건넸다.

그녀는 건너온 잔을 받아 단숨에 마시고 나서 말했다.

"태어나기를 잡귀신에 썬 채로 태어났고, 살아가기를 또한 그렇게 살아가는 넌이라……."

그녀는 넋두리의 가락으로 말하고 있었다.

정약용이 거문고를 한번 연주해달라고 청하려 하는데, 그녀가 말을 이었다.

"자꾸 남의 눈치가 보이고…… 함부로 마음 주었다가는 내 마음 받은 사람 쪽이나 마음을 주는 내 쪽이 모두 다치지 않을까 두렵고……."

그는 술 석 잔으로 인해 어릿어릿 취했다.

"이 화주에는 안주를 넉넉하게 잡수셔야 허라우."

그녀는 그녀 혼자만 아는 어떤 가냘프고 슬픈 가락에 푹 젖어 살고 있었다. 콧소리 짙은 목소리도 그 가락에 축축하게 젖어 있었다.

그녀는 구운 숭어의 껍질을 벗기고 속살을 발기고 헤쳐놓았다. 속살 발기는 그녀의 손가락이 애처롭게 가늘고 길었다. 숭어 속살을 씹으며 이 여자와 이 밤을 어떻게 할까, 하고 그는 생각했다. 이제 내가 떠나가려 하므로, 이 여자는 나에게 몸과 마음을 열어놓으려 하고 있다.

그가 문득 말했다.

"거문고를 한번 타보지 않겠느냐?"

그녀가 고개를 떨어뜨리면서

"저는 저것을 타고 싶은 마음이 안 나면, 백 날이고 천 날이고 안 타라우. 그런디 며칠 전부터 불시로 타고 자퍼, 몸이 군실거려서……" 하면서 거문고를 가져다 무릎과 발 위에 올려놓았다.

오랫동안 방치해놓았음에도 불구하고 거문고에는 먼지가 앉아 있지 않았다. 그가 출타하고 없을 때 그녀가 들어와 그것을 손질해

119

놓곤 한 것이었다.

잠깐 조율을 하고 나서, 오른손 손가락들 사이에 술대를 끼우고 왼손을 가운데 현 위에 올려놓았다. 술대로 현을 내려치기도 하고, 걷어 올려 뜯기도 하면서 왼손으로 현을 짚어냈다.

우뢰처럼 투박한 듯 강렬하고, 검은 구름 사이로 나오는 햇살처럼 해맑으면서 가녀린 선율은, 장강처럼 유유히 무겁게 흐르다가, 여울목을 만나 빨리 흐르기도 하고. 폭포처럼 떨어지기도 했다. 가끔 황홀한 무지개를 만나기도 하고 노을빛에 물들기도 하고, 살랑거리는 바람을 만나 물결을 일으키기도 하고, 뱃사람의 뱃노래와 물새들의 울음소리를 만나기도 했다. 기기묘묘한 절벽과 옥돌 깔린 강변과 찬란한 꽃과 향기로운 풀들을 만나기도 했다.

꿈결같이 황홀한 그 선율의 흐름과 더불어 그의 머리에 서글픈 말들이 떠올랐다.

……새벽하늘에 푸른 안개 자욱한데

찰랑이는 물결 한가롭고

강가의 얼굴 말갛게 씻은 산봉우리들.

그윽한 패물 옥 두들기는 소리 속에

기이한 향기 나부끼는데

귀인이 탄 수레 멈춘다, 오색의 구름 끝에…….

그녀가 거문고를 윗목으로 밀어놓고 나서 울음 섞인 목소리로

"돌지집[石女]이란 말을 들어보셨는가라우?" 하고 나서 눈물을 훔쳤다. 그녀의 눈물을 보자 가슴이 아렸다. 그녀는 술잔을 들어 마시고, 그 잔을 그에게 건네고 말을 이었다.

"목석 같으신 서울 양반, 혼자 사는 여자의 외로움을 아신가라우? 이년은 죽어 저승에 간다면 몰라도, 이승에는 마음을 진실로 나눌 수 있는 사람이 아무도 없어라우. 사람은 많고 또 많은디라우, 이년한테는, 사실은 텅텅 비어 있는 적막강산이어라우. 평생 남의 술국만 끓여주고 살아온 우리 어머니, 평생 외롭지 않게 해주겠다고 나 데려간 남정네, 함께 자란 동무들…… 사람들은 많고 많아도 요 천한 년은, 늘 늦가을 추수 끝난 들판에 누더기 걸친 허수아비같이 혼자 서 있어라우. 모두들, 이년한테는 그림자도 제대로 드리워주지를 안해라우. ……그러다가 이때껏 서울 양반 눈치를 보고 또 봐왔는디, 그 양반도 마찬가지여라우. 그 양반은 그저 이 유배지에서 어떻게 하든지 살아서만 고향으로 돌아가자, 누구한테 정을 주지도 말고 받지도 말고, 한눈팔지도 말고, 오직 내 몸뚱이 하나만 온전하게 살아 돌아가자. 그러기 위해서는 주야로 책 읽고 책을 쓰면서 때를 기다려야 한다. ……서울 양반은 바로 이런 대쪽 같으신 양반 아니시오? 그런디 이 철없는 천한 년은 혹독한 추위 속에서 몸 웅크리고 있는, 자기 한 몸밖에 모르는 매몰찬 그 양반한테 은밀하게 정을 주고 있었으니, 얼마나 모자라고 미욱

한 년이요잉? 그런디 시방 이년은 소가지 없이 매몰찬 그 양반의 터럭 그림자 하나라도 속에 간직하고 싶은디 어쩌면 좋을까라우? 이년 하나만 보고 살아온 우리 불쌍한 어머니가, 이 소가지 없는 년 보고, 뭐라 하신 줄 아시오? '아야 이년아, 말거라! 혹시라도 말 거라! 유배 풀리면 훅 떠나갈 양반한테 정 주지 말거라' 하고 말리 고 또 말렸는디, 이년은 시방 이렇게 미욱하고 멍청하게, 이년 발 로 걸어서 이 방으로 들어와서 이러고 있구만이라우. 유배 풀리면 훅 떠나갈 서울 양반, 이 못난 년을 오늘 밤에 어떻게 하실라요? 차라리 콱 죽여주시오이."

그녀는 정약용의 가슴으로 허물어지듯이 쓰러졌다. 두 팔을 벌려 그의 등허리를 끌어안고 손깍지를 끼어 당겼다. "어헉어헉……" 하고 울기 시작했다. 그녀의 애처로운 슬픔이 그의 가슴으로 홍수 처럼 밀려 들어왔다.

뒷산에서 부엉이가 울고 있었다. 밤하늘에는 별이 총총 밝았다. 그의 가슴에 부엉이 울음 같은 음산한 울음이 어리고 있었다. '하 느님, 이 못된 선비, 이렇게 어찌할 수 없이 남의 여자를 훔치고 있 습니다. 아버지, 아버지……'

보은산방

   보은산 고성암 요사채로 이불과 책을 싸 옮기는 일은 중노미와 황상이 도와주었다. 떠나올 때, 주막집 모퉁이 싸리 울타리 사이로 보이던 그녀의 머리처네 자락과 쪽색 치맛자락이 가슴을 아리게 했다.

   새벽녘에 그녀가 정약용의 옆구리에 얼굴을 묻으면서
   "서울 양반, 저 거문고가 뭔 거문고인지 아시겠소?" 하고 물었다. 그는 대꾸하지 않고 이어질 그녀의 말을 기다렸다. 밖에서 바람이 달려가고 낙엽이 구르고 있었다.

"바람 소리 들어본께 바다가 또 빨칵 뒤집어져 있겄구만이라우."
그녀가 말을 딴 데로 돌렸다.

그는 그녀의 말을, '꽃 한 송이 피어나면 세계가 일어서는 법이다―花開世界起' 하는 선문답으로 듣고 있었다.

여자의 몸은 남자의 몸보다 우주 천지의 율동에 더욱 민감하다. 바다에 밀물이 지면 여자의 몸에도 밀물이 지고, 바다에 썰물이 지면 여자의 몸에도 썰물이 진다. 하늘에 달이 뜨면 여자의 몸에도 달이 뜨고, 하늘에 달이 기울면 여자의 몸에도 달이 기울고, 천공에 바람이 일어나면 여자의 몸에도 바람이 일어나고, 대지에 꽃이 피면 여자의 몸에도 꽃이 핀다. 홍수로 인해 대지가 할퀴어지면 여자의 몸도 할퀴어지고, 눈보라가 치면 여자의 몸에도 눈보라가 친다.

그녀가 그의 옆구리에 뜨거운 입김을 불어 넣으며 말했다.

"바다는 사실 하늘이 본서방이지만은, 그 본서방은 늘 너무 먼 데서 푸르죽죽해 있기만 한께, 바람하고 그렇게 늘 외도를 하는 것 아닐까라우? ……서울 양반은 가만히 앉아 계심스롬도 하늘 땅 원리를 다 통달한 양반이시라. 그동안, 산지기 집에 걸려 있는 것 같은 저 거문고 소리를 속으로, 속으로 한없이 많이 들으셨지라우? ……그런디 속 모르는 그 늙은 스님이 와서 보고 그럽디다. 거문고는 줄을 너무 팽팽하게 조이면 끊어지고, 너무 느슨하게 해놓으면 틸틸 터드렁 하면서 소리가 제대로 나지 않는 법이라고. 그런께 아주 적당하게 조여서 타야 한다고라우. 또 어떤 선비는 저것하고

『주역』을 보더니, '여섯 경전에 한 개의 가야금六經一琴이라' 하고 말합디다. 주제넘게 그런 부처님 말씀이나 도통한 선비의 도락을 생각하고, 저기다가 거문고를 두고 사는 것이 아녀라우. 저 거문고란 년의 속사정은 이년만 알고 이 세상 어느 누구도 몰라라우. 저 거문고란 년, 줄이 끊어진 것도 아니고, 소리판이 깨진 것도 아니고, 굽고 비틀어진 것도 아니고, 아주 성성한 년이요. 저년은 누가 타지 않아도 혼자서 잘 울어라우. 어느 년의 팔자하고 똑같어라우."

고성암에서의 첫날밤을, 정약용은 시를 짓고 또 지으며 지새웠다. 잠이 오지 않았다. 그 여자의 치자꽃향기와 새물내 물신한 몸 생각, 그 여자가 지껄거리던 말들이 몸과 마음을 뜨거워지게 하기도 하고 슬퍼지게 하기도 했다.

'……서울 양반은, 그저 이 유배지에서 어떻게 하든지 살아만 나가자, 누구한테 정을 주지도 말고 받지도 말고, 한눈팔지도 말고, 오직 내 몸뚱이 하나만 온전하게 살아 고향으로 돌아가자. 그러기 위해서는 주야로 책 읽고 책을 쓰면서 때를 기다리자. 서울 양반은 바로 이런 대쪽 같으신 양반 아니시오?'

그는 그녀와 거문고에 서려 있는 잡귀신에 씌어 있었다. 그녀와 거문고가 그의 속에서 무시로 울었다.

스님들이 날로 두드리며 사는 목탁 구멍 속 어둠이 되어 살자고 작정하고, 주막집을 버리고 떠나온 것은 참으로 잘한 일이다. 주모가 고맙고, 그 딸의 정이 달콤하고, 중노미의 활달하고 정겨운 심부름이 고맙지만, 그가 '사의재'라 명명한 그곳은 더 머물면 탈 나고 썩을 수 있는 시공이었다.

어자의 품은 남자를 황홀하게 하지만, 거기에 취하여 깨어나지 못하게 하는 마약이기도 하고, 죽이게 하는 독약이거나 칼이기도 하고, 마물魔物이기도 한 것이다. 한창 좋을 때 떠나야 하는 것이 여자의 품이다.

시를 짓고 또 지었다.

해거름에 금부도사에게 이끌려 누릿재 넘어오던 일을 생각하며 시를 짓고, 탐진강변 갈대숲길에 앉아 바다를 바라보던 일을 생각하며 시를 짓고, 묽은 안개 속에서 조는 듯싶은 형님의 소흑산도(우이도)를 생각하며 시를 지었다.

잠이 오지 않고 잡념(번뇌)이 들끓을 때는 시작詩作이 약이다. 시작도 선비의 사업이다. 선비는 인민을 구제하는 쪽에 서 있어야 하는 본분을 가진 사람이고, 시작이 선비의 사업일진대, 역대의 시인들 가운데는 두보의 사념이 제일이다. 두보 시에는 항상 인민의 아픔과 슬픔과 안타까운 희망이 들어 있다.

이튿날 아들 학연이 왔다. 벌써 수염이 거뭇거뭇하게 난 아들을 끌어안고 한동안 눈물 흘렸다. 아들은 아버지의 가슴을 부둥켜안은 채 훌쩍훌쩍 울었다. 그러다가 "학초가……" 하고 말했다.

불길한 예감이 온몸에 전율을 일어나게 했다. 학초는 흑산도에 있는 둘째 형님 정약전의 외아들이었다.

"학초가 어쨌단 말이냐!?"

"하룻밤 사이에 얼굴이 새파래져가지고 죽었습니다."

얼마 전에는 막내아들 농아가 죽었는데, 이제는 젊은 조카 학초가 죽다니, 이 무슨 박복이고 억장 무너지는 소식인가.

정약용이 보기에, 조카 학초는 학연·학유 두 아들보다 침착한 성격으로 경학자가 될 수 있는 소질이 많았고, 영리한 데다 기억력도 남달랐다. 그가 유배된 뒤로 고향에서 들려온 소문으로는, 학연·학유는 이제 폐족이 되었다고, 억울하고 분해하며 고래처럼 술을 퍼마시곤 하지만, 학초는 책만 부지런히 읽는다고 했었다. 그놈은 책을 한 번 읽고 또 한 번 읽으면 다 줄줄 외어버리는 천재였다. 정약용은 장차 그놈을 그의 후계자로 삼고 싶었다. 그랬는데……
아, 천재는 하늘이 질투하고 시기를 하는 것인가.

'하느님, 천재 학초를 집안에 내려주어 축복해주더니, 그렇게 쉽게 앗아가 집안을 망하게 하십니까.'

그는 슬프고 안타까운 마음을 주체하지 못한 채 허공을 향해 시를 읊었다.

……하늘이 나를 축복해주더니 나를 절망하게 하는구나.

세상은 날로 더러워지는데

옛 성인의 도는 묵어만 가는구나.

아! 하층의 인간들 주색에 빠지고

상층의 인간들 너무나 모만 나는데

슬프다, 슬프다. 장차 어느 누가

내가 지은 책들을 읽을 수 있으랴.

슬픔이 진정되자 그는 아들에게, 소내 쪽 집안 모든 사람들의 안부를 일일이 묻고 나서 말했다.

"너는 폐족의 아들이다. 폐족일수록 공부를 더 부지런히 해야 한다. 여기에 머무르는 동안 『예기禮記』를 읽어라."

아침나절에 암주가 왔다. 합장을 하고 나서 몇몇 스님들이 그에게서 『주역』을 공부하고 싶어 한다고 말했다.

젊은 스님들 아홉이 왔다. 다섯은 목판인쇄된 책들을 한 권씩 가지고 있었고, 넷은 필사한 것을 들고 있었다.

스님들의 얼굴 얼굴과 『주역』 공부하려는 태도를 보니, 그들이 좋은 책이라면 무엇이든지 다 읽어내려는 열정으로 모여든 것이 아니었다. 절집에 바야흐로 『주역』 읽기가 유행하고 있었다.

그가 물었다.

"석가모니의 생각은 만다라(수레바퀴 같은 천지 우주 구성의 원리)에 들어 있고, 하늘과 땅의 원리에 대한 성인의 생각은 『주역』의 팔괘로 짜여 있는데, 그대들은 왜 만다라를 제쳐놓고 팔괘를 공부하려고 하는가?"

그들은 아무도 대답하려 하지 않고, 고개를 떨어뜨리고만 있었다. 그들이 이때껏 익혀온 공부 방법은 선각자들에게서 강의를 듣는 것뿐이었다. 그들은 문답식으로 공부하거나, 서로 시비(진리인가 진리 아닌가)를 가리기 위해 토론을 열정적으로 하거나, 자기가 공부하고 끝없이 궁구하는 과정에서 문득 깨달은 것과 의문스러운 것을 토론하는 식의 공부 방법을 써보지 않은 것이었다.

다시 물었다.

"그대들의 살갗에 뚫려 있는 만여 개의 털구멍, 뼈골 삼천 마디 그 어디에 가려움증이나 아픔이 있는 줄 알아서 내가 하필 그 자리를 긁어주거나 치유해주겠는가? 『주역』을 한번 읽어보았으면, 그 책 어느 부분이 이해할 수 없었는지 물어보게나!"

스님들은 마찬가지로 묵묵부답이었다.

"가장 바람직한 공부는, 서로 의문 나는 것을 물어보고 대답하면서 터득해가는 것인데, 그대들을 만나보니 내가 공부한 것을 일방적으로 강의해야 할 것 같네. 그럼 일단 강의를 하겠네. 그리고 강의한 것에 대하여 제대로 알아들었는지 질문을 하겠네."

그는 먼저 『주역』이 점을 치기 위한 책이 아니라는 것을 말했다.

"점이란 것은 예언을 빙자한 하나의 사술邪術이거나 사술詐術이네. 그런데 『주역』은 세상 사람들이 알고 있는 것처럼 점술이나 사술이 아니네. 『주역』은 우주의 운행 원리를 말한 철학이네. 성인은 팔괘로써 우주의 운행 원리를 담아놓았네. '손巽괘 하나를 예로 든다면, 그것은 '들어간다'는 원리를 말하고 있네. 그런데 그것은 '들어가면 나온다'는 뜻을 이면에 내포하고 있네."

한 젊은 스님이 고개를 갸웃거리고 나서 물었다.

"저는 바로 그 대목을 이해할 수 없습니다. '들어간다'는 뜻을 가지고 있으면 들어갈 뿐이지, 왜 나온다는 뜻까지 내포하고 있습니까?"

그가 말했다.

"내게 그러한 질문을 하는 것으로 보아 그대들에게는 두 가지 병통이 있네. 하나의 병통은, 참선할 때 머리에 화두를 굴리듯이 한 개의 관념만을 줄곧 뒹굴리고 있는 병통이야. 그 병통은 한 관념을 머릿속에 스무 번 백 번 뒹굴리면서, 그 관념을 만들고 있는 글자의 서당식 뜻풀이를 하려고 들고, 그 뜻풀이를 한 다음에는 그 관념을 머리에 외워 담으려고 드는 '병통'이네. 두 번째 병통은『주역』의 괘 풀이로써 나의 운명과 타인의 운명에 대하여 아는 체하려는 것이네."

정약용은『주역』강의를 문답식으로 운용해가다가 그것이 별로 의미 없는 것임을 알아차렸다.『주역』을 점치는 책으로 여기는 사람에게 그것을 가르친다면, 그것은 혹세무민하는 술수를 가르치는 것 이외에 아무것도 아닌 것이었다.

오전에 강의를 하다가 잠깐 소피를 하고 바람을 쐬고 들어오는데, 방 안의 스님들이 속삭이는 소리가 들려왔다.

"혜장은 무조건 점치는 법부터 익혀가지고 점을 쳐주면서 뜻풀이를 하고, 그러다가 해석하기 곤란한 대목이 나오면 세세히 풀이해주는 식인디……. 이 양반은 원리만 강의를 하고 있구만!"

"64괘는 놔두고, 계사전부터 좀 가르쳐달라고 하세."

"그것은 그냥 독학해도 되니까 괘풀이를 좀 평이하게 해달라고 하세."

"평이하게 하는 괘풀이로서야 혜장을 덮을 만한 사람이 없지."

그 말들을 못 들은 체하고, 강의를 마친 다음 그는 늙은 암주에게 물었다.

"혜장이란 사람이 누군가요?"

늙은 암주가 대답했다.

"만덕사 주지입니다."

"그 스님이『주역』에 통달한 모양이지요?"

"대단한 스님입니다. 세속의 나이로 아직 불혹에 이르지도 않았는데, 혜장은 벌써 도통을 했습니다. 올깎기로 입도하여『팔만대장경』을 어느새 다 읽고, 선禪 공부를 할 만큼 하여 대단한 율사란 말을 듣고 있습니다. 해남의 대둔사에서 강백으로 있을 때는, 그의 강의를 들으려고 전국에서 학승들이 구름같이 몰려들었습니다. 그는 그 어떤 스님의 설법을 듣든지 고개를 저으면서 "아니야, 아니야!" 하고 중얼거리곤 하지만, 오직 연담 유일 고승의 설법을 듣고서만 고개를 끄덕거린다고 들었습니다. 대둔사에서 말사인 만덕사(지금의 백련사)를 부흥시키라고 혜장을 보낸 것도, 혜장의 법력을 믿은 까닭입니다. 그런데 언제부터인가 불전을 제쳐놓고『논어』『중용』『시경』을 거쳐『주역』에 빠져 있다고 들었습니다."

정약용은 생각했다.

'잘못된『주역』공부의 열풍을 잠재워야 한다. 먼저 혜장부터 다스려야 한다.『주역』을 알고 이용하되, 혹세무민의 길라잡이가 아니라 하나의 철학으로 이용하고, 뜻있는 자가 사업을 하는 데 활용해야 함을 깨우쳐주어야 한다.'

"이따가 저녁때 나와 함께 만덕사에 좀 가보지 않겠소?"

늙은 암주는 정약용의 뜻을 알아차리고

"혜장이란 스님, 한번『주역』논의를 하기 시작하면 끝없이 합니다" 하고 말했다.

정약용은 시골 중늙은이처럼 흰 두루마기에 갓을 쓴 채 만덕사에 가면서 늙은 암주에게 당부했다.

"아마 혜장이란 스님이, 누구인가로부터 나에 대한 이야기를 이미 들었을 터이지만, 오늘 찾아가서는 절대로 내가 고성암에 기거하는 정 아무개임을 말하지 말아주십시오."

『주역』에 달통한 혜장과의 만남

　새빨간 동백꽃송이에서 쇠북 소리를 들었다. 새벽녘이면 만덕사에서 아스라하게 들려오곤 하던 쇠북 소리.

　그 소리를 들으면서 정약용은 스스로의 청력에 깜짝 놀랐다. 그는 요즘 사물 하나하나에서 우주의 섭리를 느끼곤 했다. 그것은 인식의 확산과 통합이었다.

　나로 하여금 그렇게 하게 해준 것은 무엇일까. 하늘을 쳐다보면서 그는 감격했다. 나는 시종 저 높은 곳의 위대한 그분의 품에 안긴 채, 세상을 넓게 두루 살피며 살아가고 있다.

만덕사로 오르는 자드락길에 나이 10여 년쯤의 동백나무들이 빽빽하게 들어서 있었다. 잔설이 남아 있었지만 날씨는 포근했다. 새빨간 동백꽃들을 다시 깊이 들여다보니, 그것들이 요염하게 합창하고 있었고, 그 메아리가 가슴으로 밀려오고 있었다.

마당에서 대웅전과 보랏빛 만덕산을 등진 채 바다를 내려다보았다. 바다를 둘러싸고 있는 섬들이 연꽃잎처럼 안존했다. 저 바다를 연꽃 바다라고 이름 붙여도 좋고, 이 절을 '백련사白蓮寺'라고 불러도 좋겠다.

혜장은 30대 후반의 나이답지 않게 앳되어 보였고, 곡차를 마신 듯 얼굴이 불그족족했다. 너그럽고 자비로운 얼굴로 손님을 맞이했다.

시골 중늙은이 차림을 한 정약용에게는 특별한 관심을 보이지 않고, 고성암의 암주하고만 이야기를 나누었다.

"상좌에게 들은께 요즘『주역』공부에 푹 빠져 있으시다고라우?"

혜장의 물음에 암주가

"그냥 심심하면 점이나 좀 쳐볼까 하고 시작했는디, 이해할 수 없는 부분이 너무 많습니다" 하고 말하자 혜장이

"『주역』 그것, 어렵게 생각하면 한없이 어렵고, 쉽게 생각하면 한없이 쉬운 것이요" 하고 말했다. 서죽筮竹 50개를 가지고 점치는 법을 이야기했다.

"하늘을 상징하는 하늘의 수, 천수는 홀수인디 1, 3, 5, 7, 9입니

다. 땅을 상징하는 땅의 수, 지수는 짝수인디 2, 4, 6, 8, 10입니다. 그 두 수들을 합하면 55인디, 그 속에 음양의 변화가 생기고, 신神의 작용이 일어납니다. 가령, 천수 1과 지수 6이 만나면 물[水]이 되고, 천수 7과 지수 2가 만나면 불[火]이 되고, 천수 3과 지수 8이 만나면 나무[木]가 되고, 천수 4와 지수 9가 만나면 쇠[金]가 되고, 천수 5와 지수 10이 만나면 흙[土]이 됩니다. 이것을 이론적으로 이야기해가려면 한이 없어라우."

혜장은 『주역』에 달통했다고 전해오는 왕필의 방법은 어떠한데, 낙서의 방법은 이러이러하다고 말하고 나서, 실제로 서죽을 가지고 여섯 개의 괘 짓는 법을 설명했다.

"서죽으로 하는 방법이 복잡하다 싶으면 엽전 여섯 닢으로 하면 간단합니다이. 이것은 『주역』에 대하여 아무것도 모르는 사람들도 다 하는 방법이어라우."

혜장은 흥분해 있었다. 서죽을 제쳐놓고 엽전 여섯 닢을 손에 들고 말했다.

"먼저 엽전 양쪽 면을 각기 음과 양으로 정하고, 이렇게 손아귀 속에 넣고 흔듭니다. 한사코 무념무상의 마음으로, 자기 나이의 수만큼 흔들고, 태어난 달의 수만큼 흔들고, 태어난 날의 수만큼 흔들고, 태어난 시만큼 흔든 다음, 하나씩 차례로 꺼내 늘어놓으면서 괘를 짓습니다. 그 괘를 펼쳐 읽으면 그날의 운세를 판단할 수 있습니다. 운세 판단을 하면서 『주역』을 공부하는 것이어라우."

타오르던 황혼이 꺼지고 땅거미가 내렸을 때 상좌가 촛불을 밝혔다. 행자가 얼굴을 내밀고 저녁 준비가 되어 있다고 말하자, 혜장은 고성암 암주와 정약용에게

"소금 국물에 거친 공양이지만 가서 함께 하십시다이" 하고 말했다. 암주가 정약용에게

"오늘 여기서 유하고 가시는 것이 좋을 듯합니다" 했고, 그들은 모두 공양간으로 자리를 옮겨 저녁을 먹었다.

혜장은 저녁 공양을 마친 다음 그 손님들을 이끌고 다시 주지의 방으로 갔다. 상좌가 차를 냈다. 작설차였다. 방 안에 그윽한 차향이 맴돌았다. 배릿한 차향은 언제 맡든지 정신을 맑게 한다. 배릿한 차향과 스님들의 삶은 깨달음으로 가는 한 골목에 있다.

그때까지 정약용은 입도 벙긋하지 않고, 고개를 떨어뜨린 채 혜장의 말을 듣고만 있었다.

"거사님께서도 『주역』에 관심을 가지고 있소?"

혜장이 모처럼 정약용에게 관심을 보였다. 정약용은 고개를 저으며 말했다.

"뒤늦게 요즘 들어서부터 관심을 가지기 시작했네."

혜장이 정약용을 향해 말했다.

"『주역』은 인간이 정해진 운명대로 살아가기 마련이라는 숙명을 거부합니다이. 자기의 운명을 개척해나가기를 권장하는 책이어

라우. 『주역』은 성인이 저술했다는 설이 있습니다만, 사실은 하늘이 내려준 책입니다. 천주학쟁이들의 성경을, 사람에 의해 기술된 것이 아니고 하늘이 내려준 책이라고 말하듯이."

여인처럼 앳된 상좌가 찻잔을 돌렸다. 모두들 찻잔을 향해 합장을 하고 나서 찻잔을 들어 마셨다. 정약용도 그렇게 하고 나서 마셨다. 갓난아기를 따스한 물에 목욕시킨 다음 수건으로 물기를 훔쳐내고 나서, 그 아기 몸에 코를 댔을 때 맡아지는 배냇냄새 같은 향기가 나는 차였다. 그는 그 향기를 허기진 듯이 들이켰다. 죽어간 막내아들 농장이 떠올라 가슴이 아렸다. 차가 이렇게 향기롭다니, 이 향기는 진한 생명력을 내포하고 있다는 증좌이다.

"차가 참 좋습니다. 좀 구걸해가고 싶소이" 하고 고성암의 암주가 말했다.

혜장은 상좌를 향해

"햇차 좀 싸드려라" 하고 나서 다시 『주역』 이야기를 했다.

혜장은 『주역』에 깊이 취해 있었다. 마치 무지개를 처음 보고 들어온 소년이, 그것에 대한 환희를 오래 가슴에 담은 채 어머니에게 흥분한 어조로 무지개 이야기를 하고 또 할 뿐만 아니라, 만나는 사람이면 누구에게나 그 이야기를 하는 것 같았다.

만다라의 원리에 따라 중생을 구제해야 할 석가모니 제자가 어찌하여, 불서 아닌 유학의 한 책을 가지고 저렇게 흥분한 채 말하고 있을까. 왜 저것을 깊이 연구하고 또 운용하려 하고 있을까. 불교의 만다라와 윤회와 연기와 화엄의 원리보다는,『주역』이 말하는 우주의 율동 원리가 더 타당하고 재미있어서일까.

불가에서 도통한 혜장을 흔들어놓은『주역』은 과연 무엇일까.

억불숭유의 조선 땅에서 머리 깎고 승복을 입고 살아가고 있는 혜장은, 유학에 대한 열등감을 가지고 있는 것일까. 아니면, 수많은 불서를 통해 해결하지 못하는 그 어떤 것을『주역』을 통해 해결하려 하고 있는 것일까.

혜장은 자신만만하게 말했다.

"점을 칠 줄 알게 되었다고 해서,『주역』을 다 안 것은 아녀라우. 바로 '이것'을 알고 나서『주역』을 대해야 합니다이.『주역』이란 것은 우주의 원리를 누구의 힘에 의해서 운용하는 것이 아니고, 나 스스로의 힘으로 운용해가는 것이라는 확신을 가지도록 가르쳐주는 책이라는 생각 말입니다."

정약용은 '아, 저 자신만만함!' 하고 속으로 중얼거렸다. 혜장은 스스로를 천재라고 믿고 자부하고 있다. 저 사람은 한 가지 부면의 공부만으로는 만족하지 않는 성정을 가지고 있다. 불교·유교·선교를 모두 통달했다는 말을 듣고 싶어 한다.

'그것은 오만이다. 오만은 그 어떤 세계를 확실하게 터득하지 못한 자가 그 세계를 다 터득했다는 확신을 가졌을 때 부리는 일종의 호기이고 거만이다. 저 오만을 깨주지 않으면, 저 사람은 저 오만으로 말미암아 세상과 자기 자신의 삶을 해치게 된다. 저 오만을

어떻게 깨주어야 할까.'

정약용은 이승을 떠나간 벗 이벽을 생각했다. 이벽이 이가환과 권철신과 자기와 정약전을 무너뜨린 '천명'에 대한 해석을 생각했다. '천명'이란 단어 하나는 '중용'의 세계 전체를 쉽게 풀 수 있는 '고'이자 인간의 삶을 푸는 열쇠였다.

세상의 모든 단단하게 무장되어 있는 거대한 논리나 관념의 구조에는 풀리지 않는 '고'가 있기 마련이다. 사람들은 풀리지 않는 '고'를 약점으로 남겨놓은 채 다른 쪽만 강화시킨다.

세상의 모든 오만한 자들은, 왼손잡이이고 왼발잡이이고 왼눈잡이인 도깨비와 같다. 왼쪽잡이인 도깨비는 오른쪽의 모든 것이 약점이다. 도깨비와 씨름을 할 때, 힘이 강한 왼쪽 다리를 걸으면 진다. 약한 오른쪽 다리를 걸어야 이길 수 있다. 모든 약점이란 것은 참으로 어처구니없는 허망한 곳에 숨어 있기 마련이다.

그가 『주역』 공부를 하면서 가장 고심을 많이 했던 부분, 파고 또 파도 천착되지 않은 부분은 저 혜장에게도 장벽일 수 있다. 내가 진즉 감지하고 파헤친 그 장벽을 혜장은 아직 느끼지도 못하고 있을지 모른다. 그렇다. '그것'이다. 그러나 그것을 지금 말하면 안 된다. 기회를 기다리자.

스님의 외고집

밤이 깊있다. 스무시흘 달이 바야흐로 떠오르고 있었다. 소쩍새가 울었다. 산등성이와 골짜기에서 소쩍새 울음의 메아리가 일어났다. 저 새의 울음소리들이 진달래꽃을 피게 한다.

"두 귀한 분들 객실로 모셔라이."

혜장이 상좌에게 명했고, 정약용은 고성암 암주와 함께 주지의 방을 나섰다.

객실은 둘이서 자기에는 비좁았다. 정약용과 암주는 나란히 누웠다. 암주가 천장을 쳐다보며

"참으로 대단한 스님이오" 하고 말했다. 혜장을 두고 하는 소리였다.

정약용은 대구하지 않았다. 그는 혜장의 내부에 들어 있는 공허한 부분을 알고 있었다.

암주는

"산가지를 쓰지 않고도 점을 칠 수 있다는 것을 처음 알았구만이라우. '주역'을 끝까지 완벽하게 다 공부하고 나서야 점을 치는 줄만 알았는데, 전혀 백지상태에서 점을 치면서 조금씩 공부해간다는 것도 오늘의 큰 소득이었구만이라우" 하고 나서 기름접시 불을 죽였다.

눈을 감고 잠을 청하는데, 밖에서 발소리가 들려왔다. 상좌가 아까 자리끼까지를 가져다놓고 갔는데 왜 또 올까. 바야흐로 떠오른 달빛이 동창에 비치고 있었다. 그 빛을 검은 그림자가 가렸다. "으흠" 하고 인기척을 했다. 상좌가 아니었다.

"저 혜장입니다이. 두 분 주무십니까요?"

"아닙니다" 하고 고성암 암주가 뉘었던 몸을 일으켰다. 정약용도 몸을 일으켰다. 혜장이

"잠깐 안으로 들어가겠습니다이" 하고 안으로 들어와, 정약용 앞에 무릎을 꿇으면서 말했다.

"혹시 거사께서 정약용 영감이 아니시오? 아니, 어쩌면 그렇게도 무정하게 사람을 속이실 수가 있습니까요?"

정약용이 미처 무어라 대꾸할 말을 찾지 못하고 있는데, 혜장이 말을 이었다.

"여기는 비좁으니까 고성암 스님 혼자서 주무시게 하고, 승지 영감께서는 제 방으로 가서 주무시면 어떻겠는가라우. 더 나누고 싶은 말씀도 있고 하니께……."

주지의 방에는 두 개의 잠자리가 마련되어 있었다. 가는 베로 지은 두둑하면서도 푹신하고 널찍한 금침이었다. 위에는 치자색을 들이고, 아래는 연한 쪽물을 들인 깨끗한 것들이었다. 베개들은 하얀 호청을 입고 있었다.

혜장은 정약용에게

"진즉에 승지 영감을 한 번이나 찾아가 뵈려고 했디, 제가 대통맞고 게을러서 뜻을 이루지 못했습니다이. 한데 영감께서 먼저 이렇게 몸소 찾아주시다니, ……신같이 드높은 분을 가까이서 뵙게 되었으니 참으로 부처님의 은총입니다이." 하고 나서 동쪽의 베개를 가리키며 말했다.

"영감은 이쪽 자리에, 그리고 빈도는 저쪽 자리에…… 이렇게 나란히 누워 이 밤을 새우도록 하십시다요."

정약용은 불쾌했다.

그 까닭은 첫째, 주지의 이불들이 객실의 괴죄죄하고 얇은 이불에 비하여 너무 두껍고 푹신하고 깨끗하다는 것이었다. 둘째는 그

142

가 객실에서 고성암의 암주와 더불어 잠을 자는 것보다 주지인 자기와 더불어 주지의 방에서 잠을 자는 것이 더 편할 것이라고 단정하고 있다는 사실이었다. 셋째는 도를 닦는 처지에 있는 승려의 잠자리가 너무 고급한 것이었다.

산에서 수도하는 부처님 제자를 '운수납자'라고 말하는 것은, 누덕누덕 기운 옷을 입은 정처 없는 사람이라는 뜻이지 않은가. 또한 그들이 스승으로 모시는 석가모니 부처님은 평생 동안 맨발로 탁발(거지처럼 구걸하는) 수행을 하지 않았는가. 승려를 무소유의 천사라고 말하는 것은, 그들이 오직 자기 밥그릇(바릿대) 하나와 입고 있는 누더기 한 벌밖에 가지지 않은 사람이라는 뜻에서 그러한 것 아닌가.

정약용은 혜장의 잠자리를 대하는 순간, 혜장이 왜 『논어』와 『중용』과 『주역』에 집착하고 있으며, 또 『주역』에 어느 정도 통달하고 나자 왜 안하무인으로 오만해졌는가 하는 것을 알아차렸다.

혜장은 산에서 수도하는 승려이면서도 유학 선비들의 세속적인 삶을 동경하고 있는 것이다. 그리하여 불경과 참선을 제쳐두고 『주역』에 매달리고 있는 것이다.

정약용은 혜장을 뿌리치고 객실로 가서 고성암의 암주하고 함께 자고 내일 아침 돌아가자고 생각했다. 몸을 일으키려는데, 혜장이 무릎을 꿇고 사죄하듯이 말했다.

"승지 영감, 해량해주십시오. 이 금침들, 성안의 한 시주 집에서

143

마련해준 것입니다요. 강진 성안의 대단한 부자 집안 여인인데, 한 꺼번에 시아버지, 시어머니, 남편을 모두 잃고 과수댁이 돼버렸구 만이라우. 그분들 영가 천도재를 지내고 나서 이렇게 정성을 보이 니……. 그러니 영감, 이 호사도 오래지 않을 것잉만이라우. 이 절의 주지 자리는 영원무궁한 자리가 아니고, 내일이라도 제 바릿대 넣은 바랑 하나 짊어지고 떠나면, 예전의 운수납자로 되돌아가는 것입니다요. 사실은 이 금침을 오늘 처음으로, 귀한 손님이신 영감을 위하여 꺼내 폈구만이라우. 이때껏 빈도가 덮었던 것은 저기 구석에 새 보자기로 싸놓았어라우."

윗목 구석에 이불보가 놓여 있었다. 정약용은 잠시나마 오해한 것이 미안하고 죄스러웠다. 그는 고개를 끄덕거리며 두 손을 방바닥에 짚고 머리를 숙여주며

"겉모양새만 보고 잠시 내가 오해를 했네" 하고 말했다.

혜장이 천장을 향해 얼굴을 쳐들며 "이허허" 하고 웃고 나더니

"매사에 깨끗하고 견고하고 철저하고 주도면밀하다는 소문과 달리, 영감께서도 헛짚을 경우가 있으시구만이라우?" 하고 말했다.

정약용이 창에 비친 달빛을 바라보는데 혜장이 말했다.

"시방 보니, 영감의 체질과 빈도의 체질이 아주 비슷한 듯싶구 만이라우. 조금 전에 영감께서 빈도가 펴놓은 잠자리를 보는 순간, 영감 안속에 두드러기 발작이 일어나신 것이 아닌가 하고 깜짝 놀 랐구만이라우. 빈도는 신분이 천한 집안 출신이기는 하지만, 속이

아주 못 되어먹어서 두드러기가 아주 잘 나구만이라우. 좋지 않은 음식을 먹어도 그렇지만, 마음에 들지 않은 옷이나 꺼림칙한 잠자리에 들어도 그렇습니다이. 그래서 빈도는 이 이불을 받은 지 한 해가 다 되었는데도 구석에 처박아놓았었는데, 이제야 이것을 꺼내 펼 까닭이 생겨서 편 것입니다이. 속 모르는 사람들은 저보고 철 안 든 애기같이 외고집이라고들 하구만이라우. 어허허허······."

정약용은 자기의 체질도 딴은 그렇다고 생각하며 혜장을 따라 "어허허허허" 하고 웃었다.

심줄 끊어주기

정약용은 동편에 눕고, 혜장은 서편에 누웠다.

이불은 대중이 함께 덮을 것을 미리 계산한 듯 가로세로가 넉넉하게 드넓었다. 그를 동편에 눕게 하고, 스스로는 서쪽에 눕는 혜장의 배려가 고마웠다. 동쪽은 해가 솟아오르는 곳이므로 생명이 싱싱해지는 방향이고, 서쪽은 해가 지는 쪽이므로 생명이 시드는 방향이다.

뒷산에서 소쩍새가 울었다. 혜장은 다시 『주역』 이야기를 하기 시작했다.

바야흐로『주역』에 심취해 있는 혜장은 선배 학자들의 주역론을 열심히 찾아 읽고 있는 모양이었다. 하도와 낙서의 이론과 주자의『역학계몽』도 읽은 듯, 그들의 이론을 자기 이론인 양 말하고 있었다.

무슨 책을 읽든지 비판적으로 읽어야 하고, 선배 학자들의 결함이 무엇인지 밝혀내야 하고, 자기만의 특이한 주장을 펼 줄 알아야 하는데, 혜장은『주역』에 관한 한 아직 그 단계에 이르지는 못하고 있었다.

대개의 경우 늦게 배운 도둑이 날 새는 줄 모르는 법인데, 그것은 그 도둑이 도둑질의 즐거움에 취해 있는 까닭이고, 취해 있기 때문에 자기가 이 세상에서 가장 도둑질을 잘하는 것으로 착각하고 자만에 빠져 있는 까닭이고, 아직 도둑의 도를 터득하지 못한 까닭이고, 그 도둑의 성정이 주정적일 뿐, 이지적이고 창조적이지 못한 까닭이다. 이런 도둑은 도둑질의 방법 여기저기에 허술한 점이 많으므로 쉽게 꼬투리가 잡히기 마련이다. 도둑으로서 도통하려면, 강희맹의 가르침을 익혀야 한다.

"대대로 도둑질을 하며 살아온 집안의 가장인 아버지는, 아들을 도둑질의 도사로 만들기 위하여 아들과 함께 부잣집 창고 안으로 도둑질을 하러 들어갔다. 아버지는 아들을 그 안에 둔 채 밖에서 문을 잠근 다음 창고의 문을 힘껏 두드려서, 주인이 나오게 하고 나서 집으로 돌아가버렸다. 창고 안에 갇힌 아들은 기가 막혔지만 곧 탈출할 궁리를 했다. 찍찍찍 쥐 소리를 내고, 벽을 손톱으로 긁어 주인이 창고 문을 열게 하고, 주인의 손에 들린 등불을 손으로 쳐버리고 달아났다. '도둑이야' 하고 외치는 소리에 집안사람들이 몰려나오자, 아들은 연못에 큰 돌을 던지고, 둑 밑에 은신했다가, 사람들이 연못에 빠진 도둑을 잡기 위하여 불을 켜 들고 연못을 들여다보는 틈에 집으로 갔다. 아버지는 무사히 돌아온 아들을 대견해하며 말했다. '스스로 짜낸 지혜로써(창조적으로) 위기를 탈출할 줄 아는 너는 아버지를 능가한 도통한 도둑이 되었느니라.'"

정약용은 성균관을 거치고 초계문신으로 발탁된 다음 학문에 달통한 임금 밑에서 무수한 시험을 치르고, 그 임금 앞에서 경전을 강연해오면서, 한 사람의 논리학자가 되어 있었다. 논리적으로 말하는 자는 논리를 정연하게 세워 말하되, 어느 누구에게도 꼬투리 잡힐 일을 만들지 않아야 한다. 약점의 꼬투리는 겉으로 드러난 서투른 논리의 심줄이다. 겉으로 드러난 논리의 약점인 심줄을 끊어놓으면, 그 논리는 금방 맥을 못 쓰게 된다.

불경 공부, 참선 공부에 달통한 석가모니 제자로서, 유학의 골수라고 할 수 있는 『주역』에 대하여 아는 체하고 자만에 빠져 있는 혜장의 자만을 꺾어주는 법을 그는 알고 있었다.

정약용은 혜장이 말을 끊고 잠시 숨을 돌리는 때를 틈타서

"혜장!" 하고 불렀다. 혜장이

"네?" 하면서 긴장을 했다. 처음부터 내내 입을 굳게 다물고 상대의 말을 경청하기만 하던 자가 마침내 심각하게 내뱉는 말에는 비수가 담겨 있기 마련인 것이었다.

정약용이 물었다.

"『주역』에서 건乾괘의 초9는 왜 9라고 하는가?"

혜장이 자신만만하게 대답했다.

"9가 양수의 극치인 때문입니다."

정약용이 다시 물었다.

"건의 초9가 양수의 극치인 9를 취한 것이라면, 건의 초6은 왜 음수의 극치인 10을 취하지 않고, 6을 취한 것인가?"

그 의문은 정약용 스스로가 『주역』 공부를 하다가 겪은 첫 번째의 난관이었다. 사실은 그 난관 속에 『주역』의 오묘한 진리가 담겨 있는 것이었다.

혜장이 그 난관을 난관인 줄 알면서도 그냥 관통해 왔을까, 아니면 그냥 난관인 줄을 모르고 지나쳤을까. 만일 난관인 줄 모르고 지나쳤다면, 그 난관은 넉넉하게 혜장을 넘어뜨릴 커다란 허방이 될 것임에 틀림없었다.

혜장은 대답하지 못했고, 가슴이 꽉 막힌 듯 숨을 멈추고 있었다.

정약용은 입을 다물고 기다렸다.

혜장이 이불을 걷어차고 일어서더니, 정약용 앞에 엎드려 큰절을 세 차례나 거듭했다.

불제자들은 존경하는 스승을 만났을 때, 그 스승의 가르침을 절대직으로 따르겠다는 맹세와 존경의 표징으로서 삼배를 한다.

정약용은 일어나 앉아 혜장의 절을 받았다.

혜장은 무릎을 꿇고

"어리석은 빈도를 가르쳐주십시오" 하고 말했다.

혜장은 마치 칼을 잘 쓰는 자가 자기보다 더 칼을 잘 쓰는 자로 인해 단칼에 칼 잡은 팔의 큰 심줄을 잘리고 난 것처럼 엎드려 항복하고 있었다.

정약용은 혜장을 싸고도는 맑은 어둠을 보았다. 창문에 비친 달빛으로 인해 맑아지고 있는 어둠. 그것은 오만이라는 것이 사라진 자리에 고이고 있는 참회의 눈물 같은 것이었다.

정약용은 허탈해졌다. 세상의 모든 외혹이나 진리란 것은 풀어놓고 나면 어처구니없을 정도로 하잘것없는 법이다. 그는 자존심 강하고 고집 센 혜장을 항복하게 한 그 문제에 대한 해답을 말해주었다.

"1, 3, 5, 7, 9라는 양수들 가운데 하필 9를 취한 것은 '9가 양수의 극치'여서가 아니고, '9가 변하는 수'이기 때문이네. 2, 4, 6, 8, 10이라는 음수들 가운데서도 10을 취하지 않고, 하필 6을 취한 것은, 그것이 '6이 변하는 수'이기 때문이네. 『주역』이 극치의 수를 취하지 않고, 변하는 수를 취하는 그것은, 우주의 원리가 늘 변하는 까닭이네."

혜장은 엎드려 쿨쩍쿨쩍 울었다.

정약용은 오만한 승려 한 사람을 무릎 꿇게 했다는 승리감에 젖어 있지 않았다. 한 승려의 오만이 한순간에 무너지는 허망함을 생각했고, 혜장의 재빠른 승복을 다행하게 생각했다.

정약용은 울지 말라고 달래지 않았다. 우는 혜장을 그대로 둔 채 이불 속으로 들어가 눈을 감았다.

머리 회전이 빠른 데다 자존심이 강하고 고집이 센 혜장이 처음 만난 정약용에게 울음을 보인 것은, 그에게 자기의 오만이 들통나서가 아니라고 정약용은 생각했다. 그의 그 한마디 말로 인해 혜장의 인생은 새로운 전환을 맞이하고 있을 터이었다.

혜장이 『논어』 『중용』 『주역』을 공부한다는 것은, 불교를 탄압하고 유학을 숭상하는 조선 사회에서 한 사람의 승려로서 살고 있는 그의 내부에 크나큰 싸움이 일어나 있다는 증거이다. 석가모니의 가르침으로 다져진 몸과 마음에 들어온 유학이라는 적에게 먹히느냐, 그것을 소화시키고 전혀 새로운 몸과 마음으로 거듭나느냐 하는 싸움.

이제 혜장은 그 싸움을 전혀 새로운 자세로 치러야 하는 것이다.

이튿날 혜장은 정약용을 자기 옆으로 모셔오고 싶어 했다.

"승지 영감, 우리 절 밑의 다산 중턱에 허름한 초가로 된 서옥이 한 채 있구만이라우. 여기서 거기까지 자드락길로 걸어가면 아주 가깝습니다요. 빈도가 잘 아는 강진 성안의 윤 거사 소유인데, 늘 비어 있더니 얼마 전부터는 윤 거사가 요양하신다고 와 머뭅니다요. 빈도하고 함께 윤 거사를 한번 만나보고, 그분이 허락해주면 영감께서 아주 거기다가 자리를 잡으시지요. 책도 읽고 저술도 하시려면 그러한 공간이 있어야 할 것이구만이라우."

정약용은 도리질을 하면서 말했다.

"그런 집을 유배 죄인에게 내주겠는가?"

혜장이 말했다.

"영감, 세상에 존재하는 모든 것들은 따지고 보면 모두 거래하는 관계여라우."

정약용은 혜장을 향해 고개를 끄덕거렸다. '변수인 9와 6'에 대해서는 알지 못하던 혜장이, 세상사의 변수에 대해서는 이미 꿰뚫고 있었다.

'그래, 거래이다. 그렇다면 연두색 머리처네하고 나하고는 어떤 거래를 했을까. 주모는 나하고 어떤 거래를 한 것일까. 나하고 임금하고는 또 어떤 거래를 하고?'

혜장이 말을 이었다.

"하늘과 땅이 거래하고, 꿀벌과 꽃이 거래하고, 부처님과 중이 거래를 하고, 중과 신도가 거래를 하고, 사또와 아전이 거래를 하고, 임금과 백성이 거래를 합니다. 문제는 그 거래를 얼마나 착하고 아름답고 깨끗하고 자비롭고 향기롭게 하느냐 하는 것이구만이라우."

정약용은 허공을 향해 물었다.

"자네의 시주인 윤 거사가 죄인인 나하고 무슨 거래를 하려고 하겠는가?"

"제가 윤 거사라면 영감에게 그 집을 빌려드리고, 그 대신 자식들을 가르쳐달라고 맡기겠구만이라우. 그 거래야말로 얼마나 선진적인 거래이옵니까요? 영감 같으신 분이, 참으로 불행하게 강진 땅에 유배되어 와 계신 틈을 이용할 줄 아는 것은, 자기 자식들을 위해서 지극히 지혜로운 거래일 것입니다요."

'아, 이 천재!' 하고 정약용은 혜장의 얼굴을 건너다보며 고개를 끄덕거렸다. 혜장의 두 눈은 맑게 빛났다. '중들의 저러한 맑은 눈 때문에, 어진 임금은 국사에게 지혜를 구하곤 했는지 모른다.'

혜장이 말했다.

"거래를 하되 상대의 몸과 마음에 흠집을 내지 않는 거래를 해야 하구만이라우. 새들이 하늘을 날지만 하늘에 발자국을 남기지 않습니다요. 꿀벌은 꽃한테서 꿀하고 꽃가루를 가져가지만 상처를 주지 않고, 오히려 그들의 정받이를 도와줍니다요."

정약용은 생각했다. 목민관과 백성들 사이에서도 그러한 거래가 이루어져야 한다. ……존재하는 모든 것들은 서로 거래함으로써 서로를 통섭한다.

그런데 지금 세상은 그렇지 않다. 서울에서 지방관으로 발령받아 내려온 벼슬아치들은 나라의 준엄한 법을 등에 업고, 아전을 부려서 바리바리 싣고 떠나고, 아전들은 그 지방관들의 권력을 등에 업고 백성들의 고혈을 빤다. 그것은 거래가 아니고 착취이고 수탈일 뿐이다.

혜장이 말했다.

"유학을 숭상하는 조선에서 유배 법을 시행하는 것은 양반들이 세상과의 거래를 제대로 하지 않고, 자기와 자기편만 잘 먹고 잘 살려고, 상대편과 대립을 일삼는 못된 전통 때문이구만이라우. 이것이 있으므로 저것이 있고, 저것이 있으므로 이것이 있다는 연기緣起나 상생이 아닌, 대립과 갈등이 상대의 적을 죽이거나 가둡니다요."

정약용은 원효의 화쟁和諍을 생각했다. 대립이 없고는 논쟁도 없고, 그 논쟁을 잠재우는 화쟁이 있을 수도 없다. 원효는 '너도 옳고 나도 옳고 그대도 옳다. 우리 다투지 말자' 하는 식으로 두루뭉술하게 화쟁하자는 것이 아니다. 원효는 '네가 있으므로 내가 있고, 내가 있으므로 네가 있다는 연기'를 말하기는 했지만, 대단한 논리학자였으므로 논쟁 또한 잘했다. 원효의 화쟁은 '일심, 즉 부처님의 진리를 향해 나아가는 쪽으로의 화쟁'을 일삼았다. 말하자면, '그것을 부처님이 말했느냐 그렇지 않느냐, 하고 우길 일이 아니고, 그것이 부처님의 진리냐 아니냐를 가려내야 한다'는 것이다.

정약용이 물었다.

"석가모니 제자들이 머리를 깎고, 스스로를 산속으로 유배 보내는 것은 거래인가 대립인가? '거래이고 대립'이라면 누구와의 거래이고, 누구와의 대립인가? 나라 권력을 외면하는 대신 석가모니의 진리(법)라는 권력을 등에 업고, 세상과 거래를 하는 것인가?"

혜장이 말했다.

"중들이 하는 거래는 세상의 가장 참된 이치, 즉 순리와 화해를 하려는 거래이구만이라우. 도를 닦는 것, 그것을 만일 대립이라고 말한다면, 그것은 자기 내부에 들어 있는 또 하나의 탐욕스러운 자기와의 대립인데, 그 대립은 냉엄한 성찰을 위한 참회로 인해서 풀리게 되어 있구만이라우."

정약용은 생각했다. 불교인들의 '저절로(본연지성)'란 것이 사실은 저 거래와 대립을 바탕으로 이루어진다. 유학 선비들이 천주교를 신앙하는 사람들과 마찬가지로, '천명'에 따른 사업으로써 스스로의 마음을 다잡는다면, 스님들은 저 자기와의 거래와 대립을 참회라는 과정을 통해 마음을 청정하게 다잡는다.

혜장이 갑자기 슬픈 목소리로 말했다.

"사람이 안다는 것과, 그것의 실천 사이에는 커다란 강이 흐르고 있구만이라우. 그 강을 함부로 건너다가는 빠져 죽습니다요."

정약용이 물었다.

"그 강을 없애려고 운수납자인 자네는 『주역』을 공부하는가? 부처님 말씀이나 참선으로는 그 강을 극복할 수 없던가?"

혜장이 말했다.

"저는 『주역』이 말하는 우주 천지의 율동(진리)하고 거래를 하고 있구만이라우."

거래

정약용과 거래를 하려고 드는 사람이 생겨났다.

적적하여 우이봉에 올라, 그리운 형님의 얼굴을 떠올리며 안개 속에 졸고 있는 듯싶은 소흑산(우이)도를 바라보고 있는데, 한 중년의 선비가 초립동 하나와 더불어 찾아왔다.

중년 선비는 정약용의 앞에 이르자, 풀밭에 엎드려 절을 했다. 따라온 얼굴 곱다란 초립동도 따라 절을 했다.

중년 선비는 무릎을 꿇고 앉아 "소인의 성은 전주 이씨인데, 이름은 '이룰 성成' '가르칠 훈訓'을 써서 이성훈이옵니다" 하고 말했다.

초립동이 "소인은 이름이 '학 학鶴' '올 래來'를 써서 학래이옵니다" 하고 또렷또렷한 목소리로 말했다. 눈이 초롱초롱했다.

정약용은 먼저 자기의 귀한 자식을 위해 죄인 정약용과 거래를 하려고 하는 중년 남자 이성훈의 얼굴을 뜯어보았다. 이성훈은 몸이 오동통하고 얼굴이 달걀형이지만, 아들은 외탁을 한 모양으로 키가 헌칠하고 얼굴이 갸름했다. 넓은 이마와 까만 눈매와 주먹처럼 큰 코와 바퀴 큰 귀가 서로 닮아 있었다.

정약용이 물었다.

"그런데 어쩐 일로 오셨소?"

이성훈이 산을 올라오면서 내내 준비하고 온 말을 뱉어냈다.

"소인은 진즉부터, 영감을 누추하지만 소인의 집에 모시고, 문맹한 소인의 자식에게 영감의 하늘처럼 고매하신 인품과 글을 배우게 하고 싶었구만이라우."

학래는 바야흐로 15세로서 성례를 한 뒤였고, 아버지인 이성훈은 불혹을 갓 벗어난 나이였다.

정약용은 이성훈의 청을 감지덕지 받아들이지 않을 수 없었다. 목탁 속에 들어 있는 어둠처럼 살아보자 하고, 산꼭대기의 고성암으로 이사한 것이 섣불렀다고 후회하고 있던 참이었다.

고성암은 높은 지대이므로 겨울이면 춥고, 스님과 함께 생활하므로 하루 세 끼 밥 얻어먹는 것이 어려웠다. 게다가 날마다 채식을 하므로 몸이 허하게 말라갔다.

'어찌하여 이 푸른 산중에 사느냐고 물으면, 빙긋 웃을 뿐 대답하지 않지만 마음은 한가롭다問餘何意棲碧山, 笑而不答心自閑'고 한 이태백의 시 「산중문답」처럼 살 수는 없었다.

"당장이라도 모시고 갈 수 있도록 만반의 준비를 해놓고 왔구만이라우. 영감께서 마음으로 허락만 하신다면……."

이성훈의 태도와 어투는 간절했다.

정약용은 곧 대답하지 않고, 하늘을 쳐다보며 생각했다.

우이봉은 고마운 점이 아주 많았다. 우이봉에서는 사계절 내내 매일, 산과 바다가 새로 태어나 눈뜨는 것, 저녁에 우주가 눈 감고 잠드는 것을 감지할 수 있었다.

까만 죽음의 너울을 쓰고 있던 바다와 산이, 문득 깨어나 푸르스름한 묽은 옷을 갈아입고, 동녘 하늘의 붉은 기운을 따라 다시 주황색 주단과 공단으로 지은 옷으로 바꾸어 입고, 또다시 황금색 옷으로 바꾸어 입었다가, 빨간 해가 떠오름에 따라 새로이 은색 옷으로 바꾸어 입는 모습은 천지창조 같은 신비로운 조화였다.

서쪽 바다 저 너머로 해가 떨어지고, 서편 하늘에 핏빛 노을이 불타다가 검붉어지면서, 온 세상에 땅거미가 내리고 어둠이 덮이고 밤하늘에 별들이 총총 빛나는 풍광 또한 장관이었다.

달이 밝은 밤이면 또 달이 밝은 밤대로, 하얀 눈이 쌓이면 눈이 쌓인 대로, 진달래꽃 철쭉꽃이 불타오르면 또 그러한 대로…… 우이봉 고성암에서의 삶은 내내 신선으로 사는 맛이었다.

또 늘 소흑산도(우이도)를 바라보며 형님을 생각하는 것도, 안타깝지만 즐거운 일이었다.

그러저러한 즐거움과 기쁨을 위하여, 채식하는 스님들과의 더불어 삶은 한편으로 고달팠다. 이제는 그 삶에 지쳤다. 살아 있는 한 건강하게 살고, 건강하게 사는 한 유학 선비로서 사업(글쓰기)을 부지런히 해야 하고, 그렇게 해내려면 마을 사람들과 어울려 살아야 한다고 생각했다.

그는 이성훈에게

"그러시다면 이 죄인이 신세를 좀 져야겠소!" 하고 나서 늙은 암주에게 그 사정을 말했다.

이삿짐은 책 세 보따리와 이불 짐뿐이었다. 이성훈 집의 하인 둘이 바지게에다 모두 짊어지고 내려갔다.

이성훈의 집은, 서남 편으로 바다를 내려다보고 서북 편으로 만덕산을 바라보는 마을에 있었다. 이성훈은 사랑채 큰방을 정약용에게 쓰도록 하고, 옆에 붙어 있는 작은방을 아들 학래에게 쓰도록 해주었다.

그날 저녁 뜻밖에 이삿짐 하나가 불어났다. 동문 밖 주막의 중노미가 쪽색 보자기로 싸 가지고 온 거문고를 정약용의 방 한쪽 구석에 세워놓고 갔다.

그 거문고를 보자, 새콤달콤한 치자향 같은 그녀의 체취와 새물내와 연두색 머리처네와 쪽색의 치맛자락이 떠올랐다. 산지기 집 거문고처럼 기대세워놓기만 한 채 선율 없는 선율을 들으면서 살라는 것인가. 자기를 느끼며 살아달라는 것인가. 심심파적으로 한 줄씩 타고 짚어 누르고 흔들어, 가슴 저릿저릿한 농현弄絃을 즐기라는 것인가.

그렇다. 유학 선비는 거문고에게서 배워야 한다. 그날 해 질 무렵, 그는 거문고를 보듬고 술대를 오른손에 끼우고 한 선 한 선 타보았다. 농현도 시도해보았다.

농현은 오른손 술대로 한 줄을 타면서 왼손으로 그 줄을 눌러 흔듦으로써, 그 음보다 낮은 한두 음까지에서 높은 한두 음까지를 넘나들게 하는 연주 묘법이다.

거기에는 정해진 규격대로만 곧이곧대로 살지 말고, 자기의 위와 아래로 넘나들면서 화합하며 살라는 뜻이 담겨 있다. 현재의 시간에서 과거의 시간과 미래의 시간을 아우르는 묘법이 거기에 담겨 있다.

학래는 글재주가 비상했다. 이성훈은 학래를 정약용의 수제자가 되게 하고, 정약용이 유배 풀려 서울로 돌아가면, 따라 올라가게 하고 싶어 했다. 장차 과거에 입격하여 벼슬살이를 하도록 하려는 것이었다. 그런 만큼 정약용에게 정성을 다했다. 정약용의 밥숟가락을 무겁게 하려고, 하인에게 날마다 바다에 나가 고기를 구해오게 했다.

방 안쪽 구석에 서 있는 거문고가 정약용을 심심하지 않게 해주었다. 그것이 뿜어내는 황홀한 선율에 취해 있곤 했다. 너무 켕기어 끊어지거나, 너무 늦추어 터덜거리지 않는 삶을 늘 추스르게 하는 가르침도 좋았다.

혜장과의 대립

이성훈의 집으로 옮겨온 뒤, 혜장은 자주 정약용을 찾아오곤 했다. 찾아온 첫날 혜장은, 안쪽 구석에 서 있는 거문고를 가리키며 빈정거리듯이 말했다.

"치실 줄도 모르시면서 귀신 날 것같이 낡은 거문고하고 함께 사시다니……『주역』하고 저 거문고하고 영감하고는 무슨 내통을 하시는 것입니까?"

정약용은 그냥 빙긋 웃기만 했다. 내통이란 말 대신 연통連通이란 말을 생각한 것이었다. 연통은, 갇혀 사는 답답한 시간을 태워

163

날려 보내는 연통煙筒이기도 한 것이다.

혜장은 정약용을 만난 뒤부터 『주역』을 더욱 부지런히 깊이 읽고 그 원리를 파고들었다.

정약용은 혜장을 만날 때마다 그들 둘 사이의 기묘한 '거래'를 생각했다.

그들 사이의 거래(만남)는 보통의 거래가 아니었다. 주인과 손님 같은 거래였다. 가령, 석가모니 제자들이 도를 닦는 주어사로 들어간 남인 계열의 개혁적인 젊은 지식인들과 벌인 거래. 절에 들어가서 석가모니 경전 아닌, 유학과 천주학의 세계에 대하여 토론을 한 것과 같은 거래였다.

혜장의 내부에서 불경의 세계와 『주역』의 세계가 서로 싸우는 것도 그러한 거래이고, 혜장 스님의 가슴으로 유학 선비인 정약용이 들어간 것도 그러한 거래였다.

혜장은 석가모니 제자로서 얻은 깨달음이라는 것을 난공불락의 성인 양 품고 있으면서, 그 품 안으로 『주역』을 끌어들여 그것에 대한 깨달음을 통째로 얻으려 하고 있었다.

혜장의 고집이 귀여웠다. 한 가지 목표를 정하면, 그것을 기어이 뚫어버리고 마는 의지가 가상했다. 누구에게 지고는 못 사는 성미였다. 『주역』으로 인해 혜장은 극도로 자존심이 상해 있었다. 그 손상된 자존심을 회복하려고 몸부림치고 있었다.

정약용은 혜장이 가지고 있는 생각의 틀을 고쳐주고 싶었다. 벗 이벽이 선배인 유학 선비 권철신과 이가환의 생각의 틀을 바꾸어 놓던 것처럼.

정약용이 혜장에게 말했다.

"사람들이 고달프게 살아가는 것은 도를 이루려는 것이네. 도란 무엇인가. 석가모니는 그것을 자비라고 가르치고, 유학의 성인들은 그것을 사업이라고 가르쳤네. 사업이란 무엇인가. 『주역』에서 사업은 성인의 뜻에 따라 인민을 편하게 잘 살도록 해주는 것이라 말하네. 성인의 뜻이란 무엇인가. 그 뜻에는 누구의 명령이 들어 있는 것인가. 선승들은 명령하는 제삼자는 없고, 그것은 오직 본래부터 가지고 나온 것(본연지성)이라고 말하네."

혜장이 말했다.

"그렇습니다. 이것이 있으므로 저것이 있고, 저것이 있으므로 이것이 있습니다. 그러므로 주인과 종이 없습니다. 주인이 종이고 종이 주인입니다."

혜장은 연기緣起를 말하고 있었다.

정약용이 따지고 들었다.

"그 본연지성을 확실하게 만들기 위하여, 스님들은 면벽참선을 하네. 스님들은, '무无'자 화두, '뜰 앞의 잣나무'라는 화두 '이 뭐꼬'나 '달마의 얼굴에는 왜 수염이 없느냐'라는 화두, 혹은 '부처님은 똥 치는 막대기다' 따위의 화두를 든 채 참구를 하여, 마음을 텅 비게(허령虛靈하게) 만드는데, 그 텅 빈 마음〔无〕이 세상의 모든 장

165

애를 쳐 없앤다고 말하네."

혜장이 당당하게 대답했다.

"그 텅 빈 마음이 원초적인 삶의 원동력입니다" 혜장은 '텅 빈〔空〕 없음〔無〕'을 가장 강한 힘을 가진 것이라고 말하고 있었다.

정약용이 고개를 저으며 말했다.

"그런데 그것이 아니네. 결국 참선을 통해 얻어낸 허령한 마음은 도깨비장난 같은 세계에 빠져들게 하고, 아무것도 실천하지 못하는 생각의 장난에 지나지 않는 것이네. 마치 성리학자들이 책상에 앉아 이理와 기氣의 논쟁이나 하고 있는 것처럼……. 성인의 뜻은 하느님의 명령처럼 강력한 구속력을 가지고 있어야 하네. 이것을 깨닫지 못한 채로는 『주역』을 아무리 깊이 읽어보아야 그것은 헛공론일 뿐이네."

혜장이 반발했다.

"영감의 말씀은 옳기도 하지만 옳지 않기도 합니다."

혜장이 잠시 뜸을 들였다가 말을 이었다.

"불교의 마음공부는 유학자들의 허위와 이념 대립의 다툼을 해결해주는 수단이 될 수 있어라우. 유학자들은 이념을 앞세워 파당을 짓고, 천주학을 통해 도입한 하느님의 명령이라는 것까지도 아전인수로 이용합니다. 그렇지만 그 이념 다툼을 버리질 못합니다. 유학에서는 선과 악을 둘로 갈라서 대립 개념으로 생각하니까요. 선이라고 생각하는 쪽은 항상 악을 징치하고 소멸시키지 않으면

166

안 되고, 그 때문에 피를 흘리고 싸우지 않으면 안 됩니다이. 우리 불교는 선과 악은 둘이 아니라고 말합니다이. 선 안에 악이 있고, 악 속에 선이 있습니다. 불이선不二禪이 그것입니다. 제가 『주역』을 공부하는 것은, 하느님의 명령으로서 운행되는 법이 아니고, 우주의 율동 그 자체로서 운용되는 세계를 공부하려는 것잉만이라우."

정약용이 말했다.

"공부工夫라는 글자를 분석해보면 아주 재미있네. 工(공) 자는, 하늘(一)과 땅(一) 사이를 l (위아래로 통할 곤)으로 이어놓는 글자이고, 夫(부) 자는 사람(人)이 머리로써 하늘과 땅(二)을 뚫어버리는 글자이네. 공부라는 것은, 사람이 하늘과 땅의 원리를 통달하게(覺, 깨닫게) 만드는 것이고, 그렇게 만들어진 사람은 하늘의 명령에 따른 사업을 진실되게 행해야 하네. 하늘의 명령에 따라 땅에서 실천하지 않으면 사람다운 사람일 수 없네. 텅 빈 마음, 즉 본연지성을 갖추려 하는 참선 그 자체가 절름발이 사업이므로, 참선을 일삼는 스님은 올바르게 살아가는 사람이라 말할 수 없네."

혜장이 반발했다.

"영감께서 하시는 말씀들은, 이때껏 불경을 읽고 참선함으로써 깨달음을 얻고, 뒤따라오는 깨닫지 못한 자들에게 그것을 얻도록 가르치며 살아온 빈도의 삶에 큰 혼란이 일어나게 하고 있어라우. 빈도가 이 혼란을 수습하려면, 이때껏 하여온 석가모니를 버리고,

염불과 참선을 버리고, 유학 선비처럼 살아야 하는 것입니까? 유학 선비들 대부분은 정좌한 채 사서오경만 읽고 향교 출입, 서원 출입이나 하고, 하인을 부리고 삽디다이. 그들 가운데 부자들은 파당을 지어 가난한 자들의 것을 착취하여 더욱 많이 소유하게 되고, 벼슬아치나 아전들에게 뒷돈을 찔러주고 세금을 물지 않으므로, 가난한 자들만 더 많은 착취를 당하게 하고, 더욱 가난해지게 합니다. 유학 선비들의 사업이라는 것이 결국 이러한 세상을 만든 것 아닙니까? 그런데 빈도도 그러한 삶을 살아야 한다는 것입니까요?"

"아니야, 나는 실천을 말하는 것이네. 요즘 뜻있는 개혁적인 유학 선비들은 모두 실천 쪽에서 사업을 찾고 있네. 불교 쪽 사람들도 이제는 위만 쳐다보며 깨달음만 구하지 말고, 아래를 내려다보면서 못살고 박해받는 백성들과 아픔을 함께 하는 쪽으로 실천下化衆生해야 한다는 것이네."

"이 중놈이 실천할 수 있는 것은 구체적으로 무엇입니까요? 불경과 참선을 팽개치고, 먹물 옷을 벗어 팽개치고, 마을로 내려가서 날품이라도 팔아 가난 구제를 하라는 것입니까? 세금을 많이 거두고, 환곡을 제대로 나누어주지 않는 관아로 달려가서 시위를 하고, 아전들의 멱살을 잡고 싸우며, 병자들을 위하여 약시시하고 그래야 한다는 것입니까?"

"그것도 실천은 실천이네."

정약용의 단호한 대답에, 혜장은 허공을 쳐다보았다. 혜장은 흔들리고 있었다.

"정말 그럴까요? 그렇다면 이때껏 하여온 공부가 너무 허망하지 않습니까요? 그렇게 하기로 한다면, 저의 염불은, 진즉부터 막일을 부지런히 하여 몸 단련을 한 것보다 못한 멍청한 짓거리이지 않습니까?"

혜장의 내부에는 그가 이때껏 하여온 공부와 정약용이 주문한 실천 사이에 괴리가 일어나고, 팽팽한 길항작용이 일어나고 있었다.

그 괴리와 길항을 부드럽게 다스릴 수 있는 힘이 생기지 않으면 예상치 못했던 파탄이 일어날지도 모른다. 정약용이 혜장에게 말했다.

"자네의 법호와 법명이 '연파 혜장'이라고 했지? 내가 새로이 자네에게 '아암兒菴'이란 별호를 하나 주고 싶네. 두 이념 사이에서 고통스러워하면서 성깔을 부리는 어른에서 어린아이로 되돌아가라는 뜻의 아암일세."

"아암, 좋습니다. 빈도는 '아암'이란 별호를 '영원히 철들지 못하는 아이 같은 놈'으로 받아들이겠습니다."

"아닐세. 나는 자네에게 '순수로의 회귀'를 주문한 것이네."

"'순수로의 회귀', 임금이 명령한 문체 반정이라는 것과 같은 것 아닙니까요? 중국에서 들어온 새롭고 쉬운 문체를 배척하고, 고전

적인 단아한 문체를 쓰도록 강요한 것, 그것은 원시 유학(실사구시)으로의 회귀 아닙니까? ……그럴지라도 저는 '아암'이란 별호를 즐거운 마음으로 받아들이겠습니다" 하고 나서 혜장은 이성훈에게 곡자를 좀 받아다 달라고 말했다.

이성훈이 주안상을 내어놓았고, 혜장은 정약용이 따라 주는 술을 벌컥벌컥 들이켰다.

정약용은 걱정스러웠다. 불경과 참선으로 다져진 혜장의 사고 체계가 그를 만남으로써 흔들리고 있었다. 흔들리면 방황하게 된다. 그가 말했다.

"아암 혜장, 세상은 우리에게 많은 주문을 하곤 하네. 우리는 그 주문대로만 배를 저어가서는 안 되네. 그랬다가는 배가 산으로 가고 마니까. 세상의 주문을, 우리는 다만 참고를 할 뿐이어야 하네. 유학 선비인 나는 불교에 도통한 아암 혜장을 참고하고, 아암 혜장은 유학 선비인 정약용을 참고하고……."

혜장의 흔들림에 그 말은 약이 되지 못했다.

혜장은 황소가 물을 마시듯이 술을 들이켰다.

"이 중놈은 세상을 헛살아온 것인가요?"

"헛살아오다니, 무슨 소리인가? 나는 아암 혜장이 이때껏 살아온 방법이 틀렸다는 것이 아니고, 다만 조언을 하고 있을 뿐이야. 앞으로 나아갈 길을 실천하는 쪽으로 선회해야 한다는 충고 같은 조언 말일세."

혜장은 취해 돌아가면서 말했다.

"빈도가 윤 거사 부인에게 영감의 처지를 이야기했구만이라우. 참으로 허랑한 그림자 하나를 가슴에 품고 사는 여인의 부탁도 있고 해서요. 일간 그 집에서 무슨 기별이 있을지도 모르겠구만이라우."

꽃 바다 밀행密行

비가 추적추적 내렸고, 복사꽃송이들이 빗물에 젖으면서 훌쩍
훌쩍 울었다. 대기는 우중충했고, 산과 바다는 운무에 덮여 있었
다. 안쪽 구석에 기대서 있는 거문고가 음음한 음률을 퍼뜨리고 있
었다. 정약용은 마음이 어두웠고 쓸쓸했다. 복사꽃을 따라 울고 싶
었다.

밤이 늦었다. 복사꽃은 누군가의 원혼이 된 듯싶은 꽃이었다. 처
마 끝의 빗방울 떨어지는 소리가 마당을 울렸고, 그것이 얼핏 누군
가의 발짝 소리처럼 들렸다. 울타리 사이로 보이던 연두색 머리처

네 자락과 쪽색 치맛자락이 눈에 어른거렸다. 아, 나, 그녀의 잡귀신에 씌어 있다. 진저리 치며 도리질을 하여 생각을 떨었다. 씌어 있는 잡귀신을 떨어냈다.

이를 물었다. 잡념과 시간을 죽이는 데는 글쓰기 이상으로 좋은 약이 없다. 글쓰기는 나와 세상을 바꾸어놓는 약이다. 선비가 해야 할 가장 위대한 사업이다.

천천히 먹을 갈았다. 손아귀에 가득 차는 중국산 참먹이었다. 향기로운 먹과 품 넉넉한 여인의 가슴 같은 벼루가 속삭이며 서로를 애무한다. '그 어여쁜 아가씨와 이야기하고 싶어라, 그 어여쁜 아가씨와 노래하고 싶어라, 그 어여쁜 아가씨와 사랑을 속삭이고 싶어라.' 그들의 애무가 그의 머리에 사념의 씨앗을 심었고, 그 씨앗이 싹터났다.

붓을 들었다.

"집 짓고 살아갈 땅은" 하고 쓰기 시작했다.

오래전부터 제자 황상에게 써주고 싶던 글이었다. 나이에 비하여 철이 빨리 든 황상, 그 아이에게 써주는 것이기는 하지만, 사실 그것은 자기가 그렇게 해놓고 살고 싶은 것(희망)이었다.

황상에게, 그윽하게 사는 사람의 모습에 대하여 말해준다.

집 짓고 살아갈 땅은 산수가 아름다운 곳을 선택해야 한다. 커다란 강과 산이 어우러진 곳은, 좁은 시내(川)와 자그마한 동산이 어우러진 곳만 못하다.

그 좋은 땅으로 들어가려면 골짜기를 따라 들어가야 하는데, 그 어귀에는 깎아지른 절벽에 기우뚱하게 서 있는 바위들 몇이 있어야 한다. 조금 더 안으로 들어가면, 병풍이 펼쳐지듯 시계가 환하게 열리면서 눈을 번뜩 뜨이게 해주는, 이런 곳이라야 복된 땅이다. 한가운데 땅의 기운이 맺힌 곳에 띳집 서너 칸을 정남향으로 짓는다.

치장은 지극히 정교하게 해야 한다. 순창에서 나는 설화지로 벽을 바르고, 문설주 위에는 엷은 먹으로 길쭉하게 그린 산수화를 붙인다. 문설주에는 고목이나 대나무 또는 바위를 그리고, 중간에 짧은 시를 써넣어야 한다.

방 안에는 책꽂이 두 개를 설치하고 거기에는 천 3, 4백 권의 책을 꽂아야 한다.

……책상 아래에는 까만 동[烏銅]으로 된 향로를 놓아두고, 아침저녁으로 향을 하나씩 피운다.

뜰 앞에는 벽을 한 줄 두르는데, 너무 높지 않게 해야 한다. 담장 안에는 석류와 치자, 목련 등 갖가지 화분을 품격을 갖추어 놓아둔다. 국화는 제일 많이 갖추어서 48종쯤은 되어야 한다.

마당 오른편에는 작은 연못을 판다. 사방 수십 걸음쯤 되면 넉넉하다. 연못 속에는 연꽃 수십 포기를 심고 붕어를 길러야 한다. 대나무를 따로 쪼개 물받이 홈통을 만들어 산의 샘물을 끌어다가 연못으로 졸졸졸 떨어지게 한다. 연못의 물이 넘치면 담장 틈새를 따라 채마밭으로 흐르게 한다.

소나무 북쪽으로 작은 사립이 나 있고, 그리로 들어가면 누에 치는 잠실 세 칸이 나와야 한다. 누에 치는 채반을 7층으로 앉혀놓고, 매일 낮에 차를 마시고 난 뒤 잠실 속으로 들어간다. 아내에게 송엽주 몇 잔을 내오게 해서 마신 뒤, 양잠에 관한 책을 가지고 가서, 누에를 목욕시키고 실 잣는 법을 아내에게 가르쳐주며 싱긋이 마주 보며 웃는다.

문밖에 임금이 부른다는 공문이 당도하더라도, 씩 웃으며 응하면서 나아가지 않는다.

붓을 놓는데, 가슴이 쓰라렸고 눈시울이 뜨거워졌다. 황상에게 권하고 있는 그 '숨어 사는 자의 모습'은 자기의 장차 꿈이었다. 아내가 그리웠다. 허공을 향해 우두커니 앉아 있다가 거문고를 바라보았다.

그것을 내려 보듬고 술대로 현들을 하나씩 퉁겨보기도 하고 하늘, 땅, 사람을 뜻하는 세 줄을 일제히 추루루룽 훑어보기도 했다. 조율이 제대로 되어 있지 않아, 음률이 거슬렸다. 조율을 해보려 하다가 시들해져서 다시 세워놓았다.

비가 개지도 않았는데 바람이 일어났다. 바람은 비를 그치게 하려는 변수이다. 아스라한 곳에서 군중들이 아우성을 치는 것 같기도 하고, 누군가가 앓고 있는 것 같기도 한 소리가 들려왔다. 바다가 바람과 더불어 사랑하며 아우성치는 소리였다.

지필묵을 치우고 심호흡을 했다. 삶이 지루하다 싶었다. 삶이 지루하게 느껴지면 안 된다. 그것은 나태이다. 깊은 잠을 자버리고 싶었다. 기름접시 불을 죽이려 하는데, 문간방 문 두들기는 소리, 그 문 열리는 소리, 하인이 두런거리는 소리, 쪽문 열리는 소리가 이어 들리더니 조용해졌다.

그의 귀가 창밖의 어둠 속으로 달려나갔다. 누구일까. 그의 방 문밖에서 고양이 발자국 소리가 들렸다.

이날 밤에는 옆방도 비어 있다. 학래가 제 아내에게로 자러 갔다. 추적추적 내리는 비와 함께 복사꽃이 훌쩍거리는 밤이면, 쓸쓸해지지 않는 사람이 있으랴. 연두색 머리처네 자락과 쪽색 치맛자락과 치자꽃향기가 떠오르고, 가슴이 우둔거렸다.

얼핏 가쁜 숨결 소리가 들렸다. 그녀라고 직감했다. 스스로를 거문고의 신세와 같다고 말하는 여자. 겨드랑이와 등줄기에 전율이 일어났다.

그가 들어오라고 말한 것도 아닌데, 그녀는 방문을 조심스럽게 열고 바람처럼 들어왔다. 왜 무얼 하러 왔느냐고, 타박하지 않았다.

그녀는 한 손에 두툼한 보자기를 들고, 다른 한 손으로는 머리처네 끈을 잡고 있었다. 방 안으로 들어오자마자, 머리처네와 보자기를 놓더니 엎드려 큰절을 하고는, 막무가내로 그의 품에 얼굴을 묻

176

었다. 숨결이 가빴다. 격해져 있었다. 그녀에게서 술 냄새가 풍겼다.

무엄했다.

이 여인이 어찌하려고 이 밤중에 여기까지 왔단 말인가. 장부는 돈 뒤끝 여자 뒤끝을 깨끗하게 하여야 한다고, 아버지가 그랬었다. 이 여인을 꾸짖고 타일러서 그냥 고이 돌려보내야 한다.

"시방 네가 나에게 엄청난 무례를 저지르고 있음을 아느냐? 나는 나라의 죄인인데, 거기다가 남의 여자 훔친 죄까지를 덧씌우려 하고 있느냐?"

근엄하게 그녀를 꾸짖자, 그녀가 가슴에 뜨거운 김을 뿜으며 퉁명스럽게 말했다.

"서울 양반께서는, 뜻을 가진 한 젊은 여인이 슬픈 삶을 살아가도록 방치하는 것이 그 세상 대부들의 무한 책임이라는 것을 아십니까요?" 그녀의 말은 밉지 않은, 짠한 추궁이었다.

그는 속으로 그녀의 말을 뒤집어엎어 생각했다.

'그렇다. 한 시대의 뜻을 가진 한 대부가 슬픈 삶을 살아가도록 방치하는 것은 그 세상 모든 젊은 미녀들의 무한 책임이다!'

그렇지만 그는

"어서 돌아가거라" 하고 근엄하게 말했다.

그녀가 울먹거리며 말했다.

"염려하지 마십시오. 서울 양반과 소녀의 기구한 인연은, 하늘이 알고 땅이 알고, 서울 양반과 요 천한 년이 알 뿐이어라우."

그것은 무당의 넋두리 가락이었고, 추적추적 내리는 비를 맞고
훌쩍거리는 복사꽃의 울음소리였다.

"서울 양반은, 은애하는 사람을 지척에 두고 사는 여인이 앓는
비 몸살 달 몸살을 아십니까요?"

그는 그녀의 말에 대꾸할 말을 잃었다.

물로 생긴 여인의 몸은 남성과 다르게 비 몸살 달 몸살을 많이
앓는다. 비 몸살은, 비가 오는 내내 젊은 여인이 남성과 사랑하고
싶어 몸을 뒤치며 안타까워 몸살 치는 것이고, 달 몸살은 달이 중
천에 떠 휘영청 밝은 때에 만조로 범람하는 바닷물처럼, 홀로 사는
젊은 여인이 가슴 터질 듯 부푼 정염을 주체하지 못하고 허둥대는
몸부림을 말한다.

그는 이 땅에 사는 대부로서의 책임을 생각했다.

그의 품을 빠져나간 그녀가 들고 온 보자기를 풀었다. 거기에는
호로병 하나와 팔뚝만 한 구운 농어 한 마리와 호두, 비자, 잣, 김
따위의 안주와 자상하게 두들겨서 찢은 대구포가 나왔다.

빗방울 듣는 소리와 바람 지나가는 소리가 인기척처럼 느껴졌
다. 문득 가슴이 조였다. 전라도 강진 안에도 적들의 눈과 귀는 뻗
쳐 있었다. 만일 내가 남의 여인을 훔쳐 뜨거운 정분을 맺고 지낸
다는 말이 그들의 귀에 들어간다면 어찌 되는가. 천주학을 오히려
장려하고 다닌다는 죄를 덮어씌워 나에게 사약을 내리라고 청할지
도 모른다. 제발, 아무 탈 없이 유배를 마치고 귀향하고 싶다. 그는

그녀에게, 전에 주막집에서 있었던 일은 가맣게 잊고 돌아가달라고 통사정을 하고 싶었다.

속으로 조마조마해하는 그에 비하여 그녀는 태연자약했다.

안주와 술병을 책상 옆에 늘어놓고, 그를 향해 두 손을 짚고 머리를 조아리며 말했다.

"소녀가 이미 서울 양반 다치시지 않도록 방책들을 다 강구해놓고 왔어라우. 염려 놓으시고 소녀가 권하는 술을 달게 드시고, 얼근하게 취하셔서, 시도 읊으시고, 주정도 좀 하고 그러십시오이. 서울 양반께서는 하느님이 지상으로 유배 보낸 선남이시고, 소녀는 하늘 세상에서 서울 양반을 짝사랑하던 선녀라고 여기십시오이."

정약용은 허공을 쳐다보며, 허방을 생각했다. 음음한 그늘 내려 있는 숲속의 길바닥에 웅덩이를 파고, 그 위에 막대기들을 촘촘히 걸치고 흙을 뿌려놓아 사람을 빠지게 하는 허방.

현감 벼슬을 한 아버지를 따라 화순에 갔을 때였다.

강변 마을의 개구쟁이 아이들은 나루터로 가는 숲길 바닥에 허방을 파놓고 나룻배 타러 가는 사람들을 골탕 먹였다. 한여름이었다. 둘째 형 정약전과 그는 며칠 동안 책을 읽던 절에서 관아로 돌아가다가, 나무 그늘에 앉아 쉬고 있었다.

그때 가파른 고개를 허위허위 넘어온 한 늙은 거지가 그 허방에 발을 디디고 넘어졌는데, 그 거지는 몸을 일으켜 다시 걸어가려고 하지 않았다. 네 활개를 아무렇게나 벌린 채 하늘을 쳐다보고 누워 버렸다. 한식경이 지나도록 그 거지는 그렇게 누워 있기만 했다.

그 거지 하는 양을 지켜보던 정약전이 개구쟁이 아이들을 향해 "이놈들아, 저 사람 많이 다쳤나보다!" 하면서 거지에게로 걸어 갔다. 정약용도 따라갔다. 아이들도, 혹시 거지가 죽었을지도 모른 다 하고, 겁을 먹은 채 모두 몰려갔다. 뜻밖에 그 거지는 쿨쿨 자고 있었다. 넘어지자, 넘어진 김에 한숨 늘어지게 자고 있는 것이었 다. 아이들은 짜증스럽게 "여보시오!" "얼른 일어나시오!" 하며 거 지를 흔들어 깨웠다. 거지의 옆구리를 툭툭 걷어차기도 했다.

거지는 일어나자마자, 옆의 아이들을 꾸짖으려 하지도 않고, 손 과 옷을 툭툭 털고는 나루 머리를 향해 걸어갔다. 정약전이 그 거 지의 뒷모습을 바라보며

"아아, 저 거지, 아주 여유만만하다. 자기를 넘어지게 한 아이들 에게 화를 내는 것이 아니고, 넘어진 김에 아주 한숨 늘어지게 자 고 떠나간다" 하고 말했다.

그녀가 정약용의 두 손을 잡아당겼다. 그래, 이것이 허방인 줄 알면서도 디디고 넘어지는 것이다. 넘어지면 넘어진 김에, 그 거지 처럼 모른 체하고 한숨 푹 늘어지게 자고 나서 털고 일어나 내 갈 길을 가는 것이다.

보은산의 고성암으로 가면서, 잠시 스님들의 목탁 구멍 속에 들

어 있는 어둠이 되어 살자고 작정했듯, 그는 이날 밤, 꼭 하룻밤만 그녀의 아득한 꽃 바닷속의 허방으로 밀항을 해보자고 생각했다.

그녀가 따라 주는 술을 단숨에 들이켰다. 화주였다. 화주에서는 쑥국화 향기가 은은했다.

"이 소주, 작년에 제가 뒷산 기슭에서 따온 쑥국화 송이 한 먹서 리를 갈아서 누룩에도 넣고, 고두밥에도 넣어서 빚은 술을 내린 소 주여라우. 서울 양반께 맛보일 욕심으로라우. 서울 양반은 오매불 망이란 말 아시지라우. 저는 서울 양반을 그날 어슬어슬한 땅거미 속에서 처음 막 뵙는 순간부터 그냥 미쳐부렀어라우. 서쪽 하늘에 서 날아온 빛살을 받은 양반님네 눈망울이 얼마나 초롱초롱하면서 도 슬프고 처량하던지, 가슴이 아려 빠지는 것 같았어라우. 탁 부 러뜨리면 맑은 물이 뚝뚝 떨어지는 생목 같은, 그런 젊은 년이 은 애하는 남정네를 세상으로부터 다치지 않도록 감싸주고, 또 사랑 하는 마음도 이리 감추고 저리 감추면서 사는 일이 얼마나 슬프고 안타까운 병인지, 서울 양반이 아시기나 할라는지 몰겠소!"

그녀와 그가 술잔을 거듭 바꾸었다. 그녀가 거문고를 가져다가 보듬었다. 조율을 한 다음 오른손에 끼운 술대 끝으로 내려치기도 하고 뜯기도 했다. 구슬픈 가락의 도드리였다.

……비단 바른 창[紗窓]은 아직 밝지 않았는데,

꾀꼬리 울음소리 맴을 돌고

향로에 피운 향불 다 소진했네.

비단 병풍 비단 방장으로 봄추위 가린 잠자리

간밤 삼경에 비가 내렸네.

……수놓은 발에 한가롭게 기대 있는데,

가벼운 버들 솜 바람에 하늘하늘

마음 갈피 못 잡고 눈살을 찌푸리다가,

꽃 꺾어 들고 눈물 씻으며

돌아오는 기러기를 향해,

'그곳에서 내 님 보았소' 물어보았네.

紗窓未曉黃鶯魚　惠爐燒殘炷　錦帷羅幕度春寒　昨夜裏三更雨

繡簾閑倚輕絮　欲眉山無緒　把花拭淚向歸鴻　問來處逢郞不

그녀가 거문고를 밀어놓고 다시 술을 따랐다. 둘이 다 취했다. 그녀의 몸과 마음은 일렁거리는 밤바다가 되어갔고, 그는 그 밤바다 여기저기를 밀행하고 있었다.

바다 잠행

혜장에게서 가져온 차가 떨어졌다. 배릿하면서도 고소한 차의 향과 맛.

혜장에게 차茶 구걸하는 편지를 써서, 이학래 집의 하인을 시켜 보냈다. 차가 꼭 마시고 싶어서라기보다, 자기 삶에 절망하는 혜장을 달래고 타이르고 싶어서였다.

아기처럼 고집스러우면서도 귀여운 아암 스님에게,

나그네는 요즈음 약을 먹듯이 차를 마시고 싶습니다. 사람을 죽이기도 하고 살리기도 하는 신묘한 약 같은 차.

(중략) 아침 붉은 기운 일어날 때 마시면, 마음은 뜬구름 짙푸른 하늘에서 선명해지고,

잠에서 깨어날 때 마시면, 밝은 달빛 옥돌 사이로 흐르는 물에서 어른거리고,

가는 구슬처럼 눈 흩뿌릴 때 차 끓여 마시면, 자색의 차향 가슴으로 파고들고,

새 샘물에 불기운 섞이니 들판 같은 순한 차향 어리네.

(중략)

듣건대, 어지러운 세상을 잘 살아가려면 자비로운 보시가 제일이고, 명산에서 생산된 약들 가운데 상서로운 차를 으뜸으로 친다 하였으니, 혜장은 마땅히 중생이 목마르게 바라는 것을 염두에 두었다가, 넉넉하게 나누어주는 은혜를 아끼지 마시게나.

— 사암 나그네

기다리는 사람이란 뜻의 사암俟菴이란 별호를 오랜만에 썼다.

하인은 차 한 봉지를 얻어 가지고 왔다. 하인이 화로에 불을 피우고 이학래가 차를 우려냈다.

차의 향기가 방 안에 감돌았다. 배릿하면서도 고소한 향이었다. 정조 임금이 떠올랐다. 임금은 중국에서 들어왔다는 승설차를 그

에게 손수 따라 주었었다.

지나간 세월이 그리웠다. 속에서 뜨거운 울음이 밀고 올라왔다. 차 두 잔을 거듭 마시고 나서 문득 떨치고 일어났다. 마당 가장자리로 나와서 바다를 내려다보았다. 햇살이 바다 물너울에 쏟아지고 있었다. 수천만 마리의 물고기들이 일제히 수면 위로 올라와서 퍼덕거리는 듯싶었다.

"현산 형님!"

우이도(소흑산도)에 계시는 둘째 형님 약전의 얼굴이 떠올랐다. 형님도 혹시 이 아우가 생각나서, 시방 바다를 보고 계시실 것이다. 그 바다에도 저렇게 햇살이 쏟아지고 있을 것이다. 귀신처럼 훅 날아가서 형님을 만나볼 수 있다면 얼마나 좋을까.

순간, '아, 그렇다' 하고 탄성을 질렀다. 깜깜한 밤에 은밀하게 배를 한 척 빌리는 것이다. 어부로 변장을 하고 배를 타고 가서 만나고 돌아오는 것이다. 그 생각을 하자, 그 형님이 보고 싶어 미칠 것 같았다.

그는 몸을 떨었다. 겁이 나기도 했다. 구강포의 포졸들이, 어부로 위장한 내가 서투르게 노 젓고 삿대 짚는 것을 수상하게 여기고, 밑을 캐고 들면 어찌할 것인가. 죄인인 내가 강진현 밖으로 나간 것이 들통난다면 내 삶은 끝이 난다. 적들의 눈과 귀들은 유배지를 이탈한 나에게 중국으로 달아나려 했다는 누명을 씌우고, 국법을 어긴 죄로 사약을 내리게 하거나, 포박해다가 곤장을 칠 것이다.

왜 들통날 것을 염려하기부터 하는가. 들통나지 않게 주도면밀하게 하면 되는 것이다. 젊은 시절에, 안동에서 노론 벼슬아치들에게 잡히면 죽게 되어 있는 이진동을 말에 태워 피신시킨 일도 있지 않은가. 그때의 의기와 과감성은 어디로 달아났는가.

아니다. 참아야 한다. 소흑산도의 형님에게 편지를 전하고 온 어부가 '우이보'의 경계가 삼엄하더라고 하지 않던가. 벙거지 쓴 수군과 관원이 함께 배의 갑판 여기저기와 몸수색을 샅샅이 하고, 편지를 뜯어보더라고 하지 않던가.

정약용은 다시 고개를 저었다. 아무리 경계가 삼엄할지라도 그들을 속이면 되는 것이다. 열 사람이 지킬지라도 한 사람의 도둑을 잡지 못하는 것이다.

섬과 육지 사이를 왕래하는 옹기 장삿배를 마련해달라고 하자. 주막집의 그녀에게 부탁할까. 안 된다. 그녀에게 더 이상 신세 지지 말아야 한다. 그녀와의 관계는 이제 그만 칼로 잘라내듯이 끊어야 한다.

이학래의 아버지 이성훈에게 부탁을 하자. 이성훈이 나의 유배지 이탈을 관아에 밀고하지 않을까. 그가 어찌 차마 나를 배반하겠는가. 아니다. 그를 믿을 수 없다. 혜장에게 부탁을 하자. 그 스님이 무슨 수로 그 일을 주선할 수 있겠는가. 혹시 그의 신도 가운데 옹기 장삿배 타는 사람이 있을지도 모른다. 아니다. 황상에게 부탁을 하자. 바다 물정에 어두운 그 어린 사람이 그 일을 어떻게 주선할 수 있겠는가.

가슴속에 숯가루 같은 절망이 쏟아졌다. 이를 물었다. 왜 절망만 하는가. 일이 되지 않으면 되도록 만들어야 한다.

도리질을 하면서 스스로를 꾸짖었다. 왜 선비가 세상을 속이고 나를 속이면서 살아가려 하는가. 그냥 참고 또 참으면서 유배가 풀리기를 기다렸다가 형님을 만나야 한다. 아니다. 언제 유배 풀리기를 기다린다는 것이냐. 그 이전이라도 만날 수 있으면 만나야 한다.

잠자리에 들어서도 엎치락뒤치락하면서 섬에 갇힌 둘째 형님 만날 궁리를 하고 또 했다.

소흑산도로 가는 밤배

열심히 소망하면 그 소망은 이루어진다. 은밀하게 소흑산도의 둘째 형님을 만나게 해주겠다는 고마운 사람이 나타났다.

정약용은 알상투 바람으로 이마에 괴죄죄한 흰 수건을 둘러 동이고, 바지저고리 차림을 한 채 투박한 짚신을 신었다. 옹기 장삿배의 선원 차림을 한 것이었다.

모든 것을 연두색 머리처네의 그녀가 마련해주었다. 그녀는 먼저 이학래의 아버지 이성훈과 단판을 지었다. 정약용이 며칠 동안만 윤씨 소유의 별장인 '다산서옥'에 가서 있다가 오도록 허락해달라는 것이었다.

"아이고, 내가 어떻게 승지 영감의 출타를 허락하고 말고 하겠소이까?"

이성훈은 황감해하며 정약용에게 며칠이든지 가서 계시다 오시라고 했다.

정약용은 이학래와 더불어 글을 읽는 황상에게는 사흘 동안 읽고 외우고 쓸거리를 숙제로 내주었다.

그녀는 봉황포에서 옹기를 싣고 이 섬 저 섬을 돌아다니는 옹기 장삿배를 끌어들였다. 옹기 장삿배는 바람이 심하게 불면, 그 바람이 잠잠해질 때까지 며칠이든지 한 포구에 배를 대고 기다린다는 점을 감안했다. 그녀는 도사공에게

"이번 일만 탈 없이 도와주면, 줄을 대서, 싣고 간 옹기들을 모두 병마절도사영 안에 넣어주겠소" 하고 말했다.

정약용은 강진의 봉황포에서 옹기 배를 탔다. 봄철이지만 옷을 두껍게 입었다. 밤바다는 한겨울처럼 추울 수도 있다 하므로.

그녀는 그날 밤, 정약용의 소흑산도까지의 밀행을 위하여, 미리 버드나무 연기 속에서 말린 개고기포 한 자루를 준비해두었다. 그에게서 '둘째 형님은 비린 물고기를 싫어한다'는 말을 들었던 것이다.

배에는 도사공과 사공 두 사람이 탔다. 사공 중의 한 사람이 어부로 변장한 정약용이었다. 그는 바다 물정에 어두우므로, 잡심부

름하고 밥을 짓는 최하급의 화장 소임을 맡기로 했다.

출항하기 전에, 도사공은 관아의 아전에게로 가서 출하 출항 문서를 받았다.

봉황포에 출입하는 배들에게 세금을 물리고, 불량한 배의 출입과 선원들을 감시하는 아전의 경우, 일을 제대로 하려면, 선창에 나가서 배에 실린 질그릇들과 선원들 면면을 일일이 확인해야 하는 것이었다.

그러나 아전은 시설이 가장 좋은 정가네 공방의 가마 옆에서 솜이불을 덮은 채 잠을 자다가 일어나

"뭔 출항을 이렇게 한밤중에 하는 것이여?" 하고 잠결에 물었고, 도사공은

"한밤중이라니라우? 꼭두새벽이구만이라우" 하고 대답을 했다. 아전은

"어디로 갈란디?" 하고 물었고 도사공은

"새벽바람 타고 짚은 섬으로 들어갈라고 그러요" 하고 말했다.

아전은

"몇이 탔는가?" 하고 물었고, 도사공은

"오늘은 화장 하나를 더 실었구만이라우" 하고 말했다.

"옹깃배에다가 뭔 놈의 화장이여?" 하고 아전이 따졌고, 도사공은

"옹기 장사를 배울란다고 한께 데리고 다녀볼라고 태웠구만이라우" 하고 말했다.

190

아전은 잠에 취하여 선원들을 일일이 확인하려 하지 않고, 괴발
개발 문서를 작성해주었다.

옹기가마가 열다섯 개나 있는 봉황포구에는, 먼동이 트면 영산
포로 갈 옹기 배, 법성포를 거쳐서 강경이나 마포로 갈 덩치 큰 옹
기 배들이 여남은 척이나 떠 있었다.

그 옹기 배들 옆을 지나 정약용의 배는 큰 바다로 나아갔다. 노
는 두 가락이었고, 돛대는 앞돛 뒷돛 둘이었다. 뱃전과 갑판에 부
착시킨 선반에는 쌀독, 장독, 된장독, 동이, 저박지, 시루, 항아리,
약탕관, 옹배기, 자배기, 단지, 장병, 장독 뚜껑 들이 실려 있었다.

덕판 밑에는 화덕과 장작과 불쏘시개가 있고, 솥과 물병과 자잘
한 살림살이가 있었다.

바다 한가운데로 나가서 돛을 올렸다. 육지 쪽에서 부는 바람이
돛폭에 가득 담기자, 도사공은 키를 고물에 꽂았다. 배는 살같이
나아가면서 뱃머리로 파도를 으깨었다. 정약용은 앞 돛대와 덕판
사이에 앉아 있었다.

가지색 밤하늘에는 푸른 별, 누른 별, 붉은 별들이 총총했다. 북
두칠성과 은하수가 선명하고 삼태성이 중천에 올라 있었다.

그 별들을 쳐다보며 정약용은 소흑산도 우이보에 계실 형님을
떠올렸다. 지금 무정한 잠에 빠져 계실까, 아니면 강진의 아우와
고향의 가족들을 그리워하고 계실까. 내가 불쑥 들어가면 얼마나
놀라실까. 반가워 펄쩍펄쩍 뛰실 것이다. 비린 생선을 좋아하시지

않은 형님은 많이 수척해 있을 것이다. 내가 가지고 가는 육포로 몸보신을 하면 곧 피둥피둥 건강해지실 것이다.

"이 바람이면 내일 해 전에 도착하겠구만이라우" 하고 도사공이 키를 잡은 채 정약용에게 말했다. 바람이 세차졌고, 배는 더욱 빠르게 달렸다.

도사공이 돛폭에 가득 담긴 바람을 쳐다보며 말했다.

"돛 달고 다니는 우리 뱃놈들하고 바람하고는 묘한 관계가 있어라우. 노를 젓기 싫은 우리는 돛을 올리자마자 '바람아 불어라, 빨빨하게 불어라!' 하고 바라고, 우리가 바라는 대로 바람이 불어주면 배는 말같이 뜀박질을 하면서 기분 좋게 달리는디, 만일에 그 바람이 너무 거칠게 불면 자칫 운 나쁘게 배가 꺼꾸러지기도 하는 것이라우. 그렇지만 우리 뱃놈들은 배가 꺼꾸러질 때 꺼꾸러지더라도, 바람아 불어라, 바람아 불어라 하는 것이지라우. 그래서 우리 뱃놈들을 붙쌍놈들이라고 하는 것이오."

정약용은 '하아!' 하고 탄성을 질렀다. 뱃사람과 바람의 관계는 임금과 신하의 관계하고 비슷하다. 물은 배를 뜨게 하기도 하지만 그 물은 배를 전복되게 하기도 한다고, 『서경』에서 말했다. 『주역』의 원리가 그것이다.

아침밥을 끓여 먹고 났을 때부터 세찬 서풍이 일기 시작했고, 새참 시간이 되었을 때는 대기 속에 황사현상까지 일어나면서, 파도의 머리에 희끗희끗한 누엣결이 생길 정도로 바람이 거칠어졌다. 뱃사람들은 그것을 까치 파도라고 불렀다.

배가 미친 말처럼 뜀박질을 했다. 작은 섬과 섬 사이의 물목을 감돌아 달리고, 하얀 파도 속에 묻혀 으르렁거리는 암초 옆을 스쳐 달렸다. 아, 이 바닷길은 우리 둘째 형님이 배 타고 지나간 그 길이다.

으슬으슬 한기가 들면서 어지럽고 속이 메스꺼웠다. 멀미가 나고 있었다. 도사공이 갑판 뚜껑을 열어주면서 정약용에게

"영감, 이 갑판 밑에 방이 있은께 안으로 들어가 누우십시오이. 아직도 한나절은 더 가야 한께라우" 하고 말했다.

정약용은 고개를 저었다. 형님이 겪은 험한 뱃길을 그대로 경험하고 싶었다. 파도는 더 드높아졌고, 배는 몸을 꿈틀거리며 뜀박질을 했다. 질그릇들을 실은 선반에서 삐그덕삐그덕 하는 소리가 났다.

"어지러우면 먼 데 하늘, 먼 데 산을 보십시오이. 요동하는 물너울이나 흔들리는 배를 보면, 더욱 어지러워라우."

작은 사공이 말했다.

정약용은 고통스러울 때 고통 잊는 방법을 알고 있었다. 그는 그가 즐겨 외곤 하는 『맹자』의 '하늘이 큰 책임을 이 사람에 내리려 하심에 있어서'를 외웠다. 그 대목은 『천주경』에 있는 말씀과 아주 비슷했다.

"하늘이 큰 책임을 이 사람에게 내리려 하심에 있어서는, 반드시 그 마음과 뜻을 고통스럽게 하고, 그 힘줄과 뼈를 수고롭게 하

며, 몸과 살을 굶주리게 하고, 몸을 궁핍하게 함으로써 그가 하려 하는 일을 거슬리게 하고 어지럽게 하는 것이다. 또한 이 사람이 마음을 움직이고 참고 또 참아서, 그 능숙하지 못한 것을 더욱 열심히 하게 함으로써 이겨내게 하는 것이다. ……순舜이란 사람은 밭 언덕에서 땀 흘리며 일을 하다가 등용되어 임금이 되었고, 부열은 토담을 쌓다가 발탁이 되어 중용되었고, 교격은 소금을 굽다가 등용되었고, 손숙오는 바다에서 고기잡이를 하다가 등용되었고, 백리해는 시장에서 장사를 하다가 발탁되었다."

뜀박질하는 뱃머리에서 으깨어진 파도 덩어리와 하얀 물보라가 갑판으로 날아왔다. 정약용은 물을 흠뻑 뒤집어썼다. 도사공이 그에게 얼른 방 안으로 들어가라고 했지만, 그는 아랑곳하지 않고 맹자를 외었다.

"……사람은 항상 허물이 있은 뒤에 하늘의 명령에 따라 그 허물을 고치게 되는 것이므로, 마음에 어려움이 있어 생각이 거슬린 뒤에 하늘의 명령에 의해서 실행하게 되며, 여기저기 비추어보고 그것이 하늘의 명령임을 징험하고, 그것이 그렇다는 말이 난 뒤에 깨닫게 된다."

그는 천주학에서의 신실한 신앙 행위를 부정하고, 조상신께 제사 지내는 것을 거역하는 천주학을 비난했지만, 하느님의 존재까지를 부정하지는 않고 살아가고 있었다. 또한 저승과 천국을 인정했다.

'두드리라, 그러면 열릴 것이다'라고 한 『천주경』의 말씀과 '구하면 얻고, 버리면 잃는다…… 구하는 데에 도가 있고 얻는 것에는 하늘의 명령이 있다'는 『맹자』의 말씀은 아주 비슷하다.

다시 파도덩이와 물보라가 날아와 그의 머리와 얼굴을 덮어씌웠다. 그는 이 악물고 주먹을 부르쥔 채 버티고 건너면서 생각했다. 세상에서 가장 강한 자는 하늘의 명령에 순응한 자이다. '하늘이 큰 책임을 이 사람에게 내리려 하시므로' 마땅히 하늘에 순응하는 것이 선비의 사업이다. 그 사업은 선비가 착한 행실로서 세상을 개조해나가려는 큰 행사이다.

강진에서 유배살이 하는 아우가 흑산도에서 유배살이 하는 형을 만나려고 가는 이 천륜의 뱃길, 위대한 뱃길…… 선비들의 세상을 구제하려는 어짊〔仁〕이라는 사업은, 하늘의 명령에 따라 내 안에서 형성되는 것이고, 부귀는 나의 사업의 결과에 따라 하늘이 내는 것이다. 험준한 산의 지름길은, 천명에 따라 부지런히 다니면 빨리 갈 수 있는 지름길이 되는 것이고, 다니지 않으면 띠밭으로 묵어버리는 것이다. 길을 내는 것도 천명을 받은 나이고, 길을 묵혀버리는 것도 천명을 받은 나이다.

이번에 흑산도의 형님께 다녀와서는, 하늘 길을 밟아 내려오는 어짊〔仁〕과 땅에서 솟아오르는 예禮가 한데 어우러진 '살아갈 만한 좋은 세상을 만드는 법'에 대하여 기술해야 한다. 그 책의 이름을 『방례초본邦禮草本』이라 붙여야 한다. 그 『방례초본』은 나라를 가장 순하게 다스리는 예법의 본바탕이 되는 책이어야 한다.

그때 도사공이 말했다.

"영감, 쩌그 보이는 쩌 아스라한 섬이 우이도(소흑산도)구만이라우."

슬픈 천륜의 은밀한 만남

　소흑산도의 우이보堡 모래밭에 배를 댄 것은 해 저물녘이었다. 소흑산도 뒷산 위로 피처럼 붉은 노을이 타올랐다.

　보를 지키고 있던 군졸 둘이 배로 올라왔다. 벙거지를 약간 삐뚜름하게 쓰고 창을 꼬나든 그들은, 도사공이 가지고 있는 출하 출항 문서를 들여다보고, 도사공과 새끼 사공과 화장 차림을 한 정약용의 몸을 샅샅이 뒤졌다. 이어 독과 동이와 항아리 속을 일일이 살폈다.

　그들의 검색이 끝나자, 관원의 아전이 올라와서 다시 출하 출항 문서를 확인하고, 배에 실린 질그릇들을 훑어본 다음 붓으로, 동이 둘과 항아리 하나와 옹배기 하나와 장병醬瓶 둘에 동그라미를 그리더니,

"이것들 관원으로 쪼개 가져다 놓고, 원대로 팔아보소잉" 하고 말했다.

도사공이 아전에게 굽실거리면서

"아따 해도 너무 하요이. 그렇게 많이 바쳐불고 나면 우리는 뭔 이득을 남기겠소? 항아리 하나 옹배기 하나 장병 하나는 되는디 동이는 안 되겠구만이라우. 양해해주시오이" 하고 울상을 짓고 엄살을 부렸다.

아전은 흥 하며 콧방귀를 뀌고 배짱을 부렸다.

"안 된다면 나도 안 되겠구만! 하루 내내 닻 여그다가 콱 박어놓고 있다가, 땅에 발도 내딛지 말고 그냥 돌아가소잉."

도사공이 쓴 입맛을 다시는 체하다가 슬그머니 한발 물러섰다.

"그럼 동이 한 개만 드릴랑께 허락해주시오이. 동이 둘은 너무 억울하요."

"그래, 그렇게 하드라고."

아전이 거만스럽게 고개를 끄덕거렸다.

키 작달막한 수졸 하나가

"우리한테는 저기 저 큰 도가지 하나만 주소이" 하고 말했다.

도사공이

"아이고오! 나리들 그 무슨 농담을 그렇게 하시오?" 하고 펄쩍 뛰었다.

오동통한 수졸이

"안 되면 우리도 안 되겠구만잉. 이따가 배가 지대로 뜨는지 못 뜨는지 두고 보드라고!" 하고 빈정거렸다. 키 작달막한 수졸이

"아니, 우리도 동이 하나라도 들고 영으로 들어가야, 우리 장군 님한테 면목이 서제잉. 안 그려?" 하고 말했다.

도사공이 선선하게

"까짓것 동이 하나 들고 가버리시오. 대신 우리 동네 한 바꾸 돌고 올랑께 배나 잘 지켜주시오이" 하고 나서 새끼 사공을 향해

"이것들 관원에다가 갖다드리고 한 바퀴 돎스롱 힘껏 외쳐봐라이. 너 혼자나 겨우 알아듣게, 모기 소리만 하게 외치지 말고, 배창시에서 우러나오는 큰 소리로다가 외치고 댜녀! 동네 구석구석 다 알아듣게 말이여. 알겄냐?" 하고 말했다.

새끼 사공이 동이, 옹배기, 항아리, 장병들을 바지게에 담아 짊어지고 관원을 따라갔다. 도사공이 동이 하나를 수졸들에게 넘겨주고, 정약용에게 예쁘게 생긴 항아리 하나를 안겨주며

"화장은 이놈 들고 나 따라오드라고잉!" 하고, 자기는 자그마한 시루 하나에다가 개고기포 자루를 재빨리 넣어 한쪽 어깨에 짊어지고, 모래밭으로 내려섰다.

마을로 들어서면서 도사공은

"강진 봉황 옹깃배 들어왔소오! 봉황 옹깃배요오! 튼튼한 도가지, 새우젓 동이, 떡시루, 허리 버들가지 같은 새각시들이 보듬고 자고 자퍼 환장들을 하는 항아리! 옹배기! 장병…… 있어야 할 옹기들은 다 있소오! 싸게싸게 후딱 팔아뿔고, 큰바람 터지기 전에 갈랑께 싸게싸게 나오시요오!" 하고 외쳤다.

긴 골목으로 들어가던 도사공은 아낙 한 사람을 만나 속삭이듯이

"여그 귀양살이 하는 양반이 어느 집에 사신다요?" 하고 물었다.

아낙은 뒷산 골짜기 안쪽을 가리키며 "이 골짜기로 죽 들어가면 서당이 있어라우. 거그서 시방 애들을 가르치고 기실 것이오" 하고 말했다.

도사공은 정약용에게 턱짓으로 뒷골 서당을 가리켜주면서

"내가 하듯이 옹깃배 들어왔다고 소리침스롬 얼른 다녀오시오! 니무 오래 있어서는 안 되고, 잠시만 얼른 만나고 오시오!" 하고 말하면서 개고기포 자루를 안겨주었다.

정약용은 항아리와 개고기포를 든 채 잰걸음으로 달려갔다. '옹깃배 들어왔소!' 하는 말은 입 밖으로 나오지 않았다. 숨을 헐떡거리며 달렸다. 집 한 채 없는 산골짜기이므로, '옹깃배 들어왔소' 하고 소리치는 것이 오히려 이상할 터였다. 빽빽한 소나무들과 그 사이사이에 피어 있는 철쭉꽃들이 그를 내려다보고 있었다.

서당은 뒷산 중턱에 있었다. 초가삼간이었다. 그가 자드락길을

타고 올라 서당에 당도했을 때는 바야흐로 땅거미가 내리고 있었다. 아이들은 모두 돌아가고 없었고, 훈장인 정약전이 혼자 앉아 있었다. 서당 방구석에는 소태 기름접시 불이 야울거리고 있었다.

정약용은 방문 앞으로 들어서면서

"형님!" 하고 말했다.

방 안의 정약전이 문을 열치고, 바깥에 선 정약용을 바라보았다. 정약용이 정약전에게 덤벼들어 얼싸안았다.

"형님!"

"아우야…… 내 아우 미용아, 이것이, 이것이 꿈이냐 생시냐!"

정약전이 "어헉어헉" 하고 울음을 터뜨렸다. 정약용도 "으흑으흑" 하고 울었다. 울고, 울고 또 울어도 속에서 뜨거운 울음이 계속해서 터져 나왔다.

울고 또 울고 하다가 깨어보니 꿈이었다. 꿈이 너무 허망하여, 그는 새삼스럽게 천장을 쳐다보면서 꿈에 본 형님의 모습을 떠올리며 울었다.

다산 초당으로 이사

　강진 귤동 다산 중턱의 자그마한 서옥의 주인인 윤단이 그 서옥을 정약용에게 빌려주겠다고 했으므로, 정약용은 연두색 머리처네의 은밀한 도움과 제자들의 집안 하인들의 힘을 얻어 서옥과 정원을 개수했다.

　본채인 서옥 양쪽에 자그마한 동암 서암 두 채를 지었고, 동암 옆에 연못을 팠다. 산골짜기의 샘물을 대롱으로 끌어들여, 연못으로 졸졸졸 흐르게 하고, 연못에는 수련을 심었다. 차 끓이는 부뚜막 돌로 쓸 편편한 원석 하나를 사립 쪽 마당 한편에 놓았다.

가운데 있는 서옥은 그가 혼자서 쓰고, 동암은 양반 자제들에게 쓰도록 하고, 서암은 아전의 자제들에게 쓰게 했다.

이때부터 그는 『방례초본』과 『목민심서』를 저술하기 시작했다.

그 책에서 그가 쓰고 싶은 것은 '세상을 올바르게 경영하는 지표', 즉 가장 진실한 예에 관한 것이었다. 그 지표의 요지, 그 첫째는 나라를 파탄 지경으로 빠지게 하는 양반 제도의 개혁이었다. 모든 사람이 평등한 사회를 만들고 싶은 것이었다. 그 둘째는 토지 분배였다. 농사법에도 무지하고, 경작 능력도 없는 양반 부호들이 이런저런 수단과 방법으로 많이 가지고 있는 토지를 빼앗아, 경작 능력이 있는 농민들에게 공동으로 소유하게 하고, 농사를 공동으로 지어 나누는 방법이었다. 그 셋째는 아전의 농간과 벼슬아치들의 착취를 척결하는 것이었다. 그 넷째는 모든 사람이 세금을 균등하게 내게 하는 것이었다.

그 책의 요지들과 그 구체적인 가닥과 그 얼거리들을 종이 한 장 한 장에 기록하여 차례로 쌓아놓고, 목민관들을 위한 지침서를 써 나갔다.

그는 언제든지 한 가지 책을 써가면서, 다음에 쓸 책에 대한 구상을 해나갔다. 한 가지 책이 끝나고, 다음 책을 저술할 때는 또 그 다음 쓸 책에 대한 구상을 해나갔다.

구강포에서 제자들과 함께 거룻배를 타고 가우도의 어촌 구경을 갔다. 이학래, 황상과 더불어 갔는데, 노 잘 젓는 이학래 집 하인이 함께 갔다.

그가 어느 곳을 구경 가는 것은 그냥 즐기려고만 가는 것이 아니었다. 그곳의 사람들과 하늘과 땅의 풍광이라는 거울 속에 자기 모습을 비쳐 보려는 것이었다. 비쳐 보면 내가 무엇인지, 내가 해야 할 일이 무엇인지를 알게 되는 것이었다. 그 목적을 달성하기 위해서는 양반 차림으로 가지 않고, 평범한 상민 차림으로 가야 했다. 천지 우주 삼라만상의 결과 무늬와 색깔을 제대로 감지하기 위해서는 편한 차림이어야 했다.

그들의 배가 뜬 지 오래지 않아, 큰 거룻배 다섯 척이 읍성 쪽에서 나오더니 귤동 포구 쪽으로 가고 있었다. 한 척에는 울긋불긋한 옷차림들이 타고 있었고, 다른 한 척에는 현감과 아전들이 타고, 또 다른 한 척에는 하인들이 타고, 마지막 두 척에는 강진 일대의 양반들이 타고 있었다.

"오늘 만덕사에서 신관 사또 환영 잔치가 있다고 하구만이라우."

이학래가 말했다.

스님들이 수도하는 절에서 세속 사람들이 무슨 잔치를 한다는 것인가. 채식만 하는 스님들이 어떻게 기름진 고기 음식과 술을 마련하는가. 성안에서 잔치를 하면 인근 사람들의 이목에 낯이 간지러우므로, 산속으로 들어가 잔치를 하는 것인가.

정약용은 먼바다로 눈길을 돌렸다. 한심한 사람들. 먼바다에는 햇살이 하얗게 쏟아지고 있었다. 수면에 깔려 있는 손바닥 크기의 거울 조각들이 그 햇빛을 되쏘고 있었다.

　가우도는 자그마한 섬이었다. 서남쪽 연안의 모래밭에 배를 대자 두 어부가 그물을 기우고 있었고, 다른 두 어부가 뱃일을 하고 있었다. 포구에는 고기잡이 중선 한 척이 들어와 있고, 벙거지 쓴 장교와 두루마기 차림에 갓을 쓴 서리가 그 배로 올라가고 있었다.

　"저것들 한탕하네이!"

　그물을 깁던 중늙은이 어부가 빈정거리듯이 말했다. 정약용이 그게 무슨 말이냐고 물으니, 옆의 키 작달막한 어부가 참견했다.

　"저 벙거지 쓰고 갓 쓴 것들이, 고기 싣고 들어온 배 한 척에 2백 냥씩을 뜯어낸당만이라우."

　"우리 잘잘한 배에서도 숭어, 농어, 도미, 가자미, 문어, 낙지…… 먹을 만한 것들은 다 뺏어가라우."

　"우리 개창 고깃배들이 스무 척인디 그 배들한테 날마다 고기 두 마리씩만 뺏어가면 몇 마리요? 저것들은 가만히 앉아 있다가 고기를 몇 구럭씩 뺏어가지고 간다니께요."

　정약용이 물었다.

　"그것을 다 어디로 가지고 간답니까?"

　"반은 사또한테 바치고, 반은 즈그들이 묵겄지라우."

　해가 질 무렵 노 저어 갈대밭을 지나 귤동 포구로 돌아오는데,

소나무 숲 사이로 만덕사 전각들이 보였다. 바다는 잔잔한데 만덕사 쪽에서 풍악 소리가 요란스럽게 들려왔다.

저 풍악과 기생들의 춤판 속에서 얼근하게 취한 채 즐기고 있는 현감은, 그들의 아전이나 장교들이 어부들을 착취하고 있다는 것, 그 착취한 것으로 그렇게 잔치를 벌이고 있다는 것을 알고 있을까.

지금의 강진 현감은 백성과 함께 즐기는 여민락을 알지 못하고, 천하의 모든 사람들과 즐거움을 함께하고 천하의 모든 사람들과 근심을 함께한다는 맹자의 말을 알지 못한다.

홍경래의 반란

    소나무 숲 사이로, 치자색 아침 햇살이 날아들었다. 저 햇살 한 오라기도 하늘의 뜻이다. 정약용은 천근만근인 듯 무거운 몸을 일으켰다. 늦잠은 몸과 마음을 낡아지게 하고 썩어 문드러지게 한다. 아침의 신선한 바람을 들이켜면서 운동을 한 다음 식욕이 돌게 하고 나서 아침밥을 먹어야 한다. 먹어야 새 기운이 난다. 새 기운이 나야만 끊임없이 사업을 기운차게 펼칠 수 있다.

    간밤엔 소쩍새들이 극성스럽게 울었다. 산에는 철쭉꽃들이 흐드러졌다. 새의 구슬픈 울음소리와 꽃들이 잠을 가져갔다.

간밤 내내 엎치락뒤치락했다. 잡념도 없고 꿈도 꾸지 않은 죽음 같은 깊은 잠 속으로 빠져들어버리고 싶은데, 뜻한 바대로 잠이 와주지 않았다.

엎치락뒤치락하고 있는 스스로를 꾸짖었다. 깊은 잠이 오지 않아 이런저런 잡념에 시달리고, 고향의 아내나 아들딸들을 그리워하고 있을 일이 아니다. 잡념은 나를 헛되이 소비하는 것이다. 이불 속의 달콤한 맛을 꿈지럭거리며 즐기는 것은 게으름이다. 게으름은 세상을 반만 살게 하는 악귀이다.

이 세상의 모든 것들은 물처럼 구름처럼 흘러간다. 흘러가면서 가뭇없이 사라지게 된다. 사라진다는 것은 허무하다는 것이다. 일단 마음에 걸린 것들을 허무하게 사라지지 않게 하려면, 그것들의 결과 무늬와 색깔을 속속들이 기록으로 남겨야 한다.

산림의 선비는 세상을 구제하기 위해 분투하는 삶을 살되 그 삶을 기록해야 한다. 시시콜콜 기록하여 남겨야 한다. 정감을 표현한 시도 쓰고, 슬픈 감회 기쁜 감회를 붓 가는 대로 마음 가는 대로 적는 수필도 쓰고, 세상 경영은 이렇게 해야 옳고 저렇게 하면 안 된다고 주장하는 논설문도 써야 한다. 친히 사귄 사람들의 올바르게 살아온 행적도 써주어야 한다. 그 올바른 행적을 남기는 것은 그 당사자에 대한 예우이고, 그와 친하게 산 나의 의무이자 권리이다.

일어나 불을 밝히고 글을 썼다. 방 공기가 차가워 이불을 뒤집어

쓰고 썼다.

전날 가우도에 다녀온 감회를 기록했다. 봄밤은 길다. 잠시 눈을 감고 앉아 있다가 『방례초본』 목록들을 들추어보고, 먼저 양반 제도를 비판하고, 그것을 개혁해야 하는 까닭을 썼다.

빠른 글씨達筆로 글을 썼다. 달필은 이로운 점이 아주 많다. 머리에 떠오른 생각이 사라지기 전에 그것을 글자로 붙잡아둘 수 있는 것이다. 한 생각을 일단 글자로 붙잡아놓으면, 다음 생각이 풀린다.

생각은 샘물하고 똑같다. 샘물은 자꾸 품어야 새로운 물이 솟아 나온다. 생각은 늘 꼬리에 꼬리를 물고 거미줄처럼 기어 나오기 마련이다. 그 생각을 품어내지 않으면 생각이 가득 차 있고, 가득 차 있으면 넘쳐흘러가 없어지거나, 다음의 새로운 생각이 솟아 나오지 않게 된다.

한 생각이 나오고 다시 한 생각이 따라 나오고, 또다시 한 생각이 따라 나오는 것들을 붙잡아 기록할 만큼 붓이 따라주어야 한다. 달필을 쓰는 손끝의 놀림과 머리 회전은 밀접하게 연결되어 있다. 붓을 놀리면 생각이 풀린다.

나의 달필, 그것은 하늘의 명령으로 말미암은 것이다. 정조 임금께서도 부러워하고 칭찬하신 달필이다.

달필은 물론 훗날 정서를 새로이 해야 하는 불편이 있다. 그러나 걱정 없다. 잡아서 내 방죽에 넣어놓은 물고기는 바다로 흘러 도망

가지 않는다. 달필로 쓴 것들을 그는 모두 이튿날 제자들에게 정서하도록 하곤 했다.

간밤 집에 갔다가 새벽같이 달려온 제자 윤동이

"서북 지방에 반란이 일어나 서울 민심이 흉흉하답니다" 하고 말했다.

정약용은 가슴이 우둔거렸다. 황해도 곡산이 생각났다. 거기에서 만난 이계심이 떠올랐다. 곡산 사람들은 의기가 강하다. 만일 서북 지방의 반란이 황해도에까지 이른다면, 이계심 같은 사람이 불만을 가진 백성들을 규합하여 합세하게 될지도 모른다.

'아 그렇다면……'

이미 유출된 그의 시 「애절양」이 걱정이었다.

'그것이 거기에까지 흘러갔을 수도 있다. 곡산 출신 중에 반란군이 된 누구인가가 정 아무개를 들먹거릴 수도 있다. 그러면 나의 적들이 그것을 기화로 나를 잡아들여 죽이려 할 것이다. 곧바로 사약을 내리라고 할지도 모른다.'

가슴의 불안이 머리로 치밀어 올랐다. 눈앞이 어지러웠다.

'아니다. 그럴 리 없다.' 마음을 가라앉히며 소쇄하고 아침밥을 먹고 차를 마셨다.

혜장이 보내온 차. 다신茶神이 제대로 우러나게 낸 차는 정신도 가볍게 하지만, 무거운 몸도 가뿐하게 한다. 새 힘을 돋게 한다. 차

210

에는 천지 우주를 움직이게 하는 신명이 들어 있다. 그 신명이 다 신이다.

윤동이 말을 계속했다.

"백성들이 난을 일으켰다고 합니다요."

"민란이란 말이냐?"

윤동이 그의 어두워진 얼굴을 흘긋 살피고 고개를 끄덕거리며 그렇다고 말했다. 윤동은 마을에서 듣고 온 말을 조리 있게 늘어놓았다.

평안도 다미에서 출생한 홍경래는 19세에 사마시에 실패하고, 집을 나가 방랑했다. 서울 사람들에게 알아보니, 거기에 급제한 자들은 모두 서북 이외의 지방 귀족 자제들이란 것이었다.

권문세가의 자제는 공부가 부족한 둔재라 할지라도 급제를 하지만, 시골뜨기들은 제아무리 뛰어나도 쉽게 합격할 수도 없다는 것이었다.

홍경래는 격문檄文에서 이렇게 말했다.

"임진란 때는 우리 서북 지역 백성들이 많은 공을 세웠고, 이런저런 변란에는 우리 서북 지역의 수많은 충신들이 일어나 나라를 도왔다. 그런데 조정에서는 우리 서북인을 중용하지 않는다. 서울 권문세가는 물론 그 밑에 빌붙어 사는 노비들까지도 우리 시북인을 평안도 상놈이라고 멸시하니 분개하지 않을 수 없다. 북쪽 오랑

211

캐를 제압하는 일에는 우리 서북인들의 힘을 빌리면서도, 조정은 4백 년 동안 우리 서북인들을 짓밟기만 했다."

홍경래는 재략이 뛰어나고 풍수와 점을 업으로 하는 우군칙과, 가산의 역속이며 부호로서 무과에 합격했지만 등용되지 못한 이희저와 문재가 뛰어난 곽산의 진사 김창시 등을 심복으로 하여 거사를 했다.

금광 채굴을 구실로 유민을 꾀어 장정을 모으고, 때마침 큰 흉년이 들게 되어 민심이 흉흉한 틈을 타서 굶주린 백성들을 끌어들였다.

홍경래의 본대는 박천을 함락시킨 후 서울로 남진하고, 1대는 김사용을 부원수로 하여 곽산·정주를 점령하고, 선천 이서의 여러 고을을 함락시키고, 안주를 공략하였다. 이희저의 부대는 가산을 습격하여 군수를 죽이고 관아를 점령했다.

곽산에서는 반군이 호응하였으므로, 곽천에서 용천에 이르기까지 한달음에 질풍노도와 같이 점령하였다. 점령지에는 군수나 현감을 임명하여 주관케 하고, 곡창을 풀어 굶주린 백성들에게 나누어줌으로써 인심 얻기에 주력하였다.

청천강 이북의 8읍이 홍경래의 손에 들어가게 되었다. 홍경래군은 남하하는 제1관문인 안주를 공략하기 위하여 박천의 송림리로 집결하였다.

안주에는 평안도 병마절도사와 목사가 천여 명의 병사를 모아

2대로 나누어 송림리의 홍경래군을 공격하였으며, 곽산 군수 이영식의 원군이 그들을 도왔으므로, 홍경래군은 대패하여 정주성으로 들어가 농성을 하게 되었다.

정부에서는 병조참판으로 양서위무사를 삼아 반란지를 위무케 하고, 정주성 안의 난군에게 귀순을 권고하였다.

홍경래군은 성을 굳게 지키며, 여러 번 성 밖으로 돌격하여 나왔으나 성과를 보지 못하고 농성만 계속하고 있었다.

정약용은 손에 붓이 잡히지 않았다. 뒷산에서 비둘기가 음산한 목소리로 울었다. '꾸국, 구구국' 하는 소리 사이에 '꿩꿩 푸드득' 하는 소리가 끼어들었다. 홍경래의 민란에 대한 생각이 그 새들의 소리와 함께 방 안을 맴돌았다.

그때 밖에서 그림자가 어른거리더니

"저, 초의이옵니다" 하는 목소리가 들렸다.

초의의 그 목소리가 그의 가슴으로, 다사로운 온기와 알 수 없는 빛살을 끼얹어주었다. '벗어나야 한다, 멀리 벗어나야 한다'는 말이 담겨 있는 온기와 새하얗게 눈부신 빛살.

왜 초의가 찾아왔다고 하자 '벗어나야 한다'는 새하얀 생각이 가슴으로 밀려들었을까. 머리 깎고 세속을 등진 스님은 스스로도 세속을 벗어나지만, 세속에서 벗어나지 못하는 사람을 벗어나도록 도와주는 사람이다.

그는 소통을 생각했다. 다산 서옥에서 만덕사로 올라가는 자드락길같이 뚫려 있는 소통. 그 소로를 타고 혜장은 정약용을 만나러 오고, 정약용은 혜장을 만나러 가곤 했다. 그 길은 유학으로 풀리지 않은 것은 불교로 풀고, 불교로 풀리지 않은 것은 유학으로 푸는 소통의 자드락길이었다.

이제는 그 소통을 초의가 도와주고 있었다.

초의가 들어와서 정약용에게 절을 했다. 초의는 언제나처럼 그에게 삼배를 했다. 초의가 하곤 하는 삼배는 가슴을 늘 뭉클하게 한다.

초의의 눈은 깊은 산속의 옹달샘처럼 맑았다. 정약용은 윤동에게 말했다.

"초의도 오고 했으니까, 우리 월출산에나 가자."

월출산은 영검한 산이다. 오늘은 세상 번뇌를 떨쳐버리고, 그 영검한 산속에 푹 파묻혀버리자.

윤동이 화들짝 좋아하며 말했다.

"제가 나귀를 준비할께라우. 엽전 몇 닢 던져주면, 산토끼 고기나 꿩고기에다가 잡곡 술을 맛볼 수 있는 토막을 제가 알고 있어라우. 백운동 옆에 있는 작은 계곡인디, 숲 사이로 보이는 월출산 봉우리 풍광도 아주 그만이어라우."

정약용은 훌훌 떨치고 나섰다.

월출산이 눈앞에 모습을 드러냈다. 윤동이 월출산을 바라보며 우스갯소리를 했다.

"선생님, 이 이야기 들어보셨습니까요? 옛날 옛적에, 조물주가 '전국 방방곡곡에 있는 모든 기암괴석 출중한 산들은 모두 강원도 금강산으로 모여라' 하고 명령했당만이라우. 그런께 강진 한복판에 서 있던 저 산이 금강산을 향해 몽그작몽그작 움직였는데, 바야흐로 영암 어귀에 이르렀을 때, 조물주가 말하기를 '이제 금강산이 꽉 찼으니 그만 오너라' 하고 명령해서, 그냥 저 자리에 멈춰 서버렸당만이라우."

빙그레 웃으면서 고개를 끄덕거리고 난 정약용이 월출산을 바라보면서 말했다.

"내가 보기에는, 사서와 구경九經을 모두 읽어 도통한 선비가 한밤중에, 진보라색 도포에 유건을 쓴 채 자기를 은애하는 여인의 거문고 음률과 소주에 건듯 취하여, 두 손의 손가락들을 모두 펴서 귀에 붙이고, 원형이정元亨利貞과 궁 상 곽 치 우를 춤사위로 너울너울 표현하다가, 도포 자락이 일으킨 바람에 촛불이 깜박 꺼져버리자, 하느님이 저 허공에다가 촛불 그림자로 형상화해놓은 산이다."

백운동

    정약용, 초의, 윤동은 들메끈을 단단히 하고 걸었다. 윤동의 하인이 걸망에 호로병 하나와 닭 한 마리를 묶어 짊어지고, 나귀 한마리를 끌면서 뒤따라왔다.

    윤동이 정약용에게 나귀를 타라고 권하자 정약용이 말했다.

    "내 다리는 서울에서 여기까지 걸어왔어도 탈 나지 않은 튼튼한 나귀 다리이다. 너나 타거라."

    정약용이 걸어가니 젊은 윤동이 타고 갈 리 없었다.

    윤동의 얼굴을 홀긋 보고 난 정약용이 초의를 향해 말했다.

"부처님 제자가 타야겠구먼."

초의는 싱긋 웃으며

"이따 돌아올 때 영감께서 타고 가시려면, 시방 저놈의 힘을 아껴놔야 해라우" 하며, 하인에게서 나귀 고삐를 받아 쥐고 끌었다. 나귀는 촐랑촐랑 방울을 울리며 따라왔다. 나귀 모가지에 방울을 다는 것은, 그 방울 소리에 장단을 맞추어 걸음으로써 지치지 말라는 것이다.

"쫄랑쫄랑…… 이놈 오늘 호강하는구나. 샌님 따라 월출산 백운동 복사꽃구경을 가고 있으니……."

솜씨 좋은 하늘의 석수장이가 창작해놓은 듯한 월출산의 웅긋쭝긋한 산봉우리에 이내가 끼어 있었다. 이내는 언제 보아도 신비스럽다. 산이 참으로 영검하게 생겼다. 산이 영검해 보이므로 그 아래에 있는 고을 이름을 영암靈巖이라고 지었을 터이다.

영검한 저 산은 세상사를 훤히 뚫어볼 것이다, 하고 생각하다가 "홍경래 그놈, 머지않아 잡혀 죽을 것이다" 하고 말했다. 윤동이 "네?" 하고 물었다.

정약용이 말했다.

"역사를 진실로 깊이 읽지 않은 자들은, 하늘의 명령을 빙자하여 흥망성쇠의 역사를 섣부르게 흉내 내다가, 그것의 수레바퀴에 깔려 죽는다. 모반은 수레바퀴에게 대드는 무모한 사마귀처럼 하잘것없는 건방진 자들이 하는 것이다. 이무기는 물이 키워주고, 바람이 날려 보내주어야 용이 되어 하늘로 날아간다. 아무리 잘생긴 힘 좋은 이무기일지라도, 물과 바람이 거스르면 숨이 막혀 죽는다."

얼마쯤 가다가 정약용이 다시 말했다.

"태조 이성계는 무력한 불교를 숭상하는 세력에 절망한 큰 물너울, 유학을 숭상하는 거대한 물너울(세력)과 바람 너울이 도와주었으므로, 고려를 무너뜨리고 새 왕조를 세울 수 있었다. 고려의 하늘을 떠받치고 있는 불교라는 대들보와 기둥들과 물림퇴들이 썩어 있었기 때문이다. 이성계는 썩은 목재들을 쓸어내버리고, 싱싱한 유학이란 목재로 새집을 지은 것이다."

초의는 그의 말을 들으며 월출산 천왕봉을 쳐다보았다.

정약용은 입을 다문 채 걸으며 생각했다.

'한 나라의 역사와 사회는 그것이 받들고 있는 하늘과 땅의 넓이와 부피만큼의 틀이 있다. 그 틀 속에 끼어 있는 한 알맹이의 인간이 어떻게 그 역사와 사회를 바꿀 수 있는가. 그것은 꿈꾸기이다. 그 개혁 꿈꾸기가 나의 글쓰기이다. 지금 쓰고 있는『목민심서』『방례초본』을 비롯한 모든 글쓰기가 그것이다. 그러한 꿈꾸기가 들어 있지 않은 글은 참된 글이 아니다. 꿈꾸기를 잘하면 그것은 성취될 수 있다. 어떻게 성취되는가. 후세 사람들이 그것을 읽고 실천하게 되는 것이다.'

백운동 옆 골짜기로 들어섰다. 절묘한 기암괴석들과 외틀어진

나무들 너머로 보라색 연봉들이 병풍처럼 둘려 있고, 맑은 물이 발 아래로 흐르는 그 골짜기에, 철 늦은 복사꽃이 피어 있었다.

자그마한 분지 안쪽에서 서북 편을 바라보고 있는 토막 하나가 있었다. 반백 머리로 알상투를 틀어 올린 사내가, 딸이라 해도 과언이 아닐 듯한 젊은 아내와 함께 살고 있는데, 사내는 사냥을 하기도 하고 마을에 가서 양식을 구해 오기도 한다고, 윤동이 말했다.

"어쩌면은 똑똑하고 야무진 상놈인데, 양반댁의 처자를 훔쳐가지고 들어와 살고 있는 듯싶기도 하고, 또 어쩌면 천주학을 신봉하다가 숨어들어와 살고 있는 듯싶기도 하고……."

알상투 사내는 정약용의 일행을 반갑게 맞이했다. 윤동이 정약용과 초의를 소개하자, 그들 부부는 눈물을 글썽거리며 정약용 앞에 머리를 조아렸다. 정약용 집안의 참담한 불행과 형과 동생의 슬픈 유배살이에 대하여 소상하게 알고 있었다.

알상투는 윤동의 하인과 더불어, 정약용 일행이 앉아 놀 자리를 봐주고, 닭을 잡아주었고, 그의 젊은 아내는 죽을 쒀주었다. 그녀의 아랫배는 불러 있었다.

알상투가 삶은 닭고기를 들고 왔다. 고기에서 김이 무럭무럭 났다. 알상투가 손에 물을 묻혀가면서 고기를 찢어주었다. 윤동이 술병을 들고 잔에 술을 따랐다.

초의가 보이지 않았다. 배고플 터인데 어딜 갔을까. 이리저리 둘러봐도 모습이 보이지 않았다. 석가모니 제자이므로 고기를 먹지 않으려는 것일까. 그럼 그 젊은 육신의 배를 무엇으로 채울 터인가.

"소피를 보려는 것인지 저쪽 숲속으로 들어가더니……."

윤동이 말하고 술잔을 올렸다.

"초의는 금방 올 테니께 먼저 고기에 술 한잔하십시오. 시장하실 터인데……."

점심때가 훨씬 기울어 있었다. 배 속에서는 꼬르륵 소리가 났다. 초의를 더 기다릴 수 없어, 닭 다리 하나를 들고 뜯어 먹으며 술을 한 잔 마셨다. 먼 길을 걸어온 데다 오랜만에 먹기 때문인지, 고기와 술이 입안에서 살살 녹는 듯싶었다.

윤동도 달게 먹었다.

그때 초의가 비탈진 기슭에서 내려왔다. 손에 무슨 풀인가를 한 줌 들고 있었다. 정약용이 초의를 향해 말했다.

"이서 오너라. 너 오늘은 파계를 하고, 고기에 술 한 잔 얼근하게 마시거라."

"그럼요. 이미 작정을 하고 왔구만이라우" 하면서 초의는 손에 들고 온 풀들을 내보였다. 그것들은 당귀 두 뿌리와 취나물들이었다.

"승검초(당귀) 뿌리는 죽에 넣고, 이 잎사귀는 수리취 잎사귀들하고 같이 고기를 싸서 드십시오."

초의는 흐르는 물에서 그것들을 씻어다가 정약용 앞에 놓았다.

정약용은 초의의 말을 따라 그 잎사귀들로 고기를 싸 먹었다. 당귀 향기와 수리취 향기가 입안에 감돌았다. 혼자만 먹기가 미안하여 정약용은 초의에게

"초의당, 오늘은 파계를 하거라. 부처님이 이 유배 온 죄인을 환대하라고 너의 파계를 눈감아줄 것이니라" 하고 말했다.

초의는 거침없이 닭의 날개 하나를 들어다가 달게 뜯어 먹었다. 윤동이 따라 주는 술도 거침없이 들이켰다. 누구의 눈치도 살피지 않았다. 그 모습을 본 윤동이

"스님 이때까지 도 닦으신 것 다 쓸데없고, 지옥 가게 생겼네" 하고 놀리자 초의가 태연스럽게 말했다.

"아까 저쪽에서 약초 뜯어가지고 닭고기 냄새를 맡으면서 내려오는데, 관세음보살님이 당부를 했어라우. 탁옹 선생하고 더불어, 고기랑 술이랑 먹고 마시고 푹 취해서 시도 짓고 노래도 부르고 춤도 추고 그러라고라우. 그렇게 더불어 화통和通해야만 유학 선비인 탁옹 선생의 답답해하고 불안해하시는 마음을 제도해드릴 수 있고, 그렇게 제도를 잘 해드려야만 지옥을 면할 수 있다고라우."

'하아, 초의당 이놈!'

정약용은 발그레해진 얼굴을 허공으로 쳐들고 "어허허허" 하고 유쾌하게 웃고 나서 말했다.

"너 이놈, 벌써 네놈이 지옥살이하는 나를 극락계로 제도했느니라."

술이 있고 한 맺혀 있는 글 선비들이 있는데 풍류가 없을 수 없었다. 정약용은 속에서 알 수 없는 기운이 샘솟고 있었다. 어웅하고 웅숭깊은 계곡의 음음한 기운이 그의 속으로 들어와서 시와 음률을 만들고 있었다. 시 한두 편을 지어 읊는 정도로는 풀리지 않을 듯싶었다. 초의와 윤동도 마찬가지였다.

초의는 목청 높여 범패를 한바탕 부르고 바라춤을 신나게 추고 싶었다.

소슬한 바람이 계곡 아래쪽에서 달려왔다. 수천만의 나뭇잎들이 찰랑댔다. 계곡의 모든 것들이 그들의 일행을 환영하고 축복해주고 있었다.

"초의당, 오늘 그대가 나에게 극락이 무엇인가를 제대로 보여주었느니라! 장차 나의 소망이 술 잘 마시는 스님이 사는 암자 옆에서 누에를 치며 사는 것이다."

정약용이 초의에게 술잔을 넘겼다. 초의는 무릎을 꿇고 술잔을 받았다. 윤동이 말했다.

"선비들이 마시는 것은 술이지만, 선승들이 마시는 것은 곡차라고 들었구만이라우."

"아니다. 선주禪酒라고 해야 한다" 하고 나서 정약용은 도도한 취흥을 어찌하지 못하고 초의를 향해 말했다.

"초의당은 재주가 아주 많다고 들었다. 한번 보여주지 않겠느냐?"

222

초의는 그 말을 기다리기라도 한 것처럼 방짜 대접 둘을 들고 일어서서 범패를 부르며 바라춤을 추었다. 젊은 아낙이 춤을 엿보았다.

백운동 계곡의 깊은 지맥 속에서 솟구쳐 오른 기운이 초의의 핏속으로 들어가 광기 같은 소리와 춤을 만들어내고 있었다. 대접 둘을 머리 위로 올려 찰크랑찰크랑 소리를 내면서 춤을 추었다. 끊어질락했다가 간드러지게 이어지고, 데구르르 구르며 흐르는 듯싶다가 카랑카랑하게 솟구쳐 오르는 그의 목소리에는 촉기가 어려 있었다. 그것은 일순간 날개를 치며 솟구쳐 오르는 매처럼 검푸른 구만 리 장천으로 날아갔다가 숲속의 꿩을 향해 급전직하했다.

초의가 소리와 춤을 끝냈을 때 정약용은 물었다.

"그런 광기를 감추고 중노릇을 어떻게 그렇듯 조용조용히 하는 것이냐? 그런 광기가 속에서 용트림을 하는데, 초의당의 글씨는 왜 그렇게 착하고 차분하고 정직하고 속기가 없고 온후하냐?"

초의가 말했다.

"빈도가 보기에도 겉에 입은 승복과 깎은 머리는 내숭이고, 속에는 오소리 잡놈과 늑대란 놈이 들어 있습니다요."

"어허허허……" 하고 정약용이 고개를 쳐들고 파안대소를 했다. 해는 이미 산 너머로 기울었다. 숲속은 어둑어둑해졌다.

윤동이 말했다.

"이제는 영감께서 재주를 보여주실 차례이옵니다요."

"이 풋늙은이야 기껏 시를 읊조리는 것밖에 무슨 다른 재주가 있겠는가? 내 청산도를 읊을 터이니, 초의당은 백운도로 응답을 하여라. 윤군은 무릉도원도를 읊조릴 준비를 하여라."

정약용의 이 말을 듣자마자, 초의는 머리에 시가 샘물처럼 고이기 시작했다. 윤동이 운자를 무얼로 할 것이냐고 물었다. 정약용이 말했다.

"운자란 것은, 중국 사람들 흉내 내는 속인들이나 가지고 노는 것이지, 이런 도솔천에 온 조선의 신선들은 그냥 조선 풍토에 알맞는 숨결로 읊어야 하네."

정약용은 윤동에게 조선 글로 적으라고 하고 나서, 윗몸을 양옆으로 천천히 흔들며, 초의가 범패를 부르던 것처럼 우수 어린 카랑카랑한 음성으로 한숨 쉬듯이 읊기 시작했다.

하늘로부터 지상으로 유배된 사람의 한스러운 가슴속으로 푸른 계곡의 시냇물이 흘러들고 있었다. 정약용은 그것을 다시 한문시로 읊어주었고, 윤동은 그것을 달필로 적었다.

청산은 어찌하여 청산인가 靑山何靑山

두물머리 말재의 넋이 兩水馬峴靈

고향의 그리움을 읊어낸 시 吟詩鄕愁病

열매로 마디마디에 열려 있어서 청산이지 果節節靑山

청산은 어찌하여 청산인가靑山何靑山

흰 구름안개 너울 타고 온 나그네가白雲霧乘客

뿜어낸 꿈이 푸른 잎 푸른 가지에靑枝葉噴夢

열리고 또 열리어 청산이지果果而靑山

청산은 어찌하여 청산인가靑山何靑山

새 세상 꿈이 자라나서新世夢生長

산이 되고 칙칙한 숲이 되고爲山爲森林

또다시 산이 되어 청산이지又爲山靑山

초의는 청산도를 들으면서 문득 솟구쳐 올라오는 뜨거운 울음을 참을 수 없었다. 시의 내용과 그것을 읊는 한 서린 목소리가 어우러져서, 그의 가슴을 아프게 했다.

정약용은 청산도를 통해 자신이 꿈꾸는 미래를 읊고 있었다.

초의는 백운도로 화답했다. 그는 시로써 그림을 그리고 있었다. 조금 전에 정약용이 그린 드높은 산 같은 푸른 꿈의 세상에다 흰 구름을 얹어 그리고, 그 바탕 위에다 시정에 겨운 세 사람을 앉혀놓았다. 도솔천의 주인이 잠깐 세상에서 입은 상처를 달래주고 있었다.

그때 알상투의 사내가 댓돌 아래 엎드리면서 울음을 터뜨렸다. 정약용과 초의와 윤동은 놀라 사내를 내려다보았다. 사내가 울음 섞인 소리로 말했다.

"소인은 죽었어야 할 몸이 시방 더럽고 구차하게 살고 있사옵니다요. 소인은 정약종 양반과 더불어 다니면서 전도를 했사옵니다. 그러다가…… 그 어른이 저 높은 곳의 그분에게 부르심을 받으신 다음, 소인은 이렇게 도망을 쳐서 구차스럽게 살고 있사옵니다요. 오늘 영감마님을 뵈오니, 마치 정약종 그 양반을 뵈는 것처럼 가슴이 뜨겁게 달아오르고 떨려 견디기 어렵나이다."

초의와 윤동은 당황하여 정약용과 알상투 사내의 얼굴을 번갈아 보았다. 정약용은 얼굴이 창백해졌다. 몸을 벌떡 일으켰다. 알상투 사내를 내려다보며 소리쳤다.

"너 이놈, 닥치지 못할까! 네놈의 세 치 혓바닥이 여기 앉은 사람들을 모두 도륙하는 비수가 됨을 왜 모르느냐? 나는 하늘 아래 얼굴을 마주할 수 없는 그 정약종 같은 사람 잊은 지 벌써 오래이니라. 이후 다시는 어떠한 경우에도 그 못된 세 치 혀를 놀리지 않도록 하기라."

댓돌로 내려섰다. 그의 집안을 폐족으로 만들어준 천주학의 망령이 이 월출산의 백운동에 기어들어와 있다니, 정약용은 몸서리를 쳤다.

"윤군, 무엇하느냐! 앞장서거라! 여긴 도솔천이 아니고, 저승사자 한 놈이 와서 버티고 있는 지옥문 앞이구나."

알상투 사내가 땅바닥에 얼굴을 비비며 용서를 빌었지만, 정약용은 뒤도 돌아보지 않고 자드락길을 비틀거리며 걸어 내려갔다.

월출산 마루 위로 피처럼 새빨간 황혼이 타오르고 있었다.

　강진 만덕산 기슭에까지 오는 동안 정약용은 아무 말도 하지 않았다. 머리에 초롱초롱한 별들을 머리에 인 채 숲속에 절진한 어둠을 응시할 뿐이었다.

　정약용은 속으로 울고 있었다. 그 울음소리를 초의는 눈으로 듣고 있었다.

　정약용은 심호흡을 거듭하면서 화를 달랬다. 그의 주위에는 정적들의 귀가 도사리고 있었다. 다 죽이고도 정약용을 죽이지 못하면 하나도 죽이지 못함과 똑같다고, 정적들은 말하고 있었다. 그 귀는 사사건건을 정적들에게 써 올리고 있을 터이었다. 정적들은 황사영의 백서사건 같은 것이 나의 주변에서 하나만 더 불거지기를 기다리고 있는 것이었다.

　만일 내가 다시 천주학 믿는 자들과 상종하는 것이 정적들에게 알려지면, 나는 물론 흑산도의 형까지도 사약을 받게 될 터이다. 이를 악물면서 생각했다. 무슨 일이 있어도 나는 살아 돌아가야 한다.

　초의는 정약용이 탄 나귀의 고삐를 하인에게서 빼앗아 끌며 걸었다.

　초당에 들어서자마자 불을 밝히고 먹을 갈았다. 홍경래 반군을 토포 평정해야 하는 이유를 조목조목 써나갔다. 만일, 그를 모함하는 경우를 대비함이었다.

한밤의 불청객

산 아래 마을에서 들려오는 개 짖는 소리에 정약용은 잠에서 깼다. 목탁새가 크렁크렁크렁 우짖었다. 불안한 예감이 정수리를 훑었다. 발자국이 잔 돌멩이를 굴리며, 산골짜기를 올라오는 듯싶어 몸을 벌떡 일으켰다. 누구일까. 서울에서 금오랑이 나졸들을 데리고 나를 체포하러 오고 있을까. 홍경래 수하의 어느 놈이 나를 걸고넘어진 것일까.

월출산에서 돌아오자마자 써놓은 '홍경래 반군 토포해야 하는 이유'를 떠올렸다.

서창에 달그림자가 어려 있었다. 심호흡을 하면서 마음으로 준비를 했다. 지금까지 살아 있는 것도 하늘의 뜻이고, 이제 잡혀가 다시 국청에서 한 방울 이슬로 사라지는 것도 하늘의 뜻이다. 서암과 동암의 제자들은 곤히들 자고 있었다.

발소리가 서암을 지나 그가 들어 있는 초당으로 오고 있었다. 정약용은 숨을 죽이고 귀를 크게 열었다. 발자국이 댓돌 앞에 와서 멈추었다.

"승지 영감!"

굵고 낮은 남정네 목소리였다.

"누구시오?"

"형방이옵니다."

형방은 숨을 가쁘게 쉬고 있었다.

형방의 목소리가 깊이 가라앉아 있었다. 정약용의 머리끝은 곤두섰다. 지난번, 병영으로 압송되어 당한 고초가 떠올랐다. 이제는 또 무슨 죄를 씌워 죽이려는 것인가.

"영감마님께 잠깐 드릴 말씀이 있어 왔습니다."

정약용은 불안한 마음을 가라앉히고, 문을 열어주며 들어오라고 말했다. 숲을 뚫고 날아든 달빛이 서창을 하얗게 밝혀주었다.

키가 호리호리한 형방은 부윰한 안으로 들어오자마자 정약용을 향해 큰절을 했다.

정약용는 그쪽에서 먼저 입을 열기를 기다렸다. 목탁새가 다시 울었다. 그 소리의 긴 여운이 방 안으로 들어와 맴돌았다.

형방은 두 손을 짚은 채 머리를 조아리며 말했다.

"영감마님, 용서해주십시오. 지난번에는 본의 아니게 무리에 휩쓸려서 그만……."

정약용의 머리에, 병마절도사영으로 압송되어 낭한 일들이 주마등처럼 지나갔다.

형방은 잠시 뜸을 들였다가 말을 이었다.

"소인이 시방 이렇게 불쑥 찾아와서 무례를 범하고 있는 것은, 절박한 상황에 처해 있는 불민한 소인을 도와주시라는 것이옵니다."

"이 죄인이 무엇을 어떻게 도와주어야 한다는 것인가?"

"저의 형님이 어젯밤에 죽었습니다. 급사입니다. 영감께서 소인하고 함께 저의 큰댁엘 가셔서, 정황을 살피고 저에게 귀띔을 좀 해주십시오. 자살인지, 타살인지, 타살이라면 범인은 누구인지…… 소인이 명색이 형방이기는 하지만, 배운 바 없고, 눈이 밝지 못한 한낱 무지렁이 아전일 뿐입니다. 죽은 사람이 소인의 형이고, 또한 워낙 갑자기 당한 일이라 떨리기만 하고, 어디서부터 가닥을 풀어야 할지 도저히 감이 잡히지를 않습니다. 억장이 무너지게 슬프고 억울하고 분하고 기막히기만 할 뿐, 귀도 코도 눈도 멀어버려서, 그냥 막막하기만 합니다. 승지 영감께서는 전에 형조참판으로 계실 적에, 명판관이셨다는 말을 들었습니다. 소인의 형수,

미망인은 슬피 울면서 말하기를, 술을 마시고 들어와서 방사를 치르는 도중에, 갑자기 입에 거품을 물고 몸을 벌벌 떨고 숨을 거두었다고 합니다. 그런데 아무래도 의심스럽습니다. 승지 영감, 소인의 불쌍한 형님을 위해서, 어려운 걸음을 한번 해주시기 바랍니다. 영감께서 거기에 가신 일은 어디에도 발설하지 않고 조용히 덮어지도록 하겠고, 이 은혜는 평생 잊지 않겠습니다."

정약용이 물었다.

"어젯밤에 별세했다면, 낮에 이미 염을 해서 입관은 했겠는데?"

형방이 말했다.

"소인은 아침밥을 먹은 다음에야 부음을 듣고 달려갔는데, 형님은 살아 있는 것처럼 반듯하게 누워 있었고, 목욕을 이미 깨끗하게 시켜 수의를 입혀놓은 상태였습니다."

시신의 상투

이스름 달빛이 깔린 골짜기를 내려갔다. 달은 서쪽 하늘에 떠 있었다. 포졸이 나귀 한 마리를 대령해놓고 있었다. 형방이 정약용에게 나귀 등에 오르라고 청했다. 나귀의 방울 소리가 수묵으로 그려놓은 듯한 숲을 울렸다.

구강포를 내려다보는 마을로 갔다.

골목으로 들어서자 삽살개 짖는 소리가 달빛을 흔들었다. 달빛은 감나무와 팽나무 위에서 하얀 두루미 떼처럼 앉아 있었다.

여인의 울음소리가 들려오는 기와집 대문 앞에서 나귀가 섰다.

그들이 마당으로 들어섰을 때 여인의 울음소리가 높아졌다.

그 울음소리를 들은 순간 정약용은 여인이 거짓으로 울고 있다고 느꼈다. 울음소리의 무늬와 결에 피맺힌 슬픔과 회한이 들어 있지 않았다. 그것은 가슴으로부터 솟아 나오지 않고 있었다. 목소리와 입만으로 울고 있었다.

대문간을 지키고 있던 포교와 포졸 하나가 형방과 정약용에게 정중하게 고개 숙여 예를 표했다.

정약용과 형방이 방으로 들어가자, 여인이 한쪽으로 비켜주면서 두 손으로 얼굴을 덮고 계속 울었다. 삼십 대 후반일 듯싶은 인이었다. 옆에 있던 키 헌칠하고 몸 튼실한 젊은 남정네가 안쪽 구석으로 몸을 피해주었다.

정약용은 남정네의 몸에서 날아오는 시큼한 땀내 어린 체취를 맡았다. 촛불 빛 어린 거무튀튀한 얼굴을 뚫어보았다. 머리에 번개처럼 예감 하나가 그어졌다.

정약용이 형방에게 물었다.

"뒤에 서 있는 자는 누구인가?"

형방이 대답했다.

"소인의 사돈입니다."

"망자의 처남인가?"

"그렇습니다."

정약용은 여인과 남정네를 비교해보았다. 남매인데 전혀 닮은 구석이 없었다.

"혹시 이복남매이거나 의붓동생 아닌가?"

"사실은 이복남매도 의붓 사이도 아닌 남남입니다."

입관이 되어 있었고, 관 앞에는 제상이 놓여 있었고, 제상에 서 있는 촛불이 사방으로 빛을 날려 보내고 있었다.

정약용은 관 앞에 엎드려 두 번 절을 했다. 그의 옷자락이 일으킨 바람에 촛불이 흔들거렸다. 그의 그림자들이 바람벽에서 춤을 추었다.

여인은 얼굴을 가린 채 더 서럽게 울었다. 형방은 관 앞에 무릎을 꿇고 있었다.

정약용이 물었다.

"슬하에 자식이 없었는가?"

형방이 대답했다.

"아들 둘 딸 셋을 두었는데, 역병으로 모두 죽었습니다."

"관 뚜껑을 열게나!"

형방이 안쪽 구석의 남정네에게 말했다.

"사돈, 널 뚜껑 좀 여소."

"뭣하게 열어라우?"

울던 여인이 얼굴에서 두 손을 떼어내며 반발했다. 슬피 울 때의 고운 목소리가 아니었다. 목소리가 파열되고 있었다. 정약용은 여인의 눈이 겁에 질려 떨고 있다고 생각했다.

형방이 퉁명스럽게 말했다.

"나 하는 대로 잠자코 보시오."

사돈이라는 남정네가 밖으로 나갔다가 들어왔다. 손에 자귀를 들고 있었다.

자귀와 그것의 자루를 잡은 남정네의 손을 보며, 정약용은 그 남정네가 목수라고 직감했다. 자귀의 날이 하늘로 두르게 잡고 있는 것이 아니고, 땅을 향하도록 잡고 있었다. 그것의 날은 하얗게 벼려져 있었다.

"어서 열소!"

형방의 말에 남정네가 널 뚜껑을 열었다. 여는 솜씨가 익숙했다. 바야흐로 썩기 시작하는 역한 냄새가 날아왔다. 형방이 촛불을 들어 올려 널 안을 비쳐주었다.

입관은 상례에 맞지 않게 되어 있었다. 수의를 입힌 시신을 동여 묶지 않았다. 시신은 흰 바지저고리와 두루마기를 입은 채 흰 주검 두건을 쓴 채 반듯이 누워 있었다. 다만 널 네 구석의 빈틈을 헌 옷가지로 쑤셔 넣어 매웠을 뿐이었다.

형방이 말했다.

"형수님이 동여 묶지 말자고 해서……"

정약용이 말했다.

"두건을 벗기게!"

"무얼 더 보려고 그것을 벗겨라우! 좋은 세상으로 고이 가시는

235

어른 욕되게 건드리지 마시오!"

여인이 손사래를 치면서 앙칼스럽게 말했다.

정약용이 자귀를 손에 든 채 뒤로 물러나 있는 남정네를 턱으로 가리키며 말했다.

"사돈이 벗기게나."

남정네가 주저했다.

"벗기게."

형방이 말하자, 남정네는 마지못해 다가가 두건 끈을 풀고 벗겼다. 두껍고 튼실한 손이 떨고 있었다. 정약용은 두건을 벗기고 있는 남정의 얼굴을 살폈다. 남정네의 얼굴은 납덩이처럼 굳어져 있었다.

형방이 촛불로 널 안 시신의 얼굴을 비쳤다. 시신의 얼굴 살갗이 검은 보라색으로 변해 있었다. 이마의 색깔이 더 진했다.

정약용은 곱게 빗겨 올려 짜놓은 상투를 주의 깊게 내려다보았다. 타살이라고 직감하며 진저리를 쳤다. 상투 속의 정수리에 의혹 덩어리가 숨어 있다고 생각됐지만, 그는 "복상사라고 했었나?" 하고 물었다. 그 말을 따라 소복한 여인이 관 앞에 엎드리면서 울부짖었다.

"팔자 사나운 이 못된 년을 죽여주십시오."

정약용이 말했다.

"은비녀가 있는가?"

236

여인의 얼굴이 금시에 밝아졌다. 울음을 그치고 장 서랍에서 은비녀를 가져다 주었다. 형방이 촛불 빛을 되쏘는 은비녀를 받아 정약용에게 내밀었다. 정약용이 형방에게 말했다.

"입을 열고 그것을 넣어보게."

형방이 시신의 입을 열고 은비녀의 꽁무니를 밀어 넣었다. 시신은 이를 굳게 다물고 있었다. 잠시 후에, 정약용이 꺼내라고 말했다. 은비녀의 색깔은 변하지 않았다. 독살은 아닌 것이었다.

정약용이 형방에게 말했다.

"주위를 물리게. 미망인과 처남까지 모두……."

미망인과 남정네가 뒷걸음질을 쳐서 문밖으로 나갔다.

정약용이 형방만 알아들을 수 있도록 낮게 말했다.

"저 두 사람을 포박해놓고 들어오게!"

형방이 촛불을 놓아두고, 밖으로 나가 포교에게 명했다.

"저들 둘에게 오라를 채워라!"

포졸들이 두 남녀에게 덤벼들었고, 두 남녀가 몸을 피했다. 여인이 앙칼스럽게 항의했다.

"초상 치를 사람한테 이 무슨 짓이오?"

남정네가 떨리는 목소리로 항의했다.

"나한테 무슨 죄가 있다고 이러는 거요?"

정약용은 방으로 들어온 형방에게 말했다.

"시신의 상투를 풀어헤치고, 정수리 부분을 더듬어보게!"

정약용이 시키는 대로 하던 형방이 경악했다. 형방이 부들부들 떨면서 울부짖었다.

"아이고 형님!"

정약용이 물었다.

"무엇이 만져지는가?"

형방이 정약용에게 말했다.

"딱딱한 쇠가 만져집니다."

정약용이 말했다.

"목수들이 쓰는 큰 쇠못일 걸세."

형방이 촛불을 가져다가 정수리의 쇠못을 살피고 소리쳤다.

"과연 그렇습니다."

아, 무엇이 그들 남녀로 하여금 그러한 끔찍한 죄를 저지르게 했을까. 무지몽매하여, 하늘이 내려다보고 땅이 쳐다보고 있음을 알지 못한 까닭이다.

정약용을 등에 실은 나귀는 목에 달린 방울을 흔들어, 스무사흘 꼭두 새벽녘의 달빛을 엮으면서 귤동의 초당을 향해 가고 있었다. 희부연 하늘에는 별들이 성기게 떠 있었다.

청혼

　해가 서산마루에 걸렸는데, 옥색 도포 차림의 윤서유가 찾아왔
다. 그의 하인이 음식 짐을 짊어지고 뒤를 따랐다. 정약용에 대한
관아의 감시가 느슨해지자, 윤서유는 아들 창모를 그에게 보내 글
을 읽게 하고, 스스로도 가끔씩 초당에 들르곤 했다.
　분주하게 써가던 『목민심서』 초고를 제쳐놓고, 윤서유를 맞았
다. 윤서유는 방에 들어서면서
　"오늘은 승지 영감을 사업 밖으로 나와 쉬게 해드릴라고 왔구만
이라우" 하고, 두 손을 짚고 머리 숙여 예를 갖춘 다음, 하인이 짊

어지고 온 음식들을 내놓았다. 닭고기와 생선구이와 떡과 나물과 식혜 들이었다. 일부를 떼어 글 읽고 있는 동암과 서암의 제자들에게 나누어주고, 둘이는 초당에서 호로병의 술을 대작했다. 술이 얼근해졌을 때 윤서유가 말했다.

"내 자식, 창모라는 놈 어떻던가라우?" 하고 물었다.

정약용이 말했다.

"창모 그 아이, 키 헌칠하고, 얼굴 준수하고, 명석하고, 착하고, 순하고, 부지런히 글 읽고, 시도 잘 짓고…… 버릴 데라고는 없습니다."

윤서유가 정약용의 옆으로 다가앉으며 손 하나를 끌어다가 잡았다.

"오늘 사실은 내가 정식으로 청혼을 하려고 왔는디 어떻소? 허락하시겠소?"

"제 딸하고 말씀이오?"

정약용은 놀라운 눈으로 윤서유를 건너다보았다. 윤서유가 부드럽고 낮은 목소리로 겸손하게 말했다.

"하늘 저울〔天秤〕에다 실으면 물론 영감 쪽이 무겁고, 내 쪽이 가볍겠지만, 이곳 풍속으로는 신부 쪽이 약간 무거운 혼사가 좋다들 하요잉."

정약용은 고개를 저으면서 말했다.

"안 됩니다. 아비는 죄인이고, 그 아이는 폐족 집안의 딸이오."

"세교인 우리 사이에 이 무슨 서운한 말씀이시오? 머지않아 영감의 유배는 풀리고 맙니다. 내 진정으로 청혼을 합니다."

두 사람의 눈길이 서로의 눈 속으로 파고들면서 진정성을 읽었다. 그들은 말없이 상대의 손을 잡은 손아귀에 힘을 주어 흔들었다.

"영감, 내 청혼을 허락하시는 것이지요? ……이제 우리는 세교에다가 사돈까지 되었소. 저세상에 계시는 두 분께서 만나 축하주를 마시고, 불쾌해진 얼굴로 서로를 얼싸안고 파안대소를 하실 것입니다. 어허허허……."

윤서유는 동암에서 글을 읽고 있는 창모를 불러, 정약용에게 큰절을 하도록 한 다음 말했다.

"오늘부터는 승지 영감을 네 장인으로 뫼셔야 하느니라."

창모는 무릎을 꿇은 채 부끄러워 얼굴을 숙였다. 밖에서 날아든 석양빛살로 인해 음영 짙은 창모의 얼굴은 더욱 수려해 보였다.

통곡하는 신부, 정약용의 외딸

두물머리 마재 소내 마을에 있는 정약용의 집에 경사가 났다. 정약용의 딸 혜련이 전라도 강진 윤서유의 아들 창모에게 시집가는 날이었다.

초례청에 나가야 할 신부가 연지곤지 찍고 족두리를 쓴 채, 두 손으로 얼굴을 가리고 통곡을 했다.

"웬일이냐? 어서 뚝 그쳐라."

어머니 홍씨가 말했고, 울음소리를 듣고 안으로 들어온 큰 오랍 학연이

"상서롭지 못하게 이 무슨 짓이냐?" 하고 꾸짖었다.

들러리가 신부의 등을 토닥거리기도 하고, 눈물을 수건으로 훔쳐주기도 하면서 달랬다.

신부는 울음을 그치지 않았고, 사람들은 곧 신부가 우는 까닭을 알았다.

신부는 강진에서 온 신랑의 하인이 지고 온 함 속에서 나온 자그마한 그림 족자 한 폭을 가슴에 안은 채 울고 있었다. 그것은 만발한 매화꽃과 파랑새 한 마리가 그려져 있는 그림이었다. 그 그림은 유배 중인 아버지 정약용의 솜씨인데, 어머니 홍씨가 신혼 초에 입던 색 바랜 붉은 치마폭을 잘라낸 천에다 그린 것이었다.

정약용은 아내가 보내온 빛바랜 여섯 폭의 붉은 자락치마를 받아들고, 한동안 허공을 쳐다보았다. 열여섯 살 난 신부인 아내 홍씨의 아랫몸을 감쌌던 붉은 치맛자락, 그것에는 예쁜 여인의 몸에 사악한 귀신을 범접하지 못하게 하는 방편이 담겨 있었다. 가슴을 하얀 치맛말로 질끈 동이고, 땅 쪽을 튼 치맛자락은 여인의 몸에 땅의 음기가 스며들게 하는 옷이다.

아내의 음기 가득한 몸에서는 아홉 아이가 태어났다. 어린아이 적에 다섯을 잃고, 네 살배기 막내 농장이마저 잃은 후, 아들 둘 딸하나만 장성했다.

아내는 왜 외딸의 혼례를 앞두고, 이 빛바랜 붉은 자락치마를 깨끗하게 빨아, 다듬이질과 다리미질을 해서 보내왔을까. 이것으로 자식들의 몸과 마음에 악귀들이 범접하지 못하도록 방편을 해달라는 것일 터이다. 아니다. 이 붉은 치마폭으로 남편인 나를 감싸 보호하려는 것이다.

정약용은 그것을 여섯 개로 잘라낸 다음, 다섯 개는 첩帖으로 만들어 두 아들에게 각각 한 개씩을 주고, 셋을 서가에 올려놓기도 하고 책상을 덮기도 하기로 했다. 나머지 한 개는 족자를 만들어 딸에게 주기로 했다. 거기에 매화꽃과 파랑새 한 마리를 그리고 화제를 썼다.

훨훨 날아온 새
내 뜰의 매화 가지에 앉았다.
매화 향 짙게 풍기자
향기 그리워 날아왔구나.
이제부터 여기 머물러 지내며
가정 이루고 즐겁게 살아라.
꽃도 이제 활짝 피었으니
열매도 주렁주렁 열리겠구나.

翩翩飛鳥 息我庭梅 有烈其芳 惠然其來
爰止爰棲 樂爾家室 華之旣榮 有蕡其實

시를 내리글씨로 쓰고 그 옆에 잔글씨로 설명을 달았다.

순조 13년 7월 14일에 열수 풋늙은이가 다산의 동암에서 쓴다. 내가 강진에서 귀양살이를 몇 년째 하고 있을 때, 아내 홍씨가 낡은 치마 여섯 폭을 보냈는데, 세월이 오래 흘러 붉은 빛깔이 변했기에, 가위로 잘라 첩을 만들어 두 아들에게 남겨주고, 나머지로 이 작은 족자를 만들어 딸에게 준다.

그 족자 사이에 편지 한 장이 끼어 있었다. 짤막한 한글 사연이 담겨 있는 편지.

지금 갇히어 사는 아비가 내 사랑하는 딸에게 줄 수 있는 것은 오직 이것뿐인 것을 어찌하겠느냐.

— 다산 아비

정약용의 딸 혜련은 초례청에 들어가려 하지 않고, 아버지의 사랑 가득 담긴 족자와 편지로 얼굴을 가리면서 흐느껴 울고 또 울었다. 눈물로 인해 연지 곤지가 다 지워졌다.

아들 학연의 슬픈 권고

들판에 황금물결이 일어나는 때에 아들 학연이 왔다. 앳되던 아들의 얼굴에 난 코밑수염과 턱밑수염이 더욱 예쁘고 의젓해졌다.

학연은 아버지에게 절하고 나서

"송구하옵니다. 불초 소자가 아버지를 욕되게 하기만 했사옵니다" 하고 방바닥에 엎드리면서 오열했다.

그것은 학연이 바라를 두드려 아버지 정약용의 억울함을 임금에게 호소(격쟁)한 일을 두고 하는 말이었다. 학연은 길고 애절한 호소문을 제출했는데, 임금이 그것을 읽었고, 임금은

"아들의 효성이 지극하다. 그의 아버지 정약용을 특별히 용서해
준다"는 교서를 내리려 했다. 한데 방해하는 대신 서용보의 상소
로 말미암아 석방의 은혜를 입지 못했다.

"아니다. 네 효성을 다 헤아리고 있느니라."

밤에 나란히 누워 잠을 자다가 정약용이 말했다.

"네가 양계를 한다는 소식을 들었는데, 양계야말로 진실로 좋은
농사다. 양계를 하는 데에도, 선비가 하는 사업답게 품위 있고 깨
끗하게 할 수 있고, 또 저속하고 불결하게 할 수 있는 법이다. 품위
있고 깨끗하게 하려면, 농사에 관한 책을 완벽하게 읽어, 가장 좋
은 양계법을 골라 시험해보는 것이 좋다. 닭의 색깔과 종류를 구별
하여 길러보기도 하고, 홰를 다르게 만들어 닭이 올라앉게 하기도
함으로써, 다른 사람의 닭보다 더 깨끗하고 살찌고 더 잘 번식하게
해야만 한다. 그러다가 닭들이 서로 사랑하고 정답게 놀거나 알을
낳고 꼬꼬댁거리거나, 꼬끼요 하고 소리 높여 우는 정경을 시로 읊
기도 하고, 사실적으로 그리는 수필을 쓰기도 하고, 그 닭들의 삶
에서 천지 우주의 원리와 세상의 물정을 파악하는 일도 해야 하느
니라. 그래야만 그것이 선비로서 독서한 사람의 양계일 수 있는 것
이다."

그는 잠시 말을 끊고 심호흡을 하고 나서 말을 이었다.

"만약 닭을 키워 이익만 보려 함으로써 의로움을 보지 못하고,

그저 생각 없이 기를 뿐 기르는 고고한 정취를 모른다면 그것은 졸렬한 소인의 양계일 뿐이다."

밤이 깊어지도록 잠들지 못하던 학연이 아침 일찍 일어나서 옷을 주워 입더니, 그의 앞에 엎드린 채 괴나리봇짐에 넣어온 편지를 꺼내 내밀었다. 강진에 갇혀 사는 아버지를 향해, 차마 얼굴을 들고 말로써 할 수 없는 말을 편지로 써온 것이었다.

그 편지를 읽는 정약용의 가슴에서는 뜨거운 불덩이가 솟구쳐 올랐다.

편지의 내용에는 이 사람 저 사람이 충고했다는 말들이 담겨 있었다.

……그대의 아버지가 유배에서 풀려나지 못한 것은 관직에 있는 동안 너무 많은 적들을 만들었기 때문이다. 지금 그대 아버지가 풀려나오느냐 풀려나오지 못하느냐 하는 열쇠는, 그대 아버지의 손에 들어 있다. 그대 아버지가 스스로 머리를 낮추고, 하늘을 감동시키고 땅을 녹이는 문장으로써 미워하는 적들에게 용서해달라고 빌면 된다. 찾아다니면서 비는 것이 아니라, 편지 한 통씩을 써 보내 통사정하면 된다.

정약용은 가슴속에서 울분이 솟구쳐 올라왔다. 천 리 길을 타박

타박 걸어서 온 까닭으로 지쳐 있는 아들에게 울화 치민 얼굴을 보일 수 없었다. 치민 울화를 풀기 위해 소리를 친다고 해서 될 일도 아니었다.

그는 편지를 접어 봉투에 넣고 나서 아들에게 말했다.

"네가 차마 입으로 할 수 없는 말을 편지로써 했으므로, 나도 편지로써 말하겠다."

아들이 먹을 갈아주었고, 그는 가슴에 맺힌 생각들을 내려쓰기 시작했다.

사랑하는 아들아,

너의 편지를 자세히 보았다.

천하엔 두 개의 큰 기준이 있는데, 하나는 그 일을 하는 것이 진리이냐 아니냐의 기준이고, 다른 하나는 그 일을 하면 이익이 되느냐 해가 되느냐 하는 기준이다.

이 두 기준에서 다시 네 가지의 큰 등급이 나온다.

첫째, 진리를 지키면서 이익을 얻는 것이 가장 큰 등급이고,

둘째, 다음 등급은 진리를 지키면서 해를 입는 경우이다.

셋째, 그다음 등급은 진리 아닌 것을 추종하면서 이익을 얻는 경우이고,

넷째, 마지막으로 가장 낮은 등급은 진리 아닌 것을 추종하면서 해를 입는 것이다.

이제 나에게, 내 사촌 처남인 홍의호 판서에게 편지를 보내, 이 때껏 내가 잘못 살아왔다고 항복을 하면서 풀어줄 것을 애걸하고, 강준흠·이기경·목만중·홍희운 등에게 꼬리를 치며 동정해줄 것을 애걸해보라고 했는데, 이것은 세 번째 등급, 즉 진리 아닌 것을 추종하여 이익을 얻으라는 것이다.

그것은 결국 마지막 네 번째 등급, 즉 진리 아닌 것을 추종하여 해를 입는 것으로 떨어지고 마는 것이다.

내 사랑하는 아들 학연아, 내가 왜 그런 짓을 하겠느냐.

내가 한 번 그들에게 동정을 바라고 애걸한다면, 그들이 모여서 '정 아무개 저놈은 진짜 간사한 놈이다. 애절한 목소리로 우리를 속이고 다시 서울로 올라와서는, 제 마음대로 겁나는 일들을 저지르려고 그러는 것이다'라고 하며 비웃을 것이다.

내가 고향으로 돌아가느냐, 돌아가지 못하고 강진에서 생을 마치느냐 하는 것은 진실로 큰일이다. 그러나 당장에 죽고 사는 일에 비하면, 그것은 하잘것없는 일이다.

사람이란 때로 잡은 고기를 버리고, 곰처럼 미련한 방법을 취할 때도 있듯이, 삶을 버리고 죽음을 택할 때도 있다.

하물며 돌아가느냐 못 돌아가느냐 하는 일을 가지고, 나를 미워하는 자들에게 꼬리를 치면서 동정해달라고 애걸한다면, 만일 나라에 외침이 있을 경우, 임금을 배반하고 짐승 같은 적군에게 투항하지 않을 자가 몇이나 되겠느냐.

내가 살아서 고향에 돌아가는 것도 내 운명이고, 돌아가지 못하는 것도 내 운명이다. 그러하지만 사람이 사람으로서 해야 할 일을 다하지 않고, 천명만 기다리는 것은 진실로 도리가 아니다.

내가 사람으로서 해야 할 일을 다 했음에도 불구하고 돌아갈 수 없다면, 이 또한 내 운명인 것이다. 마음을 크게 먹고 걱정하지 말고 시일을 기다려보는 것이, 도리에 십분 가까운 것이니 다시는 여러 말 하지 말라.

— 다산 아비가 쓴다.

아들 학연은 아버지의 달필 편지를 읽고, 드높은 산 같은 아버지의 뜻에 감동하고 부끄러워하며 엎드려 절하면서 용서를 빌었다.

길 잃은 자의 절망

혜장은 만덕사를 버리고, 대둔사 옆 골짜기에다 자그마한 암자를 짓고 거기에 틀어박혀버렸다.

정약용과 만난 뒤부터 혜장은 절망했고, 정약용에게 술에 취하여 찾아와서 항의하듯이 말했다.

"영감은 적들에 의해서 강진에 갇혀 있습니다요. 영감은 스스로가 스스로를 또 다산 초당에 가두어라우. 또 스스로 마련한 선비로서의 사업 속에 스스로를 가두었고, 다시 또 영감만의 이념과 고집 속에 스스로를 가두고 있습니다. 결국 영감의 삶은 주인으로서 사는 것이 아니고, 쇠고랑을 찬 노예로서의 감옥살이 같은 삶을 살고 계십니다요. 만일 영감의 삶이 큰 의미를 가진 삶이고, 모든 사람이 영감처럼 살아가야 한다면, 우리 인간의 삶은 결국 노예처럼 갇혀 살아야 한다는 것 아닙니까?"

혜장은 속박을 모르는 자유인이었다. 몸과 마음을 억압하는 구속으로부터 벗어나, 자유자재한 순수를 살고 싶어 하는 자유인.

혜장은 불교가 표방하는 '해탈'을 믿었다. 참선을 통해, 속박으로부터 벗어나, 자유로운 마음의 해방감과 환희를 느끼려 한 것이었다. 그야말로 해탈, 육신으로부터의 자유를 얻으려 한 것이었다.

육체를 가지고 있는 사람이 어떻게 그 육체로부터 참으로 벗어날(해탈할) 수 있는가. 사람의 모든 욕망은, 육체가 맛있는 음식을 먹고 싶어 하고, 따뜻하고 화려하게 옷을 입고 싶어 하고, 달콤하게 잠들고 싶어 하고, 사랑스러운 이성과 맨살 섞으며 사랑을 하고 싶어 하는 데에서 시작되는데, 육체를 가지고 있는 존재이면서 어떻게 그 욕망으로부터 완벽하게 탈출할 수 있는가.

게다가 불교는 절이란 틀 속에 사람을 가두고, 먹물 들인 승복 속에 가두고 계율 속에 가두고, 그 계율을 성실하게 지키면 해탈할 수 있다는 믿음, 해탈하면 곧 극락에 이른다는 신앙 속에 가두고 있는 것 아닌가.

그 신앙에 실망한 혜장은 『주역』이 말하는 우주적인 율동(원형이정) 속으로 빠져들었다. 부처님의 말씀과 참선으로 해결하지 못한 자유를, 『주역』이 말하는 우주의 율동으로 해결하려 한 것이었다.

그『주역』이, 그가 바라는 대로 자유를 마련해주지 못했다.

정약용은 혜장을 타일렀다.

"자네가 노예란 말을 쓰고 있는데, 천명에 따라 살아야 하는 인간은 누구든지 자기를 노예처럼 부려야 하네. 인간다운 인간은 하늘의 노예로서 부림을 당하면서, 어짊과 자비를 참답게 실천해야 하는 운명을 짊어진 채 실천하는 삶을 살아야 하네. 유학에서 말하는 선비와 자네 불교에서 말하는 '깨달은 자', 즉 보살이 반드시 해야 하는 사업은 하느님이나 부처님의 뜻과 땅의 노동 사이에서 길항拮抗하는 실천 그 한가운데에 장력張力으로서 있어야 하는 것이네."

정약용은 천주교의 교리 공부를 한 결과, 천주교의 하느님 명령을 유학 경전의 '천명' 속에 수용하여 살고 있었다. 그러므로 주자가 말한, 그 본성으로서의 어짊本然之性은 그의 내부에서 하느님의 명령에 따라 강한 실천력을 가지게 된 것이었다. 그 실천이 그의 끊임없는 저술 행위(사업)로 나타나고 있었다.

혜장이 술 냄새를 풍기면서

"영감은 하나의 큰 산인데, 제가 보기에는 속박의 표상인 큰 산입니다요" 하고 혀 굽은 소리로 말했다.

"내가 그렇게 보이는가, 어허허허……."

정약용은 혜장의 눈이 자기를 제대로 잘 보고 있다고 생각했다. 그러나 온전하게 잘 보고 있는 것은 아닌 듯했다.

"아암 혜장은 왜 다른 경전은 다 읽었으면서, '유식唯識'을 공부하지 않았는가? 유식에서는 말하기를, '하늘의 별은 그냥 별이 아니고 내 눈이 그 별을 만든다'고 하네. 그것은 인식의 차원을 넘어 내 눈의 창조와 개혁을 말하네. 나의 눈은 하늘의 명령에 의한 사업, 말하자면 노예 같은 실천과 부지런함으로써 세상을 올바르게 끊임없이 개조해나가야 하네. 어짊(仁, 천명)은 하늘 길을 따라 내려오고, 땅의 예(실천 의지)는 땅의 길을 따라 올라가다가 서로 만나 어우러져야만, 그 어우러진 자리에 살아갈 만한 가치, 즉 덕과 복이 있는 좋은 세상이 이루어지네."

혜장은 정약용의 말을 수용하려 하지 않고 고개를 저었다.

정약용은 혜장의 태도가 슬펐다. 혜장은 그야말로 어느 것에도 속박되지 않으려는 자유인이었다. 불교가 바라는 자유는 하나의 꿈이라고, 정약용은 생각했다. 혜장이 절망하는 것은 그 자유가 정약용으로 말미암아 흔들린 까닭이다.

만일 혜장의 말대로 정약용이 골짜기 깊고 드높고 험준한 큰 산이라면, 혜장은 그 산에 들어왔다가 길을 잃은 것일 터이다. 정약용이란 산에 들어와서 길을 잃지 않으려면, 무작정 들어오지 말고 일정한 거리를 두고 접근해야 하는데, 그리하여 정약용이라는 숲도 보고 나무도 볼 줄 알아야 하는데, 그렇지 못하여 애초의 자기 길을 잃고 절망한 것이다. 아, 슬프다. 안타깝고 슬프다.

지는 해와 떠오르는 달

혜장이 자유와 절망과 허무의 표상이라면, 초의는 자기의 눈으로 밤하늘의 별을 만들어가는 활력의 표상이다. 혜장이 말한 대로 정약용이 '하나의 큰 산인데, 속박의 표상인 큰 산'이라면, 정약용이라는 존재로 말미암아 길을 잃고 헤매다가 무너진 승려가 혜장이다.

초의라는 젊은 승려는, 정약용으로 말미암아 왼쪽 다리를 건드리면 하늘 닿게 키가 훌쩍 커져버린다는 도깨비처럼, 사람이 눈 깜짝할 사이에 커져버린 알 수 없는 존재이다.

256

처음 만난 순간부터, 초의에게서는 기묘한 탄력이 느껴졌었다.

초의가 엎드려 정약용에게 삼배를 했을 때, 정약용은 반절을 하고 나서 반가부좌를 한 채

"자네는 왜 중이 되었는가?" 하고 물으면서 형형한 초의의 눈을 건너다보았다. 세상에는 할 일이 참 많고 많은데 왜 하필 중이 되었느냐는 것이었다.

초의는 당황하지 않고 전혀 뜻밖의 대답을 했다.

"어린 시절부터 그림을 잘 그리고 싶었구만이라우."

초의가 선문답을 하고 있었으므로, 정약용 또한 선문답으로

"그림이라는 말이 그림자란 말하고 같다는 것을 알고 있는가?" 하고 나서 허공을 쳐다보았다. 젊은 시절에 국화꽃 그림자를 희롱하던 기억이 떠올랐다.

"그림자 속에 빈도가 서 있사옵니다요."

초의의 말에는 탄력이 있었다. 은어처럼 재빠르게 물살을 휘젓고 다니는 팔팔한 탄력.

"그래? 그렇다면 그림자와 그것을 만드는 실체 가운데 어느 것이 주인인가?"

"그 어느 것도 주인이 아니고, 그것들 둘을 세상에 있게 한 진짜 주인이 어디엔가 있는 듯싶은데, 그것을 찾을 수가 없구만이라우."

초의의 말 속에는, 이쪽에서 건네야 할 대답의 꼬투리가 담겨 있

었다. 하아, 이놈 보통 놈이 아니다, 하고 정약용은 생각했다.

"부처님과 중생, 그 어느 것도 주인이 아니고, 그것들을 있게 한 주인이 따로 있다는 말로 받아들여도 되겠는가?"

초의는 대답하지 않고, 정약용의 두 눈을 마주 들여다보기만 했다. 정약용도 초의의 두 눈을 들여다보았다.

아, 저 깊고 깊은 눈. 이 사람의 마음은, 아무나 신을 벗고 바짓가랑이를 걷어 올리기만 하면 건널 수 있는 얕은 여울이 아니다, 하고 정약용은 생각했다.

"그렇다면 진짜 주인은 신도 아니고, 몸뚱이도 아니고, 바로 초의의 영혼이라는 말 아닌가?"

"송구하옵니다요."

초의는 두 손을 방바닥에 짚고 머리를 깊이 조아렸다.

정약용은 허공을 향해 껄껄거렸다.

"오늘은 아주 유쾌한 날이다. 아주 오랜만에 정말로 불제자다운 불제자를 만났으니."

"저의 주인을 알아봐주시는 영감을 만나뵈오니, 감개가 한도 끝도 없이 깊사옵니다."

정약용은 그윽하게 초의를 건너다보다가 말했다.

"초의당, 자칫하면 초의당의 발랄한 재주와 총명함과 세상을 뚫어보는 눈이 오만에 떨어질 수도 있음을 아는가?"

"빈도는 가끔 한 마리의 기러기와 같다는 생각이 들 때가 있구만이라우. 지금 내가 날아가고 있는 이 길은 옳은 길인가 의심하고, 선지식에게서 확인받고 싶어지곤 하옵니다요. 빈도가 영감을 찾아온 것도 그 까닭이옵니다요."

이놈은 적어도 내 산에 들어와서 길을 잃을 놈은 아니니, 이놈의 앞날을 미리 걱정할 필요는 없다, 하고 정약용은 생각했다.

"초의당은 땅[坤] 같은 사람이네. 땅은 땅이면서 하늘[乾]을 담고 있어. 초의당은 스스로 처음과 끝을 다 품고 있음을 이미 잘 알고 있는 듯싶네. 초의를 처음 가르친 선생이 아마『주역』에 정통한 사람이었던 것 같네" 하고 나서 정약용은『주역』의「계사상전」의 상象에 대하여 이야기했다. 천상천하에는 심오한 법칙이 있는데 그 모양을 모방하여 형상화하고 있다는 것.

초의가 말했다.

"빈도의 어린 시절에 할아버지께서 말씀하시기를, 솔씨에서 나온 조그마한 어린 소나무 속에 늙은 낙락장송이 들어 있다고 하셨는데, 그것이 영감의 말씀과 궤를 같이하고 있다고 이해해도 되겠습니까?"

정약용은 "그래, 그래!" 하고 고개를 끄덕거렸다. 초의의 말은 명쾌했다.

"초의당은 도통할 것 다 도통했는데, 여긴 무얼 하러 왔는가? 나는 도통한 초의를 감당할 만한 선지식이 아닐지도 모르네."

초의가 머리를 조아리며 말했다.

"영감의 하늘, 영감의 땅을 공부하고 싶사옵니다."

정약용은 가슴에 뜨거운 감개가 솟구쳐올랐다.

"그래, 서산에 해 떨어져서 슬퍼했더니, 동쪽 산 위로 만월이 두 둥실 뜨고 있구나" 하고 허공을 쳐다보며 "어허허허……" 하고 웃었다. 해는 혜장이고 달은 초의였다.

며칠 뒤에 초의가 혜장의 시 스무남은 편을 가지고 와서 이야기했다.

"대둔사 천불전이 하룻밤 사이에 불타 없어졌구만이라우. 나중에 알고 보니, 가리첨사가 한밤중에 절로 들어와서, 횃불을 만들어 곡간을 수색하는 과정에서 불티가 곡식 가마니에 떨어져 불이 난 것이었구만이라우. 누군가가 천주학쟁이들이 대둔사 곡간 속에 숨어 예배를 보곤 한다는 고변을 했던 것입니다요. 곡간의 불은 가허루를 태우고, 천불전·대장전·용화당·지장전·적조당·약사전·향로전을 차례로 태웠는데, 그 불이 저에게 많은 것을 가져다 주었어라우. 절 안의 스님들 몇이 연못에서 동이로 물을 길어다가 불을 향해 끼얹긴 했지만, 그것으로는 불을 잡을 수 없었어라우. 절망한 스님들은 선 채로 불붙은 건물들이 우지끈 와지끈 무너지는 것을 바라보았을 뿐이었습니다요. 나무아미타불 관세음보살을 염송하면서……. 서산대사 영정을 모시고 있는 절임에도 불구하고, 가리첨사가 무엄하게 들이닥쳐서 수색을 강행했고, 그 결과 엄청난 화재가 난 것을 생각하면, 저는 분노를 억누를 수 없었어라우. 또 한편으로, 저는 제가 신앙하는 부처님들의 무력함에 실망했구만이라우. 수많은 스님들과 신도들이 우러러 경배를 하곤 한 금빛의 부처님들은, 하릴없이 불에 탈 뿐 스스로 어떠한 위력도 보여주지 않았습니다요. 닦은 도가 형편없이 빈약한 저는, 불에서 멀리 떨어진 채 맹렬하게 타오르는 불을 바라보면서, 슬프고 또 슬퍼서 엉엉 울었습니다요. 그때 혜장이 달려오더니 '아따아, 잘 탄다! 자알 탄다! 으하하하하…… 내일 아침에 일어나 보아라. 파도는 어디론가 가고 없고, 물이 고요히 물살 짓고 있을 것이다. 누가 그랬는지 모르지만 불 잘 질렀다아! 으하하하……' 하고 소리치며 너털거렸는데, 그를 떠밀고 가는 사람은 아무도 없었습니다요. 이튿날 전각들이 불탄 자리에는 하얀 재만 있었는데, 떼죽음을 당한 스님들의 다비장을 방불하게 했습니다요. 그것이 바로 혜장이 말한 '물'이었던가…… 이후 혜장은 더욱 술을 진하게 마셨어라우. 밥은 한 끼도 먹지 않고 술로만 살았구만이라우. 절 안에는 불을 지른 것이 김 선생이라는 소문이 밑도 끝도 없이 돌았구만이라우. 불경은 제쳐두고 『논어』『중용』『주역』 연구만 한다고, 혜장에게 '김 선생'이라고 별호를 붙인 것이었습니다요. '큰 도[大道]는 모양새[形相]가 없고, 진리는 언설이 없는데, 형상과 언설을 의지해서 무엇을 일으키겠다는 것이냐?' 혜장은 이렇게 떠들고 다녔습니다요. 지는 혜장의 변화가 승지 영감으로 말미암은 것이란 이야기가 나돌면 어찌

할까, 하는 걱정이 앞섰습니다요. 저는 혜장을 찾아가서 '물과 파도는 둘이 아닙니다. 왜 물 쪽으로만 나아가려 하십니까?' 하고 추궁하듯 말했습니다요. 절망과 허무로 치닫고 있는 혜장의 생각을 붙들어주고 싶어서였구만이라우. 그런데 혜장이 말했어라우. '아이고, 이 총명한 놈, 니 말이 옳고 또 옳다. 그런데 절이 없어지고, 나무로 깎은 부처님이나 먹물 들인 옷이 없어져도, 법(진리)은 엄연히 존재한다. 석가모니 부처님 살아 계실 적에는 절이 없었어. 나무로 깎아 만든 부처님도 없었어. 법이 무엇이냐? 법이란 중생의 마음이다. 중생의 마음이란 우리의 마음이다. 천지 만물은 다 내 마음의 그림자다. 내 마음이 없으면 부처님도 지옥도 없다. 중생의 마음, 말하자면 내 마음이 대승의 법 그 자체. 그것은 『주역』에 있는 말들하고 똑같다. 성인이 천하의 심오한 법칙을 보고 그 형용을 모방하여 물건에 적의하게 형상화한 것이 〈실상〉이라는, 『주역』 속의 말 읽어봤느냐?' 그래서 제가 '혜장 스님께서는 시방 부처님을 등지고 나아가고 계신다는 것을 아십니까?' 하고 추궁했습니다요. 그러자 혜장은 막말을 했구만이라우. '그래, 나는 부처님 배반하는 쪽으로 나아가고 있는지도 모른다. 나는 이제 머리 깎고 먹물 들인 옷을 입고 있을 뿐 사실은 중이 아니다. 그런데 중이면 어떻고, 중이 아니면 어떻다는 것이냐?' 그래서 제가 '부처님을 배반하면 엎드려 빌 곳이 없어집니다' 하고 말하자, 혜장은 '왜 빌 데가 없어 이놈아? 천주학에서도 유다라는 배반자가 있었

어. 그 유다가 예수를 팔아먹었다고 할지라도 예수의 제자임에는
틀림없고, 여호와 하느님의 아들이 분명하듯이, 내가 설사 석가모
니 부처님을 배반했다 할지라도 석가모니의 제자임에는 어찌할 수
없다.' ……이러고 나서 며칠이 지났는데, 혜장의 상좌 수룡이 찾
아와서 종이 뭉치 하나를 주면서 '이걸 정약용 영감에게 가져다 드
리라고 합니다' 했구만이라우. 그것을 받아 펼쳐보니, 혜장의 생각
은 이미 갈 데까지 가 있는 듯싶었습니다요. 20여 편의 시들은 모
두 우울과 슬픔과 절망과 허무 범벅이 되어 있습니다요."

　　참선 공부로 깨달음을 얻었다는 자, 그 누구인지
　　연화세계는 이름만 들었네,
　　외로운 읊조림 늘 우수 속에서 나오고
　　맑은 눈물은 으레 취한 뒤에 흐르네.

　　혜장의 시들을 읽은 정약용은 대둔산 북암으로 혜장을 찾아갔
다. 술을 줄이고, 경전을 읽고, 시를 지으며 건강하게 살면서, 후학
들을 가르쳐야 하지 않느냐고 권했다.
　　혜장은 기다랗게 한숨을 쉬면서
　　"무단히, 무단히……" 하고 알 수 없는 말만 되풀이해 지껄였
다. 그 '무단히'란 말은 대관절 어떤 뜻의 말일까.
　　혜장은 술병으로 말미암아 개구리 헛배 부르듯 배가 불러, 밥 한

숟가락 떠먹지 못한 채 숨을 거두는 순간까지 곡차만 마시며, 정약용에게 말한 바 있는 "무단히, 무단히……"라는 말만을 되풀이하고 또 되풀이하였다.

혜장의 임종은 상좌 수룡과 그의 법을 받은 철경이 지켰을 뿐이었다.

혜장의 장례는 쓸쓸히 치러졌다. 혜장의 유언에 따라 관은 대둔사로 옮겨지지 않았고, 혜장 스스로가 북쪽에 지은 자그마한 암자 앞마당에서 영결을 했다.

혜장의 총명과 그가 부처님의 말씀과 공맹의 말씀 사이에서 고뇌한 정상을 가엾게 여긴 여남은 대중들이 찾아와 지켜보았고, 겨우 대여섯의 신도가 참례하였을 뿐이었다.

많은 수좌와 신도들이 혜장을 신봉하고 따랐었지만, 부처님을 배반하고 『주역』에 미쳤다는 소문이 나자, 혜장을 마군에게 들린 괴승으로 여기기 시작했다.

정약용은 몸소 찾아가서 만장을 썼다. 강진에서 걸어가는 동안 줄곧 생각하고 또 생각했으므로, 한번 붓을 들자 멈추지 않고 줄줄이 써내렸다.

중의 이름에 선비의 행위여서 세상이 모두 놀랐거니,

슬프다 화엄의 옛 맹주여……

찢긴 가사는 바람에 처량히 날아가고

남은 재는 비에 씻겨 흩어지네,
장막 아래 몇몇 사미승
선생이라 부르며 통곡하네.

정약용은 가는베 한 자락에 이렇게 쓰고 나서 초의를 돌아보았
다. 그것으로 성에 차지 않아 한 장을 더 쓰고 싶다고 말했다. 초의
가 종이 한 장을 내서 펴주었고, 정약용은 다시 한달음에 내리쓰기
시작했다.

푸른 산 붉은 나무 싸늘한 가을
희미한 낙조 곁에 까마귀 몇 마리
가련하구나, 떡갈나무 숯이 그의 오만방자한 병통 녹였으니
종이돈 몇 닢으로 저승길 편하겠는가……

무단히, 무단히

혜장이 죽어가면서 말했다는 "무단히, 무단히……"는 어떤 뜻을 가지고 있을까. '무단히'는 '부질없이' 혹은 '쓸데없이'라는 전라도 사투리이다.

혜장은 무엇이 부질없다고 후회했을까.

기왕에 젊음을 바쳐 닦아왔던 불교적인 해탈 문제를 더욱 천착하지 않고 부질없이, 쓸데없이, 유학의 꽃이라 할 수 있는 『주역』의 세계 속으로 빠져든 것을 후회한 것이었을까.

그 후회가 그를 뿌리 뽑힌 가화假花처럼 절망하게 하고, 허무 속

266

에 빠져들게 한 것이었을까.

절망과 허무가 술을 마시게 했고, 술이 그를 병들어 죽어가게 했을까.

정약용은 속으로 '탁옹, 탁옹' 하고 중얼거렸다. 혜장과 초의가 부르곤 하던 자신의 별호였다. '탁籜'은 겉이 견고한 대나무 껍질을 말하고 '옹翁'은 속이 부드럽고 알찬 노인을 말한다. 속은 부드럽고 알차지만 겉은 견고함으로 무장되어 있는 노인이란 말일 터이다.

내가 오랫동안 강진에 유배되어 살고 있으면서도, 어떠한 경우에도 절망하지 않고, 허무에도 물들지 않고, 견고하고 알차게 살아배길 수 있었던 것, 그들의 눈에 탁옹으로 비친 것은 무엇 때문이었을까.

그것은 『논어』 『맹자』 『중용』 속의 '천명'을 주자처럼 본연지성이라고 읽지 않고, 천주학에서 말하는 '하늘의 명령'이라고 읽었기 때문이다. 천지 우주의 율동이 저절로 된 것이 아니고, 하느님의 의지에 따라 만들어진 것이라 여겼으므로, 봄의 풀과 꽃, 여름의 신록, 가을의 열매, 겨울의 혹한 속 휴식을 숭엄한 축복으로 받아들일 수 있고, 하느님과 늘 함께 살았기 때문에 세상에 대한 신뢰를 잃지 않았으며, 절망과 허무 속에 빠지지 않고, 내 몸과 마음을 흐트러지지 않도록 올바르게 다잡을 수 있었던 것이다.

회오悔惡

정약용은 혜장의 장례를 치르고 허위허위 밤길을 걸어서 강진
으로 돌아오며 속으로 울었다. 산도 울고 숲도 울고 하늘의 별들도
울었다. 자신이 혜장을 죽어가게 한 것만 같은 죄책감에 사로잡혀
지냈다.

소흑산도의 형님이 돌아가셨다는 부음을 듣고는 슬피, 슬피 소
리 내어 울었다.

뜨거운 한낮에 소흑산도의 형님이 돌아가셨다는 부고를 받았
다. 눈앞이 아득해졌고 가슴속에 소용돌이치는 뜨거운 회오를 주

체할 수 없었다.

만날 수 있는 기회와 능력이 그에게 있었으므로, 그가 찾아가 만나뵈었어야 했는데, 그가 찾아가려 하지 않았으므로, 형제는 결국 다시 상봉하지 못하고 영영 이별을 하고 말았다고, 혀 깨물며 자책했다.

보은산 우이봉으로 올라가서, 먼바다 저쪽의 우이도를 향해 엎드려 통곡했다.

책 한 권을 쓰고 날 때마다 그 원고를 미리 흑산도 형님에게로 보내, 잘 썼다는 증명을 받곤 했고, 그 책의 서문을 받곤 했었는데, 둘째 형님 정약전은 형님이라기보다는 선생님이었는데, 그런 형님을 잃었으니, 나는 이제 어느 누구에게 나의 사업을 증명받을 것인가.

박재굉과 이학래를 소흑산도로 보냈다. 경기도 선산까지 운구해가는 데 쓸 돈을 박재굉에게 모아 주었다. 그 돈을 주모와 주막집 딸과 윤동과 황상과 초의 등의 제자들이 모아 주었다.

이학래에게는 둘째 형님이 저술해놓은 것과 유품들을 모두 수합해 가지고 오라고 시켰다.

정약용은 구강포에까지 나가서, 위해 박재굉과 이학래가 타고 가는 배를 전송했다. 그들의 배가 섬 모퉁이를 돌아 나갈 때 그는 자갈밭에 주저앉아 울면서 자책했다.

'너는 그렇게 할 능력이 있었으니까 위험을 무릅쓰고라도 기어이 들어가 만나뵈었어야 했던 것인데……. 아이고 무정한 놈, 에

끼 무정한 놈! 무정한 놈!'

　이학래가 소흑산도에 들어가서 싸 가지고 온 정약전의 유물들 가운데서, 『현산어보』의 원고를 찾아내 가슴에 끌어안은 채 마찬 가지로 울고 또 울었다. 흰 종이에 쓰인 형님의 글씨들에서 형님의 숨결과 맥박과 체온이 느껴졌다. 글씨들의 한 획 한 점 한 파임들 이 그를 쳐다보며 그윽하게 웃고 있었다.

　이학래는 그의 지시에 따라 꼬박 두 달 동안 달필로 알아보기 어 렵게 쓴 『현산어보』의 원고들을 모아 정서하고, 모든 항목의 끝에 다 '청안案'이라고 표시한 다음, 『본초강목』이나 『동의보감』 따위 에서 뽑은 근거들을 첨부해놓았다. 섬에서 자료를 보지 못한 까닭 으로 미완성인 책을 이학래가 완성시켜놓은 것이었다.

　정약용은 이학래가 완성시켜놓은 『현산어보』 첫 장에 서문을 써 붙이고 나서, 그 책을 가슴에 안고 또 울었다. 정약전 형님께서 살아 이렇게 깨끗하게 정서해놓은 책을 보셨으면 얼마나 기뻐할 것인가.

　여유당 아랫목에 누운 정약용은 눈을 감은 채 '어흐, 어흐……' 하고 울어댔다. 학연과 학유가 그의 가슴을 흔들면서

　"아버님."

　"아버님, 정신 차리십시오" 하고 말해도, 그는 울음을 그치지 않 았다. 눈에서 뜨거운 눈물이 흘러내렸다.

누가 둘째 형님을 죽였는가

둘째 형님 정약전의 죽음을 생각하면 원통했다. 피멍 같은 한이 가슴을 옥죄었다. 그 형님을 죽인 것은 흑산도였고 술이었다. 형님에게 술을 먹인 것은 형님을 흑산도에 가둔 노론이었다. 노론은 자기들의 적인 남인 무리를 살해하기 위하여 천주학쟁이라는 누명을 씌운 것이었다.

젊은 시절부터 술을 즐기던 형님은 흑산도에서 막막한 절망과 한을 술로 달래었다. 그 섬에서 얻은 둘째 아내가 날마다 술을 담가 올렸고, 그는 그 술로 인해 병이 나서 죽어간 것이었다.

더 깊이 들어가면 더 빨리 나오게 된다는 『주역』의 손巽괘를 믿고, 대흑산도로 그 아내와 아들 둘을 데리고 들어갔다가, 아우 정약용의 유배가 풀릴지도 모른다는 소문을 듣고, 아우가 쉽게 자기를 찾아올 수 있게 해주려고 소흑산도 우이보로 옮겨와서, 강진 쪽 바다를 바라보며 아우를 그리워하고 또 그리워하다가 죽어간 것이었다.

　내가 국법을 어기고라도 그 형님을 은밀하게 만나러 가려고 마음을 먹으면 만날 수 있었음에도 불구하고 만나지 않은 것이다. 형님을 보고 싶다는 감성보다는, 만에 하나 적들의 눈에 띄면 둘이 함께 죽게 된다는 두려움과 나만이라도 살아 돌아가야 한다는 냉철한 이성을 택한 것이다.

　내가 소흑산도에 들어가 그 형님을 위로하고, 머지않아 유배가 풀리게 된다는 희망을 안겨드리기만 했어도, 그 형님은 더 오래 견딜 수 있었을 터인데, 내가 그랬듯 사업을 통해 절망 이겨내는 방법을 더 확실하게 썼으면 돌아가시지 않고 살아 나올 수 있었을 것인데……

　사리에 맞지 않는 아픈 회오가 정약용을 한없이 울렸다. 그의 눈시울과 볼을 적시는 눈물을 학연이 수건으로 닦아주었다. 학유가 정약용의 눈물 흘리고 있는 얼굴을 내려다보며

　"아버님, 정신이 좀 드십니까?" 하고 말했다.

　정약용은 심호흡을 했다.

사람은 왜 혼자서만 살기 위하여 남을 쫓아내거나 가두어놓거나 죽이거나 하면서, 자기 살아 있음을 즐기는 것인가. 사람의 본성에는 잔혹한 미친 기가 들어 있다. 천명에 따라 어진 삶을 살지 않고, 어진 삶을 실천하려 하지 않은 채, 타고난 본성대로만 사는 사람들은 그 미친 기를 절제하지 못한다.

노론은 미쳤다.

미친 노론은 적(남인)이 사라지고 나자, 자기들 내부에서 새로이 쫓아내야 할 적을 만들어 귀양 보내기도 하고 죽이기도 한다. 김조순 일파가 어린 임금(순조)의 장인이 되고 나서는, 다른 일파들을 적으로 만들어 쫓아내거나 가두어 죽이고 있다.

사람은 무엇인가를 옆에 가두어놓지 않고는 못 사는 동물이다. 들에 사는 동물을 잡아다가 울에 가두어 가축으로 만들고, 외간 여자를 끌어다가 아내라는 종으로 만들어 가두고, 적으로부터 보호한다는 미명하에 성곽을 만들어 동족을 가두고, 적당으로부터 자기를 보호하기 위하여 파당을 짓고, 그 파당 속에 자기를 가둔다. 심지어는 어떠한 사상과 이념 속에 자기를 가둔다. 조선 사람들은 주자학에 자기를 가두고 산다.

정약용 나도 나를 그렇게 다산 초당에 가두고 살았고, 내 사업에 나를 가두고 살았다. 그렇게 철저하게 나를 가두고 사는 나에게 혜장은 노예의 삶을 산다고 빈정거렸다.

한데 젊고 싱싱한 초의, 그가 나를 노예의 삶에서 풀어주곤 했다.

초의의 어리광

초의는 해남의 대둔사로 돌아가려 하지 않고 다산 초당에서 한
해 동안을 머물렀다. 『예기』를 읽고 기뻐하고, 의문 난 것을 묻고
그가 물음에 답하면, 그 답한 것에 대하여 날카롭게 가리고 따지면
서 즐거워했다.

정약용은 『방례초본』을 쓰는 도중에 하루거리(말라리아)에 걸렸
다. 오한에 시달리면서도 글을 썼다. 가끔 무력증이 일어나 숨이
가쁘고 손이 떨리고 눈앞이 어질어질했다. 오한 속에서 그는 속으
로 부르짖었다.

"하느님, 이 책을 완성할 때까지는 반드시 살아 있게 해주십시오. 아버지, 소자를 도와주십시오."

하루거리는 하루 내내 앓고 나서, 다음 날 하루는 아무 일 없이 건강하게 지내다가, 다시 그다음 날 죽도록 앓곤 하는 병이었다.

정약용은 초의에게 누리장나무 가지를 꺾어 오라고 해서 그것의 냄새를 킁킁 맡고, 그것을 삶아 따끈한 국물을 마셨다.

죽도록 앓고 난 이튿날 창백한 얼굴로 또 곧 글쓰기에 매달리는 정약용을 향해 초의가 안타까워하면서 힐난하듯이 물었다.

"탁옹 선생께서는 웬 글을 한사코 그렇게 많이 쓰려 하신가라우?"

정약용은 못 들은 체하고 있다가 옆구리 쥐어박는 소리를 했다.

"대둔사 너의 어른 스님들이, 초의 의순이란 놈이 유배 죄인 정 아무개 꼬임에 빠져 유학자가 되어 환속하려 한다고 걱정하지 않겠느냐?"

초의가 볼멘소리를 했다.

"제가 먼저 여쭈었습니다요."

자기가 묻는 말에 먼저 대답을 하라는 것이었다.

죽을 지경이 되어 있는 상태에서 정약용은 퉁명스럽게

"다산茶山은 다산多産이지 않느냐?" 하고 농담을 했다.

초의가 농담으로 맞받았다.

"앞으로 경기도 고향으로 가서서는 세상을 사시지 않고, 여기 강진에서 아주 '다' '산'(모두 다 살아버린)다는 말씀이신가라우?"

정약용은 고개를 숙이고 글을 쓰느라고, 목과 볼과 어깨와 등줄기의 근육에 마비가 오고, 심장이 부정기적으로 뛰는 가슴 답답증이 생겼다. 가끔 코피가 흘렀고 현기증이 이는가 하면, 눈앞에 검은 나비 같은 것이 너울거렸다. 그럼에도 불구하고 글쓰기를 멈추지 않았다.

그는 글쓰기에 미쳐 있었다. 잠을 자다가 꿈속에서마저 글을 썼다. 생시에 풀리지 않던 것이 꿈속에서 풀리면, 그것을 놓치지 않으려고 이불을 걷어차고 일어나 불을 밝히지도 않은 채 붓을 들고, 큰 종이에다가 달필로 괴발개발 글의 얼거리를 그려놓고 나서, 불을 밝힌 다음 그것을 뜯어 읽으며 새로이 썼다.

밥을 먹으면서도 글을 생각하고, 차를 마시면서도 글을 생각하고, 측간에서 대변을 보면서도 글을 생각하고, 산책을 하면서도 글을 생각하고, 누군가와 이야기를 나누다가도 글을 생각하고, 그러다가 상대편의 이야기를 놓치고 금방 뭐라고 했는가 하고 묻곤 했다.

지네에게 손가락이나 발가락을 물려, 물린 곳이 떨어져 나가는 것처럼 고통스러우면, 그 고통을 잊기 위하여 붓을 들고 글을 썼다. 글을 쓰게 되면 그 고통을 까맣게 잊을 수 있었다.

그는 글을 쓰다가 고개가 아프고 등줄기가 켕기면, 붓을 놓고 어깨를 들어 올리면서 심호흡을 했다. 그것은 초의가 가르쳐준 '안반수의'라는 기氣 수련의 한 방법이었다. 호흡을 통해 마음을 가라앉히고, 굳어진 몸을 푸는 일종의 기체조(요가)였다.

글을 쓰다가 잠시 쉬는 그를 향해 초의가 퉁명스럽게

"진짜로 고명한 선승들은 글을 남기려 하지 않았다고 하등만이
라우" 하고 말했다.

초의가 그의 가라앉아 있는 호수에 첨벙하는 소리가 나도록 돌
을 던지고 있었다. '그런데 탁옹 선생은 왜 그렇게 글 욕심을 부리
느냐'는 추궁이었다. 그것은 정약용에 대한 존경과 사랑과 안타까
움의 표현이었다.

정약용이 붓을 든 채 말했다. 그는 손에 붓을 들어야만 신통스러
운 생각들이 거미줄처럼 풀렸다. 붓끝과 머리에 들어 있는 생각 샘
이 맞닿아 있는 것이었다.

"내가 글을 쓰는 것은 내가 이 천지간 드나든 흔적을 남기자는
것이다. 내가 상처받으면서 생각한 것, 죄짓고 후회한 것, 참회한
것, 실수하고 나서 문득 깨달은 것을 나 혼자 가슴에 품고 떠나버
리면, 나를 뒤따르는 후배들에게 아무것도 공헌할 수 없지 않느
냐? 그래서 시시콜콜 글자로 기록해 남기려는 것이다."

초의가 아프게 꼬집는 말을 했다.

"제가 보기에는 탁옹 선생께서 기술하시는 책 가운데, 탁옹 선
생이 아니라도 기술할 수 있는 자잘한 책들이 많습니다. 앞으로는
큼직한 것들만 골라서 쓰십시오."

정약용이 맞받아 퉁겼다.

"거대한 산에는 큰 돌 큰 바위와 호랑이 같은 큰 짐승들만 있는 것이 아니고, 자잘한 돌멩이들이나 먼지들도 있고, 다람쥐나 개미나 꿀벌들도 있다."

초의가 허공을 향해 입을 벌리면서 고개를 끄덕거리다가 말했다.

"그런데 이해할 수 없는 것이 있구만이라우."

"무엇이냐?"

"세종 대왕께서 창제하신 글자들이 있는데, 탁옹 선생께서는 왜 그것들을 사용하지 않습니까요? 한문을 아는 양반들만 탁옹 선생의 글을 읽으라는 것인가요?"

초의의 말은 침처럼 아프게 가슴을 뚫었다. 그가 말했다.

"깊은 뜻을 가진 글자는 역시 한자들이다."

"그러면 왜 『방례초본』 가운데 몇몇 대목은 언문으로 써서 따로 모으고 있는가라우?"

정약용은 가슴이 뜨끔했다. 『방례초본』에 넣을 글 가운데서 중요한 핵심이 되는 몇 대목을 몰래 언문(한글)으로 써서 숨겨 모으는 것들이 있었다. 두려워서 당장에 세상 사람들에게 내보이고 싶지 않은 것이었다. 그런데 초의 이놈이 훔쳐 읽은 모양이었다.

정약용은 퉁명스럽게 말했다.

"너 이놈 나 없을 때 별것을 다 뒤져보았구나!"

"송구하옵니다요" 하고 말하기는 하지만, 초의는 별로 송구해하지 않은 채 말을 이었다.

"그런디 제가 보기에, 그것들은 매우 불온한 것들이 많았구만이라우. 나라의 죄인이시면서, 그렇게 불온한 주장들을 펴서 어쩌시겠다는 것입니까요? 이 나라를 망하게 하는 제도가 중국의 생원 제도 같은 양반 제도라고 한 것이라든지, 양반 제도를 척결하고, 양반도 일을 하고 모든 세금을 서민들하고 똑같이 물게 하고, 양반도 군졸이나 수졸이나 장교가 되어 국경 수비, 해안 수비를 하도록 해야 한다든지, 종들을 모두 평민으로 살게 풀어주어야 한다든지……. 그러한 주장을 탁옹 선생의 적들이 읽는다면, 선생을 편안하게 다산에서 살게 놔두겠습니까요? 탁옹 선생 스스로가 양반이시면서 어떻게 그런 주장을 하실 수가 있습니까요?"

정약용이 말했다.

"그래서 시방은 읽히지 않고, 나 저세상으로 떠나간 다음 나중 사람들에게 읽히려고 언문으로 써서 따로 감추는 것이다."

"그렇다면 언문으로 쓴 것은 한문을 모르는 무식 대중에게 읽히겠다는 것이구만이라우?"

"그래, 네가 감추어두었다가, 언제인가 내가 여기 떠난 다음에 그것을 읽고 싶어 하는 사람들에게 슬쩍 모른 체하고 내주어라."

"아, 이것도 『방례초본』이라고 이름할 것인가라우?"

정약용이 고개를 끄덕거리자, 초의가

"제 생각으로는 '다산비결'이라고 하면 좋을 것 같구만이라우"

279

하고 말했다.

"다산비결?" 정약용은 고개를 저었다. 비결이란 말이 마음에 걸렸다. 대개의 경우 비결이란 말은 혹세무민하는 글이 아니던가.

"그냥 제목 붙이지 말고 '무제목'의 책으로 돌아다니게 해도 좋을 터이다."

살생하는 스님

초의는 다산 초당에 머무르는 동안 구강포에 가서 생선과 바지락과 꼬막을 자주 구해 왔다.

정약용이 생선 매운탕이나 생선구이나 조개 국물을 좋아하므로, 초의는 농어나 민어나 숭어의 비늘을 거스르고, 머리와 지느러미를 자르고, 배를 갈라 창자를 꺼낸 다음 국을 끓이기도 하고, 숯불을 일어 굽기도 했다. 고기를 구울 때는 매운 연기 때문에 눈물을 질금질금 흘리기도 했다. 초의 히는 짓이 여느 제자들보다 더 정성스럽고 애틋하고 눈물겨웠다.

정약용이 보기 민망하여 볼멘소리를 했다.

"너 이놈, 중놈이 돼가지고 살생을 일삼았으니, 극락행은 진즉에 틀렸고, 지옥행을 맞추어놓았겠구나!"

초의가 고기 굽는 숯불에 부채질을 하면서 대꾸했다.

"칼에는 한쪽 날만 있는 칼刀도 있지만, 양쪽 날이 있는 칼劍도 있어라우."

초의가 선문답법을 쓰고 있었다.

정약용은 초의가 백운동에 가서 하던 말이 떠올라, 선문답법으로 대꾸했다.

"네놈의 도道는 특별히 양날을 가졌단 말이로구나!?"

"다른 사람들은 한쪽 날을 가진 칼만 쓰는데, 저는 양날을 가진 '검'을 씁니다요."

'하아, 그럼 혜장은 한쪽 날을 가진 칼만 썼으므로 죽었단 말이구나' 하고 생각하는데, 초의가 말을 이었다.

"우리말로 '검'은 신神입니다요. 저는 부처님의 도에 따라 살기도 하지만, 신의 뜻에 따라 살기도 하구만이라우."

정약용은 혜장에게서 들은 말이 생각났다.

"화순 쌍봉사 동암에 생불이라고 소문난 늙은 선지식이 있었는데, 새파란 초의란 놈한테 아주 혼이 났다구만이라우. 그 늙은이는 상좌를 제쳐놓고, 밥도 손수 짓고 빨래도 손수 하고, 차밭도 손수 매고 차도 손수 따다가 덖어 마시는데, '부처님의 도가 무엇입니

282

까', 하고 여쭈러 오는 수좌들이 줄을 잇는답니다요. 대개의 경우, 그 늙은이에게 '도'를 물으려면, 기어이 부처님에게 일만 배를 하고 오라고 한답니다요. 거기에 찾아간 여느 중들이나 마찬가지로 일만 배를 하고 난 초의가, 차례에 따라 그 늙은이를 만났는데, 늙은이가 '여긴 무얼 하러 왔느냐?' 하고 물었지요. 그런께 새파란 초의 그놈이 '여기 쥐새끼 한 마리가 사람 껍질을 쓰고 앉아 있다고 해서 제 본디 모습으로 돌려보낼라고 왔습니다' 하고 대답을 했습니다요. 그런께 그 고명한 늙은이가 깜짝 놀라 멍청히 한동안 허공을 쳐다보고 있다가, '아하하하' 하고 웃고 나더니 초의에게 말했지요. '생각해보니 네놈 말이 아주 딱 맞구나. 내 너에게 은밀한 귀엣말을 한마디 해주고 싶구나. 가까이 오너라.' 초의가 가까이 가니, 늙은이가 한쪽 팔과 손으로는 초의의 목을 단단히 휘어 감고, 다른 한 손으로는 초의 코를 잡아서 사정없이 비틀었습니다요. 초의가 하도 아파서 눈물을 질금거리고 있는데, 늙은이가 '사람 없더니, 나 참으로 오랜만에 사람 같은 놈 하나 만났다이!' 하고 말하면서, 잡아 비틀던 코를 놓아주었습니다요. 그 순간 초의가, 아까 늙은이가 그랬듯이 한쪽 팔로 늙은이의 목을 휘감고는 다른 한 손으로 코를 잡아서 사정없이 비틀어버렸답니다요. 그런께 그 늙은이가 눈물을 질금거리면서 탄성 어린 소리로 말했습니다요. '초의야, 네놈이 정말로 보기는 잘 봤느니라. 니도 그 쥐새끼 때문에 고생참 많이 하고 있는 참이다.' 늙은 선지식의 그 말끝에, 둘은 서로를 향해 미친 사람들처럼 웃었답니다요."

정약용은 초의를 향해 말했다.

"너 이놈, 깨달을 것 이미 다 깨달은 놈이 여기엔 무얼 하러 와서 살생만 일삼고 있는 것이냐! 지옥에 갈 수련을 하고 있는 것이냐?"

초의가 잠시 뜸을 들였다가 말했다.

"탁옹 선생의 산에 들어왔다가 잠시 산골짜기에서 길을 잃고 시방 헤매고 있는데, 제 길을 찾으면 선생께서 붙잡을지라도 떠나갈 것잉만이라우."

대쪽 같은 노인

　초의는 지게를 짊어지고 산에 가서 땔나무도 해 오고 창출, 도라지, 취 따위의 약초도 캐 오고, 정약용이 자는 방에 군불을 지피기도 하고, 차를 따다가 덖기도 하고, 차를 우려내 정약용의 앞에 올리기도 했다.

　초의가 어느 날, 학연이 가져다 준 청자 잔에 차를 따라 정약용에게 올렸다. 정약용이 차를 마시는데 초의가 말했다.

　"영감을 탁옹 선생이라 부르기로 한 것, 생각하면 생각할수록 잘한 것이란 생각이 드는구만이라우. 대나무껍질 탁籜 자하고 노인 옹翁 자. 영감이란 호칭은 관아 냄새, 양반 냄새가 나서 싫습니다요" 하고 말했다.

"대나무 껍질 노인, 그래 나도 한없이 좋다. 그런데 왜 그렇게 부르고 싶으냐?"

초의가 말을 이었다.

"대나무는 껍질은 단단하고 속은 허령하게 텅 비어 있는 우주적인 나무이구만이라우. 전쟁 때는 창이 되는 무서운 나무이기도 하고, 토막 내서 구멍을 알맞게 뚫으면 피리젓대가 되기도 하고, 바람이 불면 잘 흔들리지만 절대로 몸을 굽히지 않습니다요. 탁옹 선생은 대쪽같이 단단한 데다 또 정직하지 않고는 못 견디는 성정이십니다요. 스스로를 묶어 가둘 줄도 아시지만, 향기로운 소리로 풀어놓을 줄도 아십니다요."

정약용은 생각했다. 속에 구렁이가 열두 마리는 들어 있다. 그는 무뚝뚝하게 말했다.

"너 이놈, 이 선 늙은이 그렇게 희롱해서 무슨 이득을 보려고 그러냐?"

초의가 말했다.

"제가 왜 탁옹 선생의 산에 들어와 길을 잃은 줄 아십니까요?"

정약용이 물었다.

"『주역』 때문이냐?"

초의는 고개를 저었다.

"저는『주역』을 읽지 않고 봅니다요."

"점술로 보냐?"

"『주역』 속의 나무를 보면 점이지만, 그것들을 모아 숲으로 보면 천지 우주의 율동이구만이라우."

"너 이놈,『주역』에 대해서도 알 것 다 알았구나!"

"석가모니 부처님에게서는 부처를 배우고, 공자님 맹자님에게서는 어짊과 예를 배우지만, 탁옹 선생에게서는 사람을 배웁니다. 탁옹 선생을 뵌 뒤부터 저의 사람 보는 눈이 달라졌습니다요."

"어떻게 달라졌다는 것이냐?"

"돌아가신 혜장 스님은 벙어리 스님이었습니다요. 염불도 못 하고 바라춤도 못 추고, 오직 불경만 읽고, 참선만 일삼고, 강의만 일삼고, 닭고기도 못 먹는 스님이었습니다요. 그러다가 색다른 음식(논어, 주역)을 안주로 술을 마시다가, 술병으로 돌아가셨구만이라우. 저는 아주 잡된 중입니다요. 순수한 중의 눈으로 보면 안 보이는 것이 잡된 중의 눈으로 보면 보입니다요. 환쟁이들에게 가서는 환쟁이가 되고, 옹기장이를 만나면 옹기를 굽고, 유학 선비를 만나면 그들과 더불어 기생을 희롱하면서 시를 짓고, 어부를 만나면 함께 고기를 잡고, 농부를 만나면 농사를 짓고, 장사꾼을 만나면 장사 이야기를 하고, 백정을 만나면 살코기를 자릅니다요. 시방 저는 높이와 둘레와 깊이와 뿌리를 도저히 가늠할 수 없는 높은 산이신 탁옹 선생한테 와서, 탁옹 선생께서 보시고 생각하는 눈으로 산山

공부, 산(生) 공부, 산産 공부를 모두 하고 있습니다요."

정약용은 속에서 뜨거운 불덩이 하나가 불끈 솟구쳐 올랐다.

"너 이놈, 시방 네놈이, 노예처럼 글쓰기에만 집착해 있는 유학 선비인 나를 관세음보살처럼 제도하겠다는 것이냐?"

초의는 두 손을 짚고 엎드리면서 도리질을 하고 나서 말했다.

"저는 탁옹 선생의 둘째 아드님이신 학유하고 동갑이지만, 세 살 위인 학연하고 오히려 더 친하구만이라우. 얼마 전 운길산 수종사에 계시는 해봉 선사를 찾아갔다가, 두물머리 소내의 탁옹 선생 본가 여유당에 가보았습니다요. 그 본가 마당에서 한강을 등진 채로 운길산과 수종사를 쳐다보니께, 강진 구강포에서 바다를 등친 채 다산하고 만덕사하고 만덕산을 아울러 쳐다보는 것하고 똑같았습니다요. 그 순간 어떤 느낌이 들었냐 하면, 그 산이 거대한 치마폭 같았습니다요. 달리 말한다면 우주(천지)의 치마폭 말입니다요. 그 다산성多産性의 치마폭 같은 지리와 풍토를 호흡했으므로, 탁옹 선생께서는 지금껏 그렇게 많은 글을 쓰셨고, 앞으로도 더 많은 글을 쓰시게 될 거라는 생각을 감히 했구만이라우."

"하아, 이곳 만덕산과 두물머리 운길산을 다산성의 치마폭으로 보았다? 흐음, 네 말을 듣고 보니 그럴 것 같구나."

초의가 말을 이었다.

"저는 탁옹 선생께서, 『주역』의 '천명'을 주자가 말한 '본연지성'으로 보지 않고 '하느님의 명령'으로 해석하시는 것을 듣고, 세상이 환하게 밝아지는 느낌이었습니다요. 저는 하느님의 명령과 부처님의 명령을 똑같은 것으로 생각하구만이라우. '나의 눈이 하늘의 별을 만든다' 하고 말할 때의 '나의 눈'은 어떤 눈인가. 그 눈은 하늘의 명령에 따르고, 부처님의 명령에 따르는 각성한 자의 눈이어야 합니다요. 그 각성한 자가 선비입니다요. 탁옹 선생께서는 선비란 '이 세상을 살아갈 만한 가치가 있는 세상으로 만들어가라는 소명을 받고 사업을 하는 자'라고 했습니다요. 그 선비와 각성한 중놈이 동격일지도 모른다는 생각을 하게 하신 것이 탁옹 선생인데, 제가 탁옹 선생한테 반하지 않을 수 있겠습니까요? 저는 절에 모신 부처님만 부처님이 아니고, 철들지 않은 이 중놈을 확철하게 눈뜨게 해주는 존재들은 다 부처님이시라고 생각하구만이라우."

초의는 진정으로 정약용에게 감사의 절을 했다.

정약용은 찬란한 무지개 한 자락이 가슴속으로 밀려 들어오는 듯싶었다. 초의 이놈은 한마디 한마디 말을 하면서, 그 말마디들 굽이굽이에 깨달음의 결과 무늬를 만들어 새겨 넣고 있는 놈이다. 초의 이놈과 만난 것은 행운 가운데 행운이다.

다시 연두색 머리처네

강진에 유배된 지 18년째 되는 순조 18년 8월에, 정약용은 이태순의 상소로 해배가 되어 고향 소내의 집으로 돌아왔다. 18년 만에 돌아오니, 그는 한 사람의 타향에 온 손님인 듯 서먹서먹했다.

차라리 강진 다산 초당이 고향집인 듯 포근하고 편했다.

그곳 강진의 친지와 제자들이 해배된 것을 경하드린다고 말하고, 술병 들고 오고 고기 잡아 들고 와서 서울로 돌아가는 그의 길을 축하해주었지만, 한편으로는 즐겁고 다른 한편으로는 오히려 또 다른 한 곳으로 유배되어가는 것만 같이 슬프고 불안스러웠다.

학연과 학유는 해배 소식을 듣고 달려와서, 그곳 제자들과 어울려 다신계를 조직하고, 이삿짐을 쌌다. 이때껏 글쓰기에 참고한 책들이 1천5백여 권이고, 그동안 저술한 책들이 5백여 권이었다. 책을 지고 가는 놉만 열다섯 사람이었다.

그가 쓰던 이부자리와 책상과 다관들과 여타의 살림살이들은 모두 초당에 그대로 두고 떠나가기로 했다. 그녀가 준 거문고도 두고 가기로 했다.

다신계의 계칙에 따라 계절마다 한 차례씩 주기적으로 제자들이 모여 학문을 닦고 토론하기로 한 것이므로, 다산 초당에도 살림살이들이 필요했다.

유배 풀려 고향으로 돌아가는 스승인 정약용과 그를 떠나보내는 제자들 사이에는 이상스러운 일이 일어났다. 그들은 모두 기뻐하며 노래하고 춤추면서도, 이별이 서운해서 눈물들을 흘렸다. 소매로 눈물을 훔쳤다. 정약용도 가슴이 쓰리려 눈물을 흘렸다.

그날 이른 아침 찬란한 여름 햇살을 받으며, 강진읍에서 영암 나주 쪽으로 넘어가는 서북 편의 누릿재에 사람들이 줄지어 가고 있었다. 그들은 개미 이사 가는 날 수많은 개미들이 하얀 쌀알 같은 자기네 알들을 물고 가는 것 같았다.

그깃은 해배되어 고향으로 가는 정약용을 전송하는 인파였다.

머리가 하얗게 센 주막집 주모, 이제 중년이 된 중노미, 보은산 고성암 암주, 만덕사와 대둔사 스님들, 근동의 유생들, 제자들과 그들의 아버지 어머니 형제자매들이었다. 전송하는 것을 구경 나온 사람들도 구름 같았다.

그의 가슴을 제일 아프게 한 것은 연두색 머리처네 자락과 쪽색 치맛자락이었다. 동문 앞을 지날 때 울타리 사이로 연두색 머리처네와 쪽색 치맛자락이 보였다. 그는 코와 눈이 매웠고, 가슴이 쓰라렸다.

그녀는 숨어서 얼굴을 내놓지 않은 채 그를 배웅했다. 기쁜 자리에서 자신의 슬피 우는 모습을 보여주지 않으려는 것인지도 모른다. 그 연두색 머리처네와 쪽색 치맛자락은 말을 타고 떠나오는 그의 눈길을 자꾸 붙들어 매고 놓아주지 않았다.

아내의 치마폭

　여유당으로 돌아온 정약용을, 오래전에 돌아가신 장모처럼 머리가 하얘지고 주름살 깊어진 늙은 아내 홍씨가 맞았다. 아내는 주위 사람들의 눈길을 의식하지 않은 채 그를 와락 껴안으면서 울었다.

　통곡이었다.

　형제와 이웃 사람들이 모두 모여들어 울을 짜고, 두 사람의 슬픈 만남을 엉엉 울면서 축하해주었다. 과부가 되어 있는 둘째 형수는 그의 앞에 엎드리면서 통곡을 했다. 소흑산도에서 유골로 돌아온 남편을 생각하고 그러는 것이었다.

서얼 아우인 약횡 부부도 땅바닥에 엎드려 큰절을 하며 울었다.

그와 이삿짐을 짊어진 놈들이 마당으로 들어온 다음, 하인들은 기다렸다는 듯이 대문간과 골목길 바닥에 소금을 뿌렸다.

불혹의 나이에 떠나갔다가 예순을 앞둔 나이에 반백의 머리칼로 돌아온 고향이었다.

하늘과 앞산과 뒷산과 질펀하게 펼쳐진 두물머리의 물너울과 집들이 변함없건만, 정약용은 그것들이 모두 아득한 전설 속에서 들었던 것인 듯 낯설었다. 토담 위로 머리를 내민 감나무가 낯설고, 머리칼 하얗게 희어진 아내 홍씨가 낯설고, 검은 수염들을 예쁘게 기른 두 아들과 얼굴에 잔주름살 생긴 며느리들이 낯설었다.

낯선 딸과 낯설어 보이는 사위 윤창모가 와서 눈물 질금거리고 웃으며 인사를 올리고, 사돈들이 찾아와서 함께 즐거워해주고 돌아갔다. 낯선 마을 사람들도 축하해주었다. 작은아버지들은 모두 돌아가시고 없었다. 낯설게 어른이 된 사촌 아우들과 하인의 가솔들이 엎드려 절을 했다.

그의 서재 문 위에 걸린 편액 '여유당與猶堂'을 쳐다보았다. 열아홉 살의 나이를 먹은 그 편액은 거무스름하게 그을어 있고 햇빛과 풍우로 인해 금이 가고 퇴색해 있었다.

안채의 안방에서 아내와 나란히 잠자리에 들었다. 천 리 길을 달려온 피곤으로 인해 깊은 잠 속으로 빠져들었다. 그런데 밤중에 잠이 깨어 소피를 본 다음 더 잠들 수 없었다. 마을 어디선가 개 짖는 소리가 들려왔고, 누군가가 다시 그를 포박하러 올 것 같은 불안감이 잠을 쫓았다.

푸르스름한 빛이 방 안에 가득 차 있었다. 밖에는 열나흘의 중천에 뜬 달빛이 쏟아지고 있었다. 아내의 숨소리가 고르지 않았다.

그가 잠이 깬 것을 안 아내의 숨결이 점차 거칠어졌다. 마침내 '흐흐흑' 하고 새삼스럽게 울음소리를 냈다. 그녀는 그가 없는 동안 혼자 절통하며 보낸 세월들의 무늬를 한 결 한 결 거꾸로 돌리고 있었다.

"우리 농장이, 그 또록또록 야물게 생긴 아이가 벌겋게 열꽃이 피어가지고, 얼마나 아버지를 찾았는지…… 아마 영감 꿈에도 그 아이 보였을 것입니다" 하고 말했다. 앙가슴에 묻은 막내아들 이야기를 하고 있었다.

이어서 "내가 살 만큼은 살았다만, 우리 집안 대들보 못 보고 죽기 애통하다"고 하면서 죽어간 두 작은아버지들의 이야기, "어머니, 어머니, 내 병 낫게 해줘. 나 병 나아가지고 강진 작은아버지한테 가서 공부할 거야" 하고 제 어머니 손잡고 울면서 죽어간 조카 학초의 이야기, "내가 기어이 우리 영감 돌아오신 것을 보고 죽으려고 했는데……" 하며 죽어간 서모(약횡의 어머니)의 이야기, 마지막으로 작은며느리(학유의 아내) 죽어간 이야기를 훌쩍훌쩍 울면서 줄줄이 늘어놓았다.

"우리 작은며느리 떠나간 정상이, 제일로 오래오래 가슴을 아프게 합니다. 이 며느리는 유순하고 조심성 있고, 시어머니를 제 친어머니같이 사랑하고 섬기고, ……영감이 안 계신 17년 동안을 내내 나하고 한 이불 속에서 자고, 식구들이 먹고 남은 밥으로 끼니를 때우면서 서로 의지하고 살았습니다. 제가 도저히 잊을 수 없는 것은, 농장이 죽은 그해 한겨울밤에 이질 배앓이를 하고 설사를 열여차례나 했는데, 이 며느리는 측간에까지 따라와서 대변보는 일을 도와주고, 신음하는 소리를 걱정해주고, 오물로 더러워진 옷을 빨아주고……."

그는 아내의 손을 힘주어 잡아줄 뿐, 무어라 위안해줄 말을 찾지 못했다. 그의 가슴으로 흘러든 물줄기 같은 그녀의 슬픈 사연들을 받아들일 수밖에 없었다.

얼마쯤 후 아내는 모로 돌아누워 그의 옆구리에 얼굴을 묻으면서 속삭였다.

"영감, 용서해주십시오. 이 소갈머리 없는 년이 이 꾹 악물고 밖으로 뱉어내지를 말아야 하는데……. 오랜만에 돌아오신 영감의 마음을 쓰라리게 하고 있습니다."

그녀의 뜨거운 입김이 그의 옆구리를 파고들었다.

그는 그녀가 오래전에 강진으로 보낸 빛바랜 붉은 치마폭을 떠올렸다. 수종사와 그의 여유당을 품고 있는 운길산과 만덕사와 다산 초당을 품고 있는 만덕산이 치마폭 같다고 하던 초의의 말을 떠올렸다.

결국 가장이 부재중인 집안을 다스리고 이끌어온 것은 아내 홍씨의 치마폭이었구나, 하고 그는 생각했다. 그러자 북한강 물줄기와 남한강 물줄기가 어우러지는 질펀한 두물머리의 물너울이 눈앞에 펼쳐졌다. 강진만의 푸른 바다 물굽이도 떠올랐다. 아, 나를 만든 것은 그 두 개의 질펀한 물너울이다. 거대한 천지 우주의 치마폭 아래 너울거리는 물너울들.

그는 몸을 일으켜 서재로 갔다. 기름접시 불을 밝히고, 놉들이 짊어지고 온 책들을 정리하고, 지필묵을 찾아내서 알맞게 늘어놓았다.

먹을 갈고, 머리에 떠오르는 대로 글을 쓰기 시작했다. 젊은 시절부터 생리가 불순하여 잉태하지 못함으로써 소생이 없는 작은며느리, '효부 심씨(학유의 아내)'의 묘지명을 썼다.

……시아버지 섬기기 한 해뿐이라

나는 그 어짊을 알지 못하나

시어머니 섬기기 17년이라

시어머닌 너를 두고 예쁘다 하였느니.

손가락의 마비

사람에게 형벌 내리기를 신중히 하라는 뜻의 책『흠흠신서欽欽新書』를 반쯤 썼을 무렵부터, 오른손의 모든 가락들이 마비되었다. 손에 잡은 붓대가 흘러내리고, 글씨의 점과 획과 파임이 제대로 이루어지지 않았다. 손끝에 힘을 억지로 주다 보니 팔이 뻣뻣해졌다. 팔이 뻣뻣해지니 옆구리가 결리고 목줄까지 굳어졌다.

손아귀로 붓대를 움켜잡고 쓰는 운필(악필握筆)법으로 썼다. 악필은 큰 글씨들은 되는데, 작은 글씨들이 잘되지 않았다. 왼손으로 써보았지만, 글씨가 온전하게 써지지 않았고, 달필도 되지 않았다.

붓을 놓고 한동안 궁리한 끝에 좋은 꾀를 하나 생각해냈다. 오른손 끝에다가 붓대를 대붙여놓고, 깨끗이 빨아놓은 발싸개로 친친 동여 묶어가지고 썼다.

손에다가 붓을 묶어가지고 글을 쓰자, 아내가 차를 들고 와서 보고 "아이고 아이고!……" 하며 측은해했다.

"영감, 글을 쓰실 만큼 쓰셨으니까 이제는 좀 쉬십시오. 성치 않으신 손으로 하시는 모습을 차마 볼 수 없습니다."

그는 빙긋 웃으면서 말없이 고개를 끄덕거려주고, 왼손으로 손사래를 치고 출입문 쪽을 가리켰다. 방해가 되니 어서 나가달라는 것이었다.

그렇게 손끝에 친친 동여 묶은 붓으로 『흠흠신서』를 마치고 『아언각비雅言覺非』를 내쳐 끝마쳤다.

'배우는 것〔學〕은 깨닫는 것이고, 깨닫는 것〔覺〕은 잘못 알고 있었던 것을 참되고 바른말을 통해 확인하는 것이다. 잘못 알고 있었던 것을 깨닫고, 부끄러워하고 뉘우치는 것을 배움〔學〕이라 이르는 것이다.'

강진에서 가지고 온 『방례초본』 초고에다가 내용을 얼마쯤 덧붙인 다음 『경세유표』로 이름을 바꾸었다. 책을 어루만지며 둘째 형님 정약전을 생각했다. 그 형님이 살아계시면 서문을 써달라고 할 터인데……. 가슴이 쓰라렸다.

책 써내는 일은 벼슬살이하는 것과 마찬가지로, 암흑에서 광명으로 나아가는 정신적인 투쟁이다. 낚시질하는 어부가 바닷속에서 고기를 잡아 올리듯이, 어둠 속에서 빛을 건져 올리는 것이다.

섣달부터는 그가 친히 사귄 사람으로 먼저 멀리 떠나간 사람들의 묘지명을 하나씩 쓰기 시작했다. 그것은 무덤에 새겨 넣는 글이다.

회갑을 맞은 해에는 스스로의 자찬 묘지명을 썼다.

떠나가는 나그네

정약용이 아내 홍씨와 결혼한 지 60년 되는 기념일[回婚日]이었다. 문중 친척들과 문하생들이 다 모였다. 큰 마당에는 초례청이 마련되었다. 병풍을 치고 양쪽에 잔칫상을 차려놓았다.

그 회혼일 잔치 마당이 일순간에 장례 준비 마당으로 변했다. 정약용이 자기 혼자서만 아는 먼 나라로 떠나가려 하고 있었다.

정신을 가다듬은 정약용은 미리 준비해놓은 '유언장'을 학연에게 주며, 모기만 한 소리로 "읽어봐라" 하고 나서 눈을 감았다.

유언장은 장례 절차였다. 학연이 무릎을 꿇고 엎드리며

"아버님!" 하고 울었다. 학유도 따라 엎드리면서 울었다.

정약용이 눈을 실처럼 가늘게 뜨고

"어서 소리 내어 읽어라" 하고 말했고, 학연이 울음 섞인 목소리로 읽어 내렸다.

"내가 남긴 이 유령은. 너희가 일반의 상례나 풍속을 따를 것이 없음을 말하려는 것이다. 너희는 오직 내가 명한 나의 뜻에 따라 할 일이다. 살았을 때 그 뜻을 받들지 않고 죽었을 때 그 뜻을 좇지 않은 자들은 불효자이다. 내가 '예절에 관한 경전'을 수년 동안 정밀하게 연구했으므로, 이 유령의 뜻은 다 그것에 근거를 둔 것이고, 감히 나 혼자 멋대로 한 것이 아니다. ……나의 유령은 다음과 같다."

이때 방 안의 일을 수상하게 여긴 바깥 사람들이 하나씩 둘씩 몰려와서 무릎을 꿇고 방 안으로 귀를 기울였다.

학연은 계속 읽어 내렸다.

"내가 병이 나면 여유당에 거처하게 하고, 부녀자들을 물리치고 외부 사람은 절대로 들이지 말아야 한다.

숨이 끊어지면 속옷을 벗기고 새 옷을 입혀라.

그날 안으로 목욕시키고 염습하여라.

시체의 눈을 가리는 베는 검은 비단에 붉은 안감을 써라.

귀마개는 솜으로 하여라.

명의明衣는 무명을 써라(요즘은 홑적삼을 쓰는데, 적삼은 잇댄 것이 있으니 한삼汗衫이라 한다).

속옷은 겹옷으로 하는데, 위는 소매 긴 옷을 쓰고, 안에는 바지를 쓰되 무명으로 하여라.

중간 옷은 홑옷을 쓰는데, 명주도 좋고 무명도 좋다. 입던 옷도 좋다.

겉옷은 두루마기를 쓰는데, 명주도 좋고 무명도 좋다.

검은 띠는 흰 선을 둘러야 한다(선을 두르지 않아도 좋다). 옛날에는 그냥 포布를 썼다(넓이는 두 치이고 길이는 석 자이며 양쪽 끝을 늘어뜨리지 않는다).

흰 신은 푸른 선을 두른다.

얼굴 가리개는 비단을 쓰되 복건幅巾을 사용하지 않는다.

버선은 끈이 있고, 바지에는 띠가 있게 한다. 녹색 주머니가 네 개인 명주나 가는베를 쓴다.

작은 이불은 겹이불을 쓴다(거기에는 솜을 넣지 마라). 무명이거나 삼베이거나 더럽지 않으면 빨지 않고 쓴다.

숨이 끊어지고 하루 반이 지나야 시체를 새로 지은 옷과 이불로 쌀(소렴小殮) 수 있는 법이다.

시신을 묶는 끈은 삼베를 쓰되 그게 없으면 무명을 써라.

관의 빈 곳에 구겨 넣는 옷은 해진 것을 씀이 마땅하다.

소렴한 다음 날, 시신에 옷을 거듭 입히고, 이불로 싸서 베로 묶는데(대렴大斂), 관은 몸에 맞게 하고 칠성판과 차조의 재(灰)는 관 바닥에 깔지 마라.

이불과 요는 쓰지 말고 소렴한 시신을 곧 관에 넣어야 한다.

빈 곳을 재우는 데는 옷과 솜을 쓰지 말고 짚과 황토를 써라.

황토는 크게 빈 곳에서 파다가 구워 말려 채로 쳐서 종이 주머니에 담아 써라.

시신을 관에 넣고 덮는 이불(천금天衾)은 무명을 쓰되 붉은색 안 감을 댄 검은색으로 써라.

다홍 바탕에 흰 글씨로 죽은 사람의 품계·관직·성씨를 기록한 기(명정銘旌)를 만들어 혼백과 마주 두고, 장례할 때 그 다홍 깃발을 설치하여라.

여유당 뒤편 동산에 매장하되, 지관에게 물어보지 마라.

직사각형의 구덩이를 만들 때는 회로 쌓지 말고, 하관할 때 회를 채워 넣어라.

회를 모래에 섞을 때는 재료를 잘 선택해야 하고, 아주 고르게 이겨야 한다. 사람의 자식으로서 마음을 쓸 것은 이 한 가지뿐, 다른 것은 쓸데없는 일이다.

비석이나 망부석 상석은 지나치게 세우지 마라.

그 나머지는 『상의절요』를 어겨서는 안 된다. 너의 어머니상도 이와 같이 하는데, 여인인 까닭에 다른 점이 몇 가지 있을 터이다.

발문:

천하에 가장 업신여겨도 되는 것은 시체이니라. 시궁창에 버려도 원망하지 못하고, 비단옷을 입혀도 사양할 줄 모르는 것이 시신이다. 시신은 지극한 소원을 어겨도 슬퍼할 줄 모르고, 지극히 싫어하는 짓을 해도 화낼 줄 모른다. 그러므로 야박한 사람들은 이를 업신여기는 것이고, 효자는 이를 슬퍼하는 것이다. 그러니 이 유령은 반드시 지키고, 어기지 말아야 한다.

그렇게 하는 것에 대하여, 옆에서 떠들고 비웃는 자는 사실상 반드시 어리석은 자임에도 불구하고 살아 있기 때문에 두려워하지만, 시체는 말이 없으므로 박학한 사람임에도 불구하고 죽어 말을 못 하는 것이기 때문에 업신여기니 어찌 슬픈 일이 아니겠는가. 앞의 첩에서 말한 바를 털끝만큼이라도 어긴다면 불효로 시신을 업신여기는 것이다.

너희 학연, 학유야. 정녕 내 말대로 하여라."

학연이 울면서 유언을 읽고 있을 때, 정약용은 두물머리 물너울 위로 둥둥 떠서 한 바퀴 선회한 다음, 거대한 천지 우주의 치마폭 같은 운길산을 향해 날아올라갔다. 얼마쯤 뒤 그가 이른 곳은 땅에서 날아올라간 무지개가 닿아 있는 곳이었다.

편편한 곳에는 복사꽃, 살구꽃, 배꽃 들이 흐드러지게 피어 있었고, 어디선가 아스라하게 닭 우는 소리가 들렸다. 언덕 아래로 시냇물이 졸졸 흐르고, 산기슭 아래쪽으로는 질펀한 물이 휘돌아 흐르고, 산 위쪽으로는 흰 구름 몇 장이 뜬 짙푸른 하늘이 있었다.

사방을 둘러보고 있는데, 어디선가 본 듯한 사람이 하늘 쪽에서 비탈 완만한 길을 밟아 내려왔다. 젊은 시절의 벗 이벽이었다. 달려가서 이벽의 손을 잡았다.

"광암, 어쩐 일이시오? 시방 어디서 계시다가 여길 왔소? 여기는 어디요?"

정약용의 물음에 이벽은 빙긋 웃고 나서 말했다.

"나는 천국에서 왔소이다. 시방 여긴 새 세상이오."

"새 세상이라니요?"

"정공이 꿈꾸던 바로 그 세상이오. 정공은 늘 어짊(仁, 착한 진리)이 하늘 길을 밟아 내려오고, 예(禮, 착한 실천)가 땅의 길을 밟아 올라가다가 서로 만나는 곳에, 그야말로 살아갈 만한 가치가 있는, 덕과 복의 새로운 세상이 생긴다고 했고, 그것을 이때껏 꿈꾸어오지 않았습니까? 정공의 그 꿈은 시방 이렇게 이루어졌습니다."

"하아!"

정약용은 탄성을 지르면서 짙푸른 하늘과 꽃향기들이 물씬 풍기는 땅 여기저기를 둘러 살폈다. 그때 조금 전에 이벽이 밟아 내려온 그 하늘 길을 따라서 한 무리의 하얀 도포 차림을 한 사람들이 내려왔다. 정약전·정약종·이가환·이승훈·황사영·김범우·윤유일 들이었다.

정약용은 달려가서 두 형제를 끌어안았다. 한데 엉겨 감격하고 있는 세 형제를 주위의 다른 사람들이 얼싸안아 주었다.

그들은 도포 자락을 펄럭거리며 집을 짓기 시작했다. 수없이 많은 인부들이 몰려들어 터를 닦고 주춧돌을 놓고, 기둥을 세우고, 들보를 올리고, 서까래를 얹고, 지붕을 올렸다. 마당 옆에 연못을 파고, 연꽃을 심고, 산의 샘물을 대롱으로 끌어다가 그 연못으로 졸졸 흘러들게 하고, 마당에 차 부뚜막을 놓았다. 숲 사이에서 연두색 머리처네 자락과 쪽색의 치맛자락이 팔랑거렸다. 몸을 돌리자, 흰 치마저고리에 머리털 허연 아내 홍씨가 툇마루에서 그를 기다리고 있었다.

그의 등 뒤에서 이벽이 말했다.

"정공의 뜻대로 되었습니다. 정공이 자리 잡은 새 세상은, 하늘을 머리에 이고, 아래쪽에 강의 물너울을 거느린 거대한 천지 우주의 치마폭 같은 다산성의 세상 한복판입니다. 동암에는 서재가 있고, 서암에는 차실이 있습니다. 여기서 서쪽으로 멀지 않은 산골짜기에 암자가 있는데, 암자의 주지가 곡차를 즐길 줄 아는 화통한 스님이랍니다. 동쪽으로는 정공이 일구기에 알맞은 자그마한 밭이 한 뙈기 있습니다. 이 초당에서 저술하며 사시다가 답답해지면, 암자의 주지하고 술 대작도 하시고, 밭도 일구시고, 저 아래로 내려가서 낚시질도 하시고……. 자, 그럼 잘 사십시오. 우리는 우리 세상으로 갑니다. 또 만납시다."

이벽이 앞장서서 하늘 길을 밟아 올라가자, 둘째 형 정약전이 그의 소매를 잡아 흔들어준 다음 이벽을 따라가고, 다른 사람들이 모두 뒤를 따랐다. 그들을 배웅하고 나서 그는 골짜기의 자드락길을 따라 올라갔다.

자그마한 암자가 보였다. 거기에서 목탁 소리가 들려왔다. 시냇물을 따라 내려오다가, 그가 일굴 자그마한 밭을 둘러보고, 초당 마당으로 와서 연못 앞에 섰다. 연꽃들이 화사하게 피어 있었다. 대롱을 타고 샘물이 졸졸 흘렀다. 물고기들이 유영을 했다. 툇마루에 서서 보니 서재 안쪽 구석에 낡은 거문고가 기대서 있었다. 어디서인가 거문고 타는 소리가 들려왔다. 그 소리가 흰빛이 되어 날았고, 그것은 한 마리 흰 물새가 되었다. 거문고의 선율을 따라 춤을 추며 허공을 선회하는데, 별 총총한 밤하늘에서 떨어진 별똥 하나가 운길산 저 너머로 날아갔나. 그는 자신이 꿈같은 전원에 살고 있는 정약용인지, 거문고의 신묘하고 구슬픈 선율 한 가닥인지, 한 줄기 휘황한 빛인지, 한 마리의 영롱하고 투명한 새인지, 파란 선을 그으며 떨어지는 한 개의 별똥인지 분별할 수가 없었다.

거문고는 왜 신의 악기〔神琴〕인가
수많은 누에고치들의 순절 때문이네.
그들의 몸을 비틀어 꼰 울음은

혼의 선율이 되고 그 선율은 빛이 되고

찬란한 빛은 새가 되어

펄펄 하늘 한복판으로 날아가네.

작가의 말

『다산』을 새로이 펴내면서

사람은 두 개의 돌을 가지고 살아가야 하는 것이라고, 돌아가신 할아버지께서 말씀하셨다. 하나는 귀감龜鑑(거울)이고 다른 하나는 타산지석他山之石(생기기는 흉측하지만 나의 칼을 가는 데에 사용하는 숫돌)이다. 다산 정약용 선생은 나의 인생살이에서 한 개의 거대한 맑은 거울이다. 나는 선생을 알게 된 이후부터 늘 나를 다산 선생이라는 거울에 비추어보면서 살았다.

초판을 펴낸 지 오랜 시간이 흐른 뒤에 개정판을 낸다.

처음 이 소설을 쓸 때 나는 '이 시대에 왜 하필 다산 정약용을 이야기하려 하는가' 하고 수없이 따져 묻곤 했다.

지금 개정판을 내면서, 나는 다시 나를 향해 묻곤 했다. '왜, 한 번 펴낸 소설『다산』을 다시 고쳐 쓰고 있는가?'

다산 정약용 선생의 삶은 소설의 소재로서 매우 무겁고 방대하다. 그것을 나는 쉽게 풀어 쓰고, 함축하려고 애썼다. 이 시대 상황 속에서 선생의 삶과 정신을 새로이 해석하려고 애썼다. 그러기 위해서는 선생 속으로 내가 들어가고, 내 속으로 선생을 들어오게 하여, 혼융 일체가 되어야 했다.

이 소설을 나는 순수 문예 현대 소설을 쓰듯이 밀도 짙게 쓰려고 애썼다. 독자들의 호흡이 짧아져 있다는 사실을 감안하여, 영상적인 이미지를 살려, 한 컷 한 컷씩을 짧게 끊어서 썼다.

원고를 넘길 때까지, 열 몇 차례나, 갈고 닦는다는 생각으로 썼지만, 일단 책으로 펴낸 다음에 읽으니 불만스러운 대목들이 한두 곳이 아니었다. 어떤 부분은 잘라 없애버리고 싶었고, 어떤 부분은 다 지워버린 다음 새로이 아름답고 간결하게 서술하고 싶었다.

이 개정판에서는, 먼저, 다산 정약용 선생의 강진 유배 생활 가운데 놓친 부분을 보완했다. 둘째, 선생의 인품을 표현한 부분들에서 미진한 대목을 수정 보완했고, 셋째, 군더더기 사건과 일화들을

311

과감하게 잘라냈다.

몇 년 지난 다음 나는 다시 읽어보고 불만스러운 대목을 고쳐 갈
지도 모른다.

2024년 가을
해산토굴에서 한승원

나의 구도 행각 혹은 천지간의 큰 산인
다산 정약용 탐색하기

소설 쓰기는 나에게, 하늘의 명령〔天命〕에 따른 사업事業이다. 사업은 경제적인 활동만을 말하는 것이 아니다.『주역』에서는 '사업'의 정의를 이렇게 말한다.

'우주의 율동 원리에 따라 천하의 인민에게 실행하는 것이 사업이다.'

다산 정약용은『대학공의』에서, 불교인은 마음 다스리는 것을 사업으로 삼지만, 유학자는 사업으로써 마음을 다스린다고 했다. 선생에게 사업은 저술하기였고, 그것을 통해 정심正心을 얻곤 했다. 정심은 불교에서 말하는 깨달음〔覺〕이다. 물론 선생의 저술 행위는, 『주역』에서 말하는 바로 그 사업이다.

이 소설을 나는, 1801년 신유사옥(벽파가 천주교를 내세워 정적을 숙청한 사건)으로 말미암아 죽을 고비를 간신히 넘기고 귀양살이를 하게 된 다산 정약용 선생이 기구하고 신산한 운명을 어떻게 무엇으로 이겨냈을까, 하는 데에 푯대를 맞추어 썼다.

다산 정약용 선생은 산에 비유하면, 수많은 준봉들을 푸른 하늘 속에 깊이 묻고 있는 보랏빛의 영검하고 웅대한 산이다. 그러한 산에 잘못 들어가면 길을 잃고 조난을 당할 수도 있다.

가령 다산 정약용과 사귄 이후 술병이 들어 40세의 나이로 요절한 아암 혜장 스님은 길을 잃고 조난을 당한 사람일 터이고, 다산 정약용을 따름으로써 속이 더욱 웅숭깊어지고 영혼의 체구가 커지고 자유자재의 실사구시적인 선승으로 이름을 드날리게 된 초의 스님은 다산이란 산을 잘 탄 사람일 터이다.

나는 초의 스님처럼 다산을 잘 타려고 무진 애를 썼다.

지금의 경기도 두물머리 하류 쪽의 마재 소내가 고향인 다산 정약용 선생은, 정적들의 공격으로 말미암아 경상도의 장기와 전라도의 강진에서 18년 동안의 귀양살이를 한 다음 경기도 고향으로 돌아가서 생을 마감했다.

선생의 정직하고 청렴하고 치열한 귀양살이 이전의 삶을 읽으면서, 나는 '예가 아니면 말하지 않고 예가 아니면 보지 않고 예가 아니면 듣지 않고 예가 아니면 행동하지 않는' 자기 성찰에 투철한 참 선비 학자의 꿋꿋한 모습을 공부했고, 1801년 이후 18년 동안의 갇혀 산 삶과 해배 이후 노년의 삶을 읽으면서는 갇혀 사는 사람의 아프고 슬픈 절대 고독과, 그 고독을 이겨내려는 고귀한 분투와 꿈꾸기와 도학자의 여유를 배웠다.

그리하여 나그네새처럼 서울살이하던 나를 전라도 장흥 바닷가의 토굴로 끌고 내려와서 가두어놓고 기르면서, 선생의 사업을 흠모하고 본받으며 살아온 지 올해로 13년째이다.

이 장편소설은 그 결과물이다.

천지간의 영검한 큰 산인 다산 정약용 선생을 읽어내는 일은 나에게 있어 하나의 구도 행각이다. 오래전에 나는 먼저 선생의 둘째 형인 손암 정약전 선생의 이야기를 장편소설 『흑산도 하늘 길』로 형상화시켰고, 다음은 선생의 제자인 초의 의순 스님의 이야기를 장편소설 『초의』로 그려냈고, 선생의 후학인 추사 김정희 선생의 이야기를 『추사』란 소설로 써낸 바 있다. 그 세 소설을 쓰면서 먼발치로 읽어온 다산 정약용 선생을 이번에는 정면으로 두루 깊이 읽었다. 그 과정에서 나는 선생의 무지막지하게 드높고 넓은 세계 속에서 절망한 혜장 스님처럼 한동안 길을 잃고 절망하며 헤매었다.

선생의 큰 산속에서 오랫동안 나의 길을 찾기 위해서 헤매던 나는, 선생의 삶과 사상과 철학을 관통하고 있는 아킬레스건 같은 생각의 끈을 찾아냈다. 그 끈이 나에게는 한 줄기 빛이었다.

선생은 어린 시절부터 주자학을 읽다가 성년이 된 다음 새로운 세계인 천주학의 여러 저서들을 읽고 환희했고, 하느님을 깊이 신앙하기까지 했다.

이후 나라에서 금할 뿐만 아니라 천주교가 조상의 제사를 지내지 못하게 한다는 이유로 천주학을 버렸고, 정학으로 돌아섰다. 정학이란 공자·맹자·주자 등의 성인들의 학문이다.

그런데 얼마쯤 뒤 선생은 주자학을 비판했다. 만일 주자학을 비판하면, 정적들이 사문난적이라 하여 죽이려고 들 만큼 주자학이 절대적인 것이었음에도 불구하고, 신생은 그것을 비판한 것이다.

그 비판의 밑바탕에 천주학이 깔려 있음을 나는 발견했다.

선생의 사상과 철학 속에는 주자학과 천주학이 공존 공생하고 있다. 선생은 주자학을 비판하긴 하지만 외면하지 않고, 천주학을 버렸다고 했지만 그 요체를 가슴에 새겨 담고 있다.

옷감을 재단하는 가위에 비유한다면, 다산 정약용 선생의 사상과 철학은, 주자학(원시 유학)이라는 한쪽 날 위에 천주학이라는 다른 한쪽 날을 가새질러 포개고, 그 한가운데 사북으로 박혀 있다.

선생은 주자학과 천주학이라는 양날의 거대한 가위로써 세상을 재단하여 읽어내고, 새로이 디자인한 것이다. 그것이 선생의 삶의 모양새이고 모든 저서들이다.

서양의 새 문물을 받아들이기 시작하던 조선 후기, 사실에 의거해서 진리를 찾는 '실사구시'의 삶을 살았던 다산 정약용 선생은, 어둠 속에서 깊이 잠들어 있거나 길을 잃고 헤매는 인민의 영혼을 일깨워주는 꼭두새벽의 쇠북 소리이고, 잘못 흘러가고 있는 역사의 물줄기를 바로잡아주는 관개灌漑 사업이고 채찍이고 찬연한 빛이다.

이 소설을 쓰려고 기획하여 완결 지을 때까지 많은 사람들에게서 도움을 입었다.

천주교 교리서인 『천주실의』의 저자인 마테오 리치 신부, 『다산 정약용 유배지에서 만나다』 『다산 산문선』의 저자인 다산 연구가 박석무 선생, 『정약용과 그 형제들』의 저자인 역사 평론가 이덕일 선생, 『사암연보』의 역자이신 송재소 선생, 『정약용의 철학』의 저자 백민정 선생, 정약용의 모든 저서들을 번역 출간해준 정해렴 현대실학사 사장이 아니었으면 이 소설을 쓸 수 없었을 터이다.

오래 살아주심으로써, 잔병을 달고 사는 나에게 '나도 어머니를 닮아 오래 살 것'이라는 희망을 가지게 하시는 94세의 총총한 노모의 생명력, 내 건강을 보살펴주고 늘 용기를 주는 아내, 소설 쓰기의 고통스러운 길을 함께 가는 아들과 딸들에게 감사한다.

노안으로 말미암아 자료의 숲을 헤치고 다니거나 한 단어 한 문장 써가기가 힘이 들지만, 내가 절망하지 않고 줄곧 매진하곤 한 것은, 쓰는 사람 스스로의 개안開眼(눈떠가기)에 다름 아닌 소설 업을 함께 하고 있는 자식들과 후배 작가들에게, 마라톤 선수들처럼 숨이 딸꾹 멈출 때까지 꾸준히 치열하게 완주하는 것이 작가 된 자의 도리임을 보여주기 위해서이다.

소설 쓰기는 고통스러우면서도 순간순간 환희를 맛보게 하는 즐거운 노동이다.

이런저런 병치레로 몸이 천 길 밑바닥으로 가라앉고 부정맥이 나를 괴롭힐 때, 나는 저 높은 곳에 계시는 분들에게 '이 소설만 끝내고 잠들게 해주십시오' 하고 빌곤 했다.

성급하게 보채지 않고 오래오래 기다려준, 책을 펴낼 때마다 성원해준 독자 여러분께 깊이 감사드린다.

2008년 6월
해산토굴 주인 한승원

주요 등장인물

정약전(1758-1816) 호는 손암·연경재·현산이다. 다산의 둘째 형으로 어려서부터 김원성·이승훈·이윤하 등과 사귀면서 성호의 학문에 심취했으며 권철신 문하에서 공부했다. 1783년 이벽 등과 사귀면서 천주교를 접했다. 1801년 흑산도에 유배되어 죽었다. 그곳 물고기 생태 연구서인 『현산어보』(자산어보)를 저술했다. 평생 다산의 형 노릇, 스승 노릇을 한 인물.

정약종(1760-1801) 다산의 셋째 형이다. 이승훈과 함께 청나라에서 들어온 신부 주문모를 맞아 천주교 전도 활동을 했다. 한국 최초의 천주교 명도회 회장으로 전도에 힘쓰다가 1801년 순교했다. 저서에 천주교 교리서인 『주교요지』가 있다.

정약현(1751-1821) 다산의 큰형이다. 정조 19년 진사시에 합격했다.

정재원(1730-1792) 다산의 아버지로 영조 38년 생원시에 합격, 음보로 목사에 이르렀다. 이곳저곳 지방관으로 다니면서 다산을 데리고 가 공부하게 했다. 휴직하면서는 다산을 가르쳤다. 다산을 극진히 사랑했다.

정재진(1740-1812) 다산의 작은아버지이다.

정학연(1783-1859) 아명은 학가·무장, 호는 유산, 다산의 맏아들이다. 시문과 의술에 능했다.

319

정학유(1786-1855) 아명은 학포·문장. 다산의 둘째 아들이다. 『농가월령가』를 지었다고 전해진다.

정학초(1791-1807) 정약전의 아들로 머리가 명석했고 다산이 후학으로 기대했으나 17세의 어린 나이로 죽었다. 다산이 「형의 아들 학초 묘지명」을 지었다.

이벽(1754-1786) 호는 광암. 한국 최초의 천주교 연구가. 벼슬을 마다하고 천주교에만 몰두했다. 다산의 큰형 정약현의 처남으로 다산과 가까웠다. 그의 아버지 무인 이부만이 아들 이벽의 천주교 신앙에 반대하고 광에 가두어 독살시켰다. 흑사병에 걸려 죽었다며 부고도 내지 않고 몰래 장사 지냈다.
『주역』을 새로이 해석하였다. 다산은 자기 저서 『중용자잠』 서문에서 이벽의 영향이 컸음을 고백한 바 있다.

이승훈(1756-1801) 이가환의 생질인데, 이벽의 회유에 따라 천주교에 입문한다. 아버지 참판 이동욱을 따라 중국 북경에 갔을 때 천주교회를 찾아가 한국 최초로 영세를 받은 교인이다. 교명은 베드로. 다산 정약용의 매형이다. 귀국한 이승훈은 정약전·성약용·정약종·이가환·권철신·김범우 등 모든 이들에게 영세를 주었다. 1801년 신유사옥 때 옥사했다.

이가환(1742-1801) 호는 정헌. 성호 이익의 종손으로 벼슬은 형조판서에 이르렀다. 남인으로 이승훈의 외삼촌이고, 중국에서 영세받고 온 이승훈에게서 세례를 받았다. 정조 임금의 사랑을 받았다. 천재적인 머리에다 박학다식했고 문장으로 이름났으며 천문학의 대가였으나, 1801년 신유박해 때 순교했다.

채제공(1720-1799) 호는 번암. 정조 임금 밑에서 영의정을 지내면서 많은 치적을 남겼다. 다산을 아긴 인물인데, 그가 죽은 뒤 신서파의 세력이 약해졌다.

초의 의순(1786-1866) 조선 후기의 스님. 속성은 장씨, 무안 삼향 출생. 다산에게서 시와 유교 경서를 공부했다. 혜장이 죽은 다음 다산을 따르면서 위로했다. 추사 김 정희와 평생 동안 지기였다. 대둔산에 '일지암'을 짓고 수도하다가 『다신전』『동다 송』『선문사변만어』 등을 썼다. 선배 승려인 백파와 치열한 논전을 벌인 바 있다.

박장설(1729-?) 신서파를 공격한 인물. 정조 19년(1795) 5위도총부의 부사직副司直 으로 있으면서 천주교의 보급을 격렬하게 반박하고, 이가환의 죄상을 강력히 탄핵 하였다가 정조의 미움을 받아 귀양갔다. 1797년 방면되어 대사간에 발탁되었다. 1801년 순조가 즉위하여 벽파가 집권하면서 영의정 심환지의 추천으로 승지·호조 참의를 거쳐 참판에 올랐다.

목만중(1727-?) 남인으로 대사간을 지냈다. 한때 다산 집안과 가까웠고 다산이 문과 급제한 때에는 소내 마을까지 와서 축하해주었으나 후에 다산 일파를 모해한다.

홍낙안(1752-?) 뒤에 홍희운으로 개명. 천주교도들을 공격하여 진산사건을 일으키 고, 정약용을 끝까지 죽이려 했지만 뜻을 이루지 못했다. 승지에 이르렀다.

서용보(1757-1824) 벽파로 다산 일파를 모해한 인물. 순조 1년(1801) 우의정, 1803년 좌의정, 이듬해 판중추부사가 되었고, 1819년 영의정에 올랐다. 다산을 유배 보내 는 데 큰 역할을 하고 유배가 풀리지 않도록 작용한 인물이다. 후에 다산이 유배 풀 린 다음 승지의 물망에 올랐을 때에도 반대하여 무산되었다. 독립운동을 한 서재필 의 할아버지이다.

심환지(1730-1802) 노론계 벽파의 영수로, 1800년 정순왕후 수렴청정 시에 벽파가 득세하자 영의정이 되어 신유박해 때 대부분이 남인인 시파의 천주교도들을 박해 하는 데 앞장섰다.

윤서유(1764-1820) 호는 옹산으로 다산의 막역지우. 그의 아버지 윤광택과 다산의 아버지 정재원은 벗이었다. 1801년 신유사화가 일어나 다산 일파가 검거되자, 다산과 친하다는 이유로 강진에서 검거되어 감옥에 갇혔으나 천주교에 관여한 사실이 없어 풀려났다. 1812년 아들 창모를 다산의 딸에게 상가 들였다. 다산의 유배살이를 도와주었다. 1813년 윤씨 일가는 다산의 고향 주변 귀어촌으로 이사한다. 다산은 윤서유가 죽자, 「옹산윤공 묘지명」을 썼다.

혜장(1772-1811) 호는 연파. 다산이 '아암'이라는 호를 주었다. 속성은 김씨, 해남 출생. 해남 대둔사(지금의 대흥사)에서 득도하고 30세에 대둔사 강석이 되었다. 만덕사(지금의 강진 벽련사) 주지로 부임하여 다산과 교류하고, 많은 도움을 주었다. 다산이 그에게 '걸명소'를 쓰고, 그가 죽은 다음 '아암장공탑명'을 써주었다. 절망이 깊어져, 대둔사 옆에 암자를 짓고 수도하는 과정에서 술병으로 입적했다.

홍화보(1726-1791) 다산의 장인이다. 청렴 강직한 인물로 영조 47년 국자시에 1등을 했으며, 동부승지를 지냈다. 홍국영이 득세할 때 그에게 아부하지 않아 유배되기도 했다.

황사영(1775-1801) 서울 출신으로 다산의 큰 형 정약현의 딸 명련과 혼인했다. 천재적인 머리를 가져 정조 14년 15세의 나이로 사마시에 합격했고 정조 임금이 기대하는 인물이었으나 벼슬을 하지 않고 이승훈에게 세례를 받고 천주교에만 몰두했다. 주문모 신부가 들어오자 신부를 싸고돌았다. 신유박해가 일어나자 제천으로 숨었다. 숨은 곳에서 천주교 세를 반전시킬 수 있는 계기를 만들고자, 신유박해의 전말을 담은 장문의 '백서'를 명주 베에 써서 중국으로 보내려다가 발각되어 능지처참되었다. 그 백서가 이른바 '황사영백서' 사건을 일으킨 편지이다. 가족들은 노비가 되었고 귀양 갔다. 그의 집은 불 지르고 방죽을 만들어버렸다.

김범우(?~1786) 명례방. 지금의 명동대성당 자리가 그의 집이었다. 세례명 토마스. 역관. 이벽의 권고로 천주교에 입교, 이승훈으로부터 세례를 받았다. 두 동생을 입교시키고, 자신의 집에서 천주교 집회를 자주 가지는 등 열렬한 신자가 되었다. 1785년 이벽·이승훈·정약전·정약용·정약종·권일신 등 남인 학자 수십 명이 그의 집에 모여 예배를 보다 당국에 발각되었고 천주교 첫 순교자이다.

윤지충(1759-1791년) 세례명 바오로. 전라도 진산 사람이다. 고종사촌인 정약종으로 인해 천주교를 접하게 되고, 어머니의 신주를 불태우고 권상현과 더불어 관아에 끌려가 옥사했다.

윤영희(1761-1828) 자는 외심 호는 송옹. 정조 10년 별시 문과에 병과로 급제한 다음 정언을 지냈다. 다산과는 평생 동안 절친했다. 다산이 갇혀 있을 때는 가족들에게 소식을 전해주려고 감옥 안팎을 드나들며 애를 썼다.

권철신(1736-1801) 성호 이익의 학통을 이은 인물이다. 정약용·정약전 등의 많은 제자들이 따랐으며 주어사에서 강의·토론 등을 통해 경학을 가르쳤다. 이벽에 설득당하여 천주교를 수용하고 신유사옥 때 체포되어 죽었다.

권일신(1751-1791) 권철신의 아우. 이벽의 권유로 천주교에 입교, 이승훈에게 세례를 받았다. 진산사건 때 체포되어 유배 도중 고문 후유증으로 죽었다.

김이재(1767-1847) 다산의 벗 김이교의 아우. 1800년 고금도에 유배되었다가 1805년 풀려 돌아가면서 강진에 유배 중인 다산을 만났다. 이조판서를 지냈다.

윤지눌(1762-1810) 사헌부 지평 등을 역임했고 다산과 친밀했다.

윤창모(1795년-1856) 1812년 다산의 외동딸과 혼인. 다산의 가르침을 받아 진사에 합격했다.

이기양(1756-1819) 호는 복암. 1798년 의주 부윤이 되었다가 1801년 예조 참판을 지냈고 신유박해로 단천에 유배되어 죽었다.

최인길(1765-1795) 중국어 역관. 주문모의 거처를 마련해주었는데, 포도청에서 주문모를 체포하러 오자 주문모 행세를 하면서 주문모를 피신하게 하고 자기는 잡혀가 장살되었다.

한치응(1760-1824) 자는 혜보, 호는 부산. 정조 8년 문과에 장원급제했다. 벼슬은 병조판서 한성 판윤에 이르렀다. 시문에 뛰어나고 다산과 죽란시사를 조직했다.

다산 정약용 연보

* 다산 정약용 선생의 후손인 정규영이 작성한 『사암연보』를 참조하여 작성했다.

1762년(영조 38년 1세) 정조 임금의 생부인 사도세자가 뒤주 속에서 죽은 해 6월 16일에 경기도 광주군 초부면 마현리(지금의 남양주시 조안면 능내리)에서 아버지 정재원과 어머니 해남 윤씨(고산 윤선도 공재 윤두서의 후손)의 사이에서 4남 1녀 가운데 4남으로 태어났다. 큰형이 약현(약현은 정재원 전 부인의 소생이고 둘째 부인 윤씨의 소생은 아니다), 둘째 형이 약전, 셋째 형이 약종이다(서자 동생인 약횡은 여기에 포함시키지 않았다).
본관은 나주, 관명은 약용, 자는 미용, 호는 삼미자·다산·사암·자하도인·탁옹 등이고 당호는 여유당, 사의재.

1765년(영조 41년 4세) 천자문을 배우기 시작했다.

1767년(영조 43년 6세) 아버지가 연천 현감으로 부임하자 다산이 그곳으로 따라가 교육을 받았다.

1768년(영조 44년 7세) 오언시를 지었다. 천연두를 순조롭게 앓았으나 오른쪽 눈썹 위에 곰보 흔적이 남았다. 눈썹이 세 개라 하여 '삼미자'라는 별호가 붙었다.

1770년(영조 46년 9세) 어머니 해남 윤씨가 죽었다. 그녀는 공재 윤두서의 손녀이다.

정약용은 자기가 외가 쪽을 닮았다고 말하곤 했다.

어머니가 돌아가신 뒤에는, 서모 김씨에 의해 양육되었다. 서모 김씨는 약횡의 어머니로서 어린 시절 그의 머리에 슨 서캐를 잡아주고 먹을 감겨주곤 했다.

1771년(영조 47년 10세) 관직에서 물러나 있는 아버지에게서 경서와 역사서를 배웠고 그것들을 본떠 글을 무수히 지었다.

1774년(영조 50년 13세) 두시를 본떠 시를 지었는데, 아버지의 친구들에게서 많은 칭찬을 받았다.

1776년(영조 52년 15세) 2월 22일 풍산 홍씨에게 장가들었다. 장인은 홍화보로, 당시 승지였다. 아버지 정재원이 호조 좌랑이었으므로 아버지를 따라 서울 남촌 셋집에서 살았다.

1777년(정조 1년 16세) 성호 이익을 읽었다. 아버지 정재원이 화순 현감으로 갔으므로 따라가서 글공부를 했다.

1778년(정조 2년 17세) 둘째 형 정약전과 함께 화순 동림사에서 글을 읽었다. 이때 「동림사 독서기」 「물염정 유람기」 「서석산에서 논 기록」을 썼다.

1779년(정조 3년 18세) 겨울 성균관에서 시행하는 승보시에 선발되었다. 네 살 위인 둘째 형 정약전이 주어사에서 성호 이익을 따르는 권철신을 스승으로 모셨고, 겨울에 강학회를 열었다. 눈 내리는 밤에 이벽이 찾아와 경전에 대한 토론을 밤새워 했다.

1780년(정조 4년 19세) 경상도 예천 현감으로 있는 아버지를 찾아뵙고 반학정에서 글을 읽고 「반학정기」를 지었다. 진주 촉석루를 구경하고 「진주의기사기」를 지었다.

1781년(정조 5년 20세) 서울에 살며 과시를 익혔다. 7월에 딸을 낳았는데 5일 만에 죽었다.

1782년(정조 6년 21세) 서울 창동에 집을 사서 살았다. 봉은사에서 글을 읽었다.

1783년(정조 7년 22세) 성균관에 들어갔다. 2월 세자 책봉 경축 증광 감시에 둘째 형 정약전과 함께 경의 초시에 합격했다. 4월에 회시에서 진사에 합격, 정조와 최초로 상면했고, 정조가 깊은 관심을 가졌다. 회현방으로 이사하고 9월 아들 학연을 낳았다.

1784년(정조 8년 23세) 여러 벗들과 서울 서교에서 향사례를 했다. 여름에 정조 임금에게서 받은 '중용 강의 70항목 숙제'를 벗 이벽의 도움을 받아 작성해 바쳤고, 정조에게 칭찬을 받았다(나중에 「중용자잠」을 쓰고, 이벽의 영향을 많이 받았음을 고백하는 글을 썼다). 큰형수의 제사를 모시고 이벽과 함께 밤배를 타고 서울로 가면서 천지창조 등에 대하여 듣고 책 한 권을 받아 읽었다(그 책은 마테오 리치의 『천주실의』일 것이다). 6월에 반제에 뽑히고 9월 정시의 초시에 합격했다.

1785년(정조 9년 24세) 반제에 거듭 뽑히고, 정시의 초시에 수석 합격. 11월 감제의 초시에 합격했다.

1786년(정조 10년 25세) 별시에 합격하고, 둘째 아들 학유를 낳았다. 도기到記의 초시에 합격.

1787년(정조 11년 26세) 1월, 3월 두 차례나 반제에 수석 합격하고 많은 상을 받았다. 8월의 반제에 고등으로 뽑혀 『병학통兵學通』과 교지를 하사받았다.

1788년(정조 12년 27세) 정조 임금이 네 번 초시 본 것을 확인하고 문과급제 하지 못한 것을 민망하게 여김. 1월 반시에서 수석을 차지하고, 전시에 나아가 수석 급제했다. 3월 전시에 나아가 탐화랑의 예로써 7품관에 부쳐져 희릉 직장에 제수되고, 초계문신이 되었다. 각과 문신으로 울산 아버지를 찾아갔다가 돌아오면서 사지에 떨어진 안동 이진동을 구해주었다. 겨울에 배다리 규제를 만들었다.

1790년(정조 14년 29세) 한림 소시를 치른 뒤 예문관 검열에 단부되었다가 왕명을 어기고 그 직을 뿌리치고 수행하지 않았다. 그 죄로 해미현으로 귀양 갔다 열흘 만에 풀려나 돌아오며 온양온천에 들러 사도세자의 유적과 만났다. 예문관 검열로 다시 들어갔다가 7월에 사간원 정언으로 제수되었고 곧 사헌부 지평에 제수되었다.

1791년(정조 15년 30세) 봄에 진주 목사이신 아버지를 가뵈었다. 많은 시험에서 상을 받았다. 겨울에 「시경강의」 800여 조를 지어 정조에게 칭찬을 받았다.

1792년(정조 16년 31세) 3월 홍문관록과 도당 회권에 뽑히고 홍문관 수찬에 제수되었다. 4월 진주 목사이신 아버지가 돌아가셨다. 고향에 여막을 짓고 거처했다. 상복 입고 여막살이하는 동안 수원 화성 규제를 지었다. 「성설」「기중가도설」을 지어 올려 건축비 4만 냥을 절약하게 했다.

1793년(정조 17년 32세) 4월 아버지 소상을 치렀다.

1794년(정조 18년 33세) 6월 3년상을 마치고 7월 성균관 직강에 제수되고 8월 비변랑에 임명. 10월에 홍문관 교리에 이어 수찬에 제수되었다. 10월 29일 경기 암행어

사에 제수되었다가 11월 15일 복명했다. 어사직을 수행하면서 서용보의 비행을 폭로함으로써 서용보의 원한을 샀는데 그것이 평생을 고달프게 했다. 홍문관 부교리에 제수되었다.

1795년(정조 19년 34세) 1월 사간원 사간에 제수되고, 이어 통정대부에 오르고 동부승지에 제수되었다. 2월 병조 참의에 제수되어 수원 현륭원에 행차할 때 시위로 따라갔다. 우부승지에 제수되었다. 『화성정리통고』를 이가환·윤행임 등과 합작했다. 7월 주문모 신부 입국 사건이 터지자, 정적들의 빗발친 모함이 있었고, 정조 임금은 그를 보호하기 위하여 금정찰방으로 좌천시켰다. 홍주 지방에 천주학이 만연되어 있었으므로 그것을 진정시키는 공을 세우면 다시 내직으로 불러들이겠다는 것이었다.
이때 『조룡대기』『도산사숙록』 등 많은 저술을 했다. 12월에 용양위 부사직으로 옮겼다.

1796년(정조 20년 35세) 10월 규영부 교서가 되어 『규영부교서기』를 짓고, 12월 병조 참의에 제수. 다음날 동부승지에 올랐다가, 부호군으로 옮겨졌다.

1797년(정조 21년 36세) 3월 대유사에 참여하고 춘추 경전을 교정했다. 이문원에 들어가 김조순 등과 두시를 교정했다. 교서관에 입직하면서 『춘추좌씨전』을 교정했다. 6월 정조 임금이 동부승지를 명하려 했지만, 사퇴하고 「자명소」를 올렸다. 이것이 임금에게 자기의 모든 진실을 고백하는 기나긴 명문의 상소이다. 며칠 뒤, 정조 임금은 그를 떠나보내기 어려워하면서 곡산 부사를 명했다. 겨울에 홍역을 치료하는 『마과회통』을 지었다.

1798년(정조 22년 37세) 곡산에서 많은 선정을 베풀었다. 그가 곡산 부사 시절에 만든 상세하고 정확한 호적부는 역사상 처음의 것으로 통계청 사업의 효시이다. 『곡산북방산수기』 등을 저술했다.

1799년(정조 23년 38세) 2월 황주 영위사 임명. 4월에 내직으로 옮겨, 병조 참의에 제수, 부호군을 거쳐 형조 참의에 제수되어, 명판판 노릇을 했다. 「초도돈우계」를 올리고, 6월 체직 상소문을 올렸다. 그해 10월 아들 '농장'이 태어났다. 아들의 이름 농장에는 낙향의 삶에 대한 꿈이 담겨 있다.

1800년(정조 24년 39세) 봄에 세상이 위험하다고 느껴 전원으로 돌아갈 계획을 결단했다. 6월 28일 정조가 갑자기 승하했다. 졸곡을 마치고, 마재 소내 고향으로 돌아가 형제들에게 경전을 강하고, 별장에 '여유당' 현판을 달았다. 「여유당기」를 지었다.

1801년(순조 1년 40세) 2월 8일 사간원의 계로 인해 9일 하옥되었다. 19일 만인 27일에 출옥되어 경상도 장기로 유배. 둘째 형 정약전은 전라도 신지도로 유배되었다. 셋째 형 약종은 목 잘려 죽었다. 3월 장기에 도착하여 『이담속찬』 등을 저술했다. 10월에 황사영 백서 사건으로 다시 투옥되었다가 진남 강진으로 유배되고, 둘째 형 정약전은 흑산도로 유배되었다. 강진 동문 밖 주막집 주모의 도움으로 그곳에 기숙하기 시작했다. 문을 닫고 사람들을 만나지 않았다. 그 방을 '사의재'라고 명명했다.

1802년(순조 2년 41세) 벗 윤서유가 사촌 동생 윤시유를 시켜 위로하였다. 학연이 와서 넷째 아들 농장의 죽음을 알렸다.

1803년(순조 3년 42세) 유명한 시 「애절양」과 「사의재기」 등을 지었다.

1804년(순조 4년 43세) 『아학편훈의』 등 저술과 많은 시를 남겼다.

1805년(순조 5년 44세) 보은산방으로 옮겨 스님들에게 『주역』을 가르쳤다. 혜장이 만덕사 주지로 부임하여 인연을 맺었다. 겨울에 아들 학연이 왔다. 고금도 귀양살이 하던 벗 김이재(벗 김이교의 아우)가 돌아가는 길에 들렀다. 혜장에게 차를 구걸하는 글「걸명소」를 보냈다.

1806년(순조 6년 45세) 제자 이학래의 집으로 옮겨가서 살았다.

1807년(순조 7년 46세) 7월 정약전의 아들 학초의 죽음 소식을 듣고「형의 아들 학초 묘지명」을 썼다. 『상례사전』 50권을 완성했다.

1808년(순조 8년 47세) 강진 귤동에 있는 다산 서옥(지금의 다산초당)으로 옮겨 거처했다. 처사 윤단(문거)이 서옥을 빌려준 것인데, 제자들의 도움으로 동암 서암을 짓고, 연못을 파고 정원을 손질했다. 학유가 다녀갔다. 많은 저술을 남겼다.

1809년(순조 9년 48세) 『상례외편』 12권을 완성하고 가을에 『시경 강의』 등을 저술했다.

1810년(순조 10년 49세) 9월에 학연이 바라를 두드려 억울하게 유배된 아버지를 풀어달라고 임금께 호소했고 그것이 받아들여졌는데, 홍명주의 상소와 이기경의 대계가 있어 무산되었다.

1811년(순조 11년 50세) 『아방강역고』 등을 저술했다. 혜장이 40세의 나이로 죽었다.

1812년(순조 12년 51세) 죽은 계부季父 정재진을 위한「계부가옹행장」을 지었다. 겨울「아암장공탑명」을 지었다. 딸이 옹산 윤서유의 아들이자 제자인 창모에게 시집갔다.

1813년(순조 13년 52세) 『논어 고금주』 40권 완성. 많은 저술을 했다.

1814년(순조 14년 53세) 4월 장령 조장한이 사헌부에 나아가 특별히 대계를 정지시켜 죄인명부에서 삭제되었다. 의금부에서 서방시키려 했는데, 강준흠의 상소로 무신되었다. 『맹자요의』『대학공의』『중요자잠』 등을 저술했다.

1815년(순조 15년 54세) 『심경밀험』『소학지언』 등을 지었다.

1816년(순조 16년 55세) 『악서고존』 열두 권을 지었다. 둘째 형 정약전이 죽었다. 「선중씨정약전묘지명」을 지었다.

1817년(순조 17년 56세) 『상의절요』『방례초본』 저술을 시작했다. 훗날 『경세유표』를 마흔아홉 권으로 완성했다.

1818년(순조 18년 57세) 『목민심서』 마흔여덟 권을 지었다. 8월에 이택순의 상소로 석방되어 고향 소내로 돌아왔다. 「효부심씨묘지명」을 썼다.

1819년(순조 19년 58세) 『흠흠신서』『아언각비』를 지었다.

1820년(순조 20년 59세) 봄에 배를 타고 북한강을 거슬러 춘천까지 다녀왔다. 겨울에 「옹산윤공묘지명」을 썼다.

1821년(순조 21년 60세) 9월 큰아들 약현이 죽었다. 「선백씨약현묘지명」을 썼다. 겨울 「남고윤지범묘지명」을 썼다.

1822년(순조 22년 61세) 회갑을 맞았다. 「자찬묘지명」을 지었다. 「윤지평지눌의묘지

명」「이장령유수의묘지명」을 지었다. 「녹암권철신묘지명」「정헌이가환묘지명」을
지었다.

1823년(순조 23년 62세) 『산행일기』『산수심원기』 등을 지었다. 9월 승지 후보로 지
명되었으나 취소되었다.

1827년(순조 27년 66세) 윤극배가 무고했으나 실현되지 못했다.

1830년(순조 30년 69세) 약원에서 탕제의 일로 아뢰어 부호군에 단부 되었다. 순조의
아들 덕인 세자(후에 익종)가 위독하여 약원에서 약을 논의할 것을 청했다. 약을 올
리기도 전에 익종이 세상을 떠났다.

1834년(순조 34년 73세) 『상서고훈』『상서지원록』 등을 스물한 권으로 만들었다. 가
을에 『매씨서평』 열 권 완성. 11월 순조의 환후가 위급하여 명을 받고 서울로 갔으
나 홍화문에서 초상이 났다는 말을 듣고 귀향했다.

1836년(헌종 2년 75세) 음력 2월 22일. 회혼일(결혼기념일)에 친족들 제자들이 모두
모인 가운데 생을 마쳤다. 여유당 뒤편 동산에 묻혔다.

1910년(융희 4년) 특별히 정헌대부 규장각 제학을 추증하고 문도공이라는 시호를 내
렸다.

참고 문헌

『다산 정약용 유배지에서 만나다』　박석무 | 한길사

『다산 산문선』　박석무 | 창작과비평사

『다산기행』　박석무 | 한길사

『정약용과 그 형제들』　이덕일 | 김영사

『다산시연구』　송재소 | 창작과비평사

『정약용의 철학』　백민정 | 이학사

『정치가 정조』　박현모 | 푸른역사

『다산문학선집』　정약용 | 박석무 정해렴 번역 | 현대실학사

『다산서간정선』　정약용 정약전 | 정해렴 편역주 | 현대실학사

『아언각비, 이담속찬』　정약용 | 정해렴 편역주 | 현대실학사

『정다산의 대학공의』　정약용 | 이을호 번역 | 명문당

『맹자요의』　정약용 | 이지형 역주 | 현대실학사

『다산논설선집』　정약용 | 박석무 정해렴 번역 | 현대실학사

『목민심서 정선』　정약용 | 정해렴 역주 | 현대실학사

『흠흠신서』　정약용 | 박석무 정해렴 역주 | 현대실학사

『경세유표』　정약용 | 정해렴 역주 | 현대실학사

『백호통의』　반고 | 신정근 역주 | 소명출판사

『강진과 다산』　정약용 | 양광식 번역 | 강진문화 연구회

『한국사 연표』　진단학회 | 을유문화사

『성교요지』　이벽 | 하성래 번역 | 성황석두루가서원

『주교요지』　　　　　　정약종 | 하성래 감수 | 성황석두루가서원
『주역』　　　　　　　　남만선 번역 | 현암사
『주역철학사』　　　　　강학위 외 | 심경호 역 | 예문서원
『주역왕필주』　　　　　왕필 | 임채우 번역 | 길
『천주실의』　　　　　　마태오리치 | 송영배 외 번역 | 서울대학교출판부
『칠극』　　　　　　　　빤또하 | 박유리 번역 | 일조각
『논어 중용 집주』　　　주희 | 한상갑 번역 | 삼성출판사
『맹자 대학 집주』　　　주희 | 한상갑 번역 | 삼성출판사
『예기』　　　　　　　　권오순 번역 | 홍신문화사
『국어』　　　　　　　　좌구명 | 신동준 역 | 인간사랑
『서경강설』　　　　　　이기동 역해 | 성균관대학교 출판부
『미쳐야 미친다』　　　정민 | 푸른역사
『아암집 아암』　　　　혜장 | 박완식 번역 | 이회문화사
『영조와 정조의 나라』　박광용 | 푸른역사
『다산을 찾아서』　　　고승제 | 중앙일보
『조선시대 당쟁사』　　이성무 | 동방미디어
『사도세자의 고백』　　이덕일 | 휴머니스트
『한중록』　　　　　　　혜경궁 홍씨 | 태을출판사
『동사열전』　　　　　　범해 찬 | 김륜세 역 | 광제원
『시경신역』　　　　　　이가원 허경진 공찬 | 청아출판사
『천주교회사』　　　　　유홍열 | 카톨릭출판사
『초의선집』　　　　　　초의 의순 | 임종욱 역 | 동문선
『초의 다선집』　　　　초의 의순 | 통광 역주 | 불광출판부
『고문진보』　　　　　　최인욱 역 | 을유문화사
『굴원』　　　　　　　　하정옥 편저 | 세종출판사

다산 2

초판 1쇄 인쇄 2024년 10월 30일
초판 1쇄 발행 2024년 11월 5일

지은이 한승원
펴낸이 정중모
펴낸곳 도서출판 열림원
출판등록 1980년 5월 19일(제406-2000-000204호)
주소 경기도 파주시 회동길 152
전화 031-955-0700
팩스 031-955-0661   페이스북 /yolimwon
홈페이지 www.yolimwon.com   트위터 @yolimwon
이메일 editor@yolimwon.com   인스타그램 @yolimwon

주간 김종숙   기획실 정진우 정재우
책임편집 김혜원   마케팅 홍보 김선규 고다희
편집 박지혜 김은혜 정소영   디지털콘텐츠 구지영
디자인 강희철   제작 관리 윤준수 고은정 홍수진

ⓒ 한승원, 2024

ISBN 979-11-7040-302-9 04810
ISBN 979-11-7040-298-5 (세트)